THE WORLD OF 사이버펑크 2077

CD PROJEKT RED

→ Business Development Director
RAFAŁ JAKI

→ Design Director
PRZEMYSŁAW JUSZCZYK

→ Writer
MARCIN BATYLDA

→ Project Manager
JOANNA WIELICZKO
MAGDALENA ŁASZCZ

→ Additional Text By
PATRICK MILLS
ALEX BOIRET

Special thanks to ADAM BADOWSKI, MARCIN BLACHA, BARTOSZ OCHMAN, Przemysław Gładkiewicz, and → **THE ENTIRE CYBERPUNK 2077 TEAM!** ←

DARK HORSE

→ Publisher
MIKE RICHARDSON

→ Designer
LIN HUANG

→ Editor
IAN TUCKER

→ Additional Design By
CINDY CACEREZ-SPRAGUE
CARY GRAZZINI

→ Assistant Editor
BRETT ISRAEL

→ Digital Art Technician
ALLYSON HALLER

Special thanks to TINA ALESSI, JOSIE CHRISTENSEN, ANN GRAY, CHRIS HORN, SAMANTHA HUMMER, ETHAN KIMBERLING, ANITA MAGAÑA, DAVID NESTELLE, NORAH PALMER, ADAM PRUETT, and BRENNAN THOME.

SYS VER 8.2.5 :: 0620_

SEARCHING... NETWORK STAT 1010101100000101

THE WORLD OF CYBERPUNK 2077®

© 2020 CD Projekt S.A. All rights reserved. Cyberpunk 2077® is a registered trademark of CD PROJEKT Capital Group. All rights reserved. Cyberpunk 2077 game is based on a game by Mike Pondsmith. Dark Horse Books® and the Dark Horse logo are registered trademarks of Dark Horse Comics LLC. All rights reserved. No portion of this publication may be reproduced or transmitted, in any form or by any means, without the express written permission of Dark Horse Comics LLC. Names, characters, places, and incidents featured in this publication either are the product of the author's imagination or are used fictitiously. Any resemblance to actual persons (living or dead), events, institutions, or locales, without satiric intent, is coincidental.

APPROVED BY NIGHT CITY HALL

월드 오브 사이버펑크 2077

초판 1쇄 | 2020년 07월 28일
초판 8쇄 | 2020년 12월 11일
지은이 | CD PROJEKT RED
옮긴이 | 정호운

펴낸이 | 서인석
펴낸곳 | 제우미디어
출판등록 | 제 3-429호
등록일자 | 1992년 8월 17일
주소 | 서울시 마포구 독막로 76-1 5층
전화 | 02-3142-6845
팩스 | 02-3142-0075
홈페이지 | jeumedia.com

ISBN 978-89-5952-921-6 / 13000
• 파본은 구입하신 서점에서 교환해드립니다.

트위터 | twitter.com/jeumedia
페이스북 | facebook.com/jeumedia

만든 사람들
출판사업부 총괄 | 손대현
편집장 | 전태준
책임 편집 | 안재욱
기획 | 홍지영, 박건우, 성건우, 서민성, 이주오, 양서경
영업 | 김금남, 권혁진
디자인 총괄 | 디자인그룹올

Library of Congress Cataloging-in-Publication Data

Names: CD Projekt S.A. (Firm), issuing body.
Title: The world of Cyberpunk 2077.
Description: First edition. | Milwaukie, OR : Dark Horse Books, 2020. | Summary: "An insightful, captivatingly designed, full-color hardcover that transports readers to the futuristic megalopolis of Night City-the epicenter of the vibrant new action-RPG from CD PROJECT RED. Step into a dark future where violence, oppression, and cyberware implants aren't just common-they're necessary tools to get ahead. Explore the various districts, gangs, and history of Night City. Learn all there is to know about the technology of tomorrow and research the cybernetics, weapons, and vehicles of Cyberpunk 2077. Dark Horse Books and CD Projekt Red present The World of Cyberpunk 2077-an extensive examination of the rich lore of Cyberpunk 2077. This intricately assembled tome contains everything you need to know about the history, characters, and world of the long-awaited RPG from the creators of The Witcher video game series"-- Provided by publisher.
Identifiers: LCCN 2019041204 (print) | LCCN 2019041205 (ebook) | ISBN 9781506713588 (hardback) | ISBN 9781506713830 (ebook)
Subjects: LCSH: Cyberpunk 2077 (Game) | Fantasy games. | Computer adventure games.
Classification: LCC GV1469.15 .W668 2020 (print) | LCC GV1469.15 (ebook) | DDC 794.8--dc23
LC record available at https://lccn.loc.gov/2019041204
LC ebook record available at https://lccn.loc.gov/2019041205

022

081

160

190

133

CONTENTS

/006
서문

/008
오늘날의 세상
- 대붕괴
- 4차 기업 전쟁
- 전후 정세
- 재통일
- 통일 전쟁 / 금속 전쟁
- 오늘날의 위협

/026
차세대 기술
- 사이버웨어
- 무기
- 차량
- 브레인댄스
- 넷러닝

/084
나이트 시티
- 2074년: 나이트의 유산
- 왓슨
- 웨스트브룩
- 도심
- 헤이우드
- 산토 도밍고
- 퍼시피카

/126
2077년 나이트 시티 단면도
- 부유층과 권력층
- 위기의 중산층
- 무일푼 빈민층

/150
법과 무질서
- 법 집행기관
- 갱단: 사악한 자들과 추악한 자들
- 노마드: 정처 없이 떠도는 난민

/184
사이버펑크: 엣지러너와 용병
- 로그 인터뷰

↓ 서문

오늘날 우리는 디스토피아나 다름없는 세상을 살고 있다. 힘을 앞세워 잇속 채우기에 급급한 대기업과 악랄하고 무자비한 정부가 군림하는 가운데 범죄, 부패, 빈곤율만 치솟는 현실이다. 전 지구적 위기가 해마다 닥치고, 작년에 닥쳤던 위기의 여파를 날마다 체감하며 살아간다. 기업의 나팔수인 N54 또는 WNS 같은 대중 매체에서는 뻔하고 영양가 없는 뉴스에 세뇌 방송이나 광고를 내보내며 "머리는 비우고 장바구니는 채우고" 같은 풍조를 조장하기 바쁘다. 이유는 단순하다. 유식하고 세상 물정에 빠삭한 이들보다는 무식하고 세상 물정에 어두운 순한 양들이 다루기 쉬우니까.

지금 독자 여러분이 이 글을 읽는 이유는 그런 고분고분한 양이 되고 싶지 않기 때문. 정곡을 찔리지는 않으셨는지?

오늘날은 줏대 있는 언론이 절실하다. 의외로 지금도 인디 뉴스 방송국이나 정보 사이트가 많은데, 그런 언론을 찾아보는 것이 곧 주체적인 사고력을 기르기 위한 첫걸음이다.

본지인 나이트 시티 인콰이어러 역시 그러한 사이트 가운데 하나다. 중심가의 광고판에 따로 홍보하는 것은 아니지만 넷에서 열심히 웹사이트를 운영 중이다.

그렇다고 본지가 대기업의 횡포에 맞서는 철부지 반항아라고 생각한다면 오산이다. 발품을 팔아 건진 각종 뉴스, 에세이, 기사를 통해 기업의 입김과 거품을 싹 걷어낸 있는 그대로의 현실을 보도할 따름이다. 본지에서는 배짱 두둑한 독립 기고가와 특파원, 사회고발 언론인 및 분야별 전문가와 손잡고 생생한 정보를 제공한다. 이로써 독자에게 세상사를 스스로 판단할 기회를 마련해주는 한편, 나아가 왜곡되지 않은 정보를 직접 찾도록 격려하고자 한다. 오늘날에는 지식, 그리고 진짜와 가짜 뉴스를 분간할 줄 아는 안목이야말로 진정한 초능력이니까.

혹시 그러다 기업들 눈 밖에 나서 폐간되면 어떡하느냐고 물을지도 모르겠다. 잊을 만하면 그런 수작들을 부리지만 별로 촉각을 곤두세우지는 않는 모양이다. 이쪽에서 설친다고 딱히 자기네 평판에 흠집이 나는 것도 아닌데다 기업들 역시 서로 치고받느라 정신없으니까. 본지에서 보도하는 내용 역시 거창한 기밀이 아니다. 단지 기업들의 영리에 부합하지 않기 때문에

편집하거나 쉬쉬하거나 굳이 들춰내지 않는 내용일 뿐. 최근 페트로켐이 스페인 대법원에서 두 차례나 패소했다는 소식을 들어보셨는지? 오스트레일리아에서는 넷워치가 퇴출 직전까지 갔고, 밀리테크에서 지원하는 용병단이 스칸디나비아 국가들의 연합 군사개입 이후 아이슬란드에서 후퇴했다는 소식은? 엄연한 사실임에도 뉴스에서는 언급조차 되지 않는 실정이다. 하기야 나이트 시티에는 기업이 장악한 언론만 판치니 무리도 아니다만.

기업을 상대로 투쟁하지 않는다고 해서 CEO들이 알면 흠칫할 만한 대형 사건을 보도하지 않는 것은 아니다. 본지가 관계자 및 정보원의 비밀 유지에 각별히 주의를 기울이는 이유도 그 때문. 특종을 물어오는 기자들 가운데는 가명을 쓰는 사람도 적지 않다. 그렇게 신분을 감춰야 직장을 잃거나 목숨마저 잃는 불상사가 생기지 않을 테니까. 본지에 글을 투고하고자 하는 분들의 개인정보 역시 예외는 아니다. 정확하고 흥미로운 기삿거리가 있다면 외부에 신분이 노출될 염려 없이 언제든 연락주시길.

그럼 이쯤에서 왜 이런 고리타분한 텍스트 양식을 고집하느냐고 물을지도 모르겠다.

왜 노마드가 희한하고 현학적인 말투를 쓰는지 한 번쯤 의아하게 생각해본 분들이 계실 것이다. 이는 그들의 이동식 재택학습 시스템이 단순히 뉴스를 시청하기보다는 읽기 교육을 강조하기 때문이다. 본지는 오늘날의 기술 과잉이 사람 간의 의사소통에 해로우며 대인관계 및 사회에 악영향을 끼친다고 믿어 의심치 않는다. 편하다는 이유만으로 피더를 쓴다면 눈엣가시 같은 광고와 고압적인 사기성 선전의 표적이 되기를 자처하는 꼴이나 다름없다. 사람들이 장문 독해력을 점점 잃어가는 오늘날, 본지에서는 문자 언어의 종말을 막고자 우리 웹사이트에서만큼은 텍스트 양식을 장려하고 있다(물론 바쁜 현대인들은 장문을 읽을 짬이 없을 때가 많으니 음성 기사도 따로 준비하지만).

여기까지 읽어주신 독자 여러분께 감사드린다. 언제든 본지의 아카이브에 접속해 최신 소식과 에세이를 접함으로써 우리가 살아가는 세상에 눈을 뜨기를 바라는 바이다.

-편집장

제 1장

오늘날의 세상

- [010] 대붕괴
- [014] 4차 기업 전쟁
- [018] 전후 정세
- [020] 재통일
- [022] 통일 전쟁 / 금속 전쟁
- [024] 오늘날의 위협

과거와 현재
현대사의 교훈

> ❗ **주의**: 넷의 광범위한 손상과 네 차례에 걸친 기업 전쟁이 초래한 막대한 데이터 손실을 고려해, 아래 정보의 상당 부분은 가려읽기 바란다. 4차 기업 전쟁으로 인해 우리가 알던 세상은 종말을 고했다. 뒤따라 세계 각지가 내란으로 몸살을 앓았고, 여러 국가와 메가코프와 세계 경제가 줄줄이 붕괴했다. 올드 넷에서 회수한 데이터는 상당히 왜곡됐을 가능성이 있으며, 복수의 출처를 통해 교차검증이 불가능한 정보도 상당수 섞여 있음을 미리 밝혀둔다. 본지는 당시에 있었던 일련의 사건 탐구에 실마리를 제공하려는 취지로 이러한 정보를 기사로 엮어낸 바이다. 부디 흥미롭게 읽어주시기를 바라며,
> 프리 넷 만세, 친구들!

대붕괴

"기업들이 규제에 구애받지 않고 세계 각지의 천연자원을 마음대로 채취하게 된 순간부터 환경파괴와 기후변화는 예견된 바였다."

구 미국의 대붕괴는 21세기 역사의 중대사로 꼽힌다. 설령 오늘날의 NUSA가 자유주와 다시 합쳐진다 한들 50년 전의 미국으로 돌아갈 수는 없을 것이다.

미국은 이전부터 붕괴할 조짐을 보이고 있었다. 1990년부터 2016년까지 있었던 세 차례에 걸친 기업 전쟁의 결과로 메가코프들은 더욱 입지를 굳혔고, 이를 계기로 세계 각국의 정부를 능가하는 권력을 거머쥐게 된다. 미국도 예외는 아니었다. 정경유착이 더는 이해충돌의 원인이 아닌, 정부와 대기업 간의 지렛대가 되는 시대가 열린 것이다.

기업들이 규제에 구애받지 않고 세계 각지의 천연자원을 마음대로 채취하게 된 순간부터 환경파괴와 기후변화는 예견된 바였다. 얼마 가지 않아 과도한 삼림 벌채로 인한 산성비와 황사가 미국의 시급한 문제로 떠올랐다.

설상가상으로 자연재해도 모자라 정치적 재난까지 겹쳤다. 열핵 전쟁으로 중동이 방사능 불모지로 변하면서 석유 대란이 전 세계를 덮쳤다. 미국 정부는 자국 및 유럽 증시를 몰래 조작해 위기를 모면하려 했지만, 그런 미봉책을 썼다는 사실이 언론을 통해 대중에 밝혀지면서 역풍만 초래했다. 글로벌 금융 붕괴에 세계 각국이 들썩였고, 이를 빌미로 기업들은 더더욱 큰 권력을 잡게 되었다. 한편 미국에서는 정부기관 연합체인 '4대 갱단'이 쿠데타를 일으킴으로써 연방제는 사실상 막을 내리게 된다. 각지에서 "자유주"를 선포함에 따라 전미에서 분리 독립이 잇따랐다. 미국의 신생 사회 계층인 노마드가 등장한 시기도 이 때였다. 이들은 정치적 격동 속에서 식수와 직장과 안정을 찾아 나선 이민자들로, 그 과정에서 수많은 유령 도시와 마을이 생겨났다. 오늘날 대부분의 사회학자들은 대붕괴를 21세기 최악의 참사로 꼽는다.

뒤이어 발생한 사건이 바로 4차 기업 전쟁이다.

---
1 NSA, CIA, FBI, DEA가 야합한 도당.

01: 황사로 인해 전국 각지의 지방 촌락이 황폐해지면서 미국에서는 유령 마을이 급증했다.

나이트 시티 북부 외곽의 유전.

4차 기업 전쟁

"2022년 6월, 밀리테크와 아라사카 양측 모두 더는 거리낄 것이 없다고 판단하면서 분쟁은 후반에 접어들었고, 이를 열전이라 한다."

4차 기업 전쟁의 발단은 기업 간의 경쟁이었다. 2021년 후반, 양대 해양개발사인 CINO[2]와 OTEC[3]은 제3의 기업인 IHA[4]의 지분 점유를 놓고 경쟁했다. 서로 한 치도 물러서지 않는 가운데 경제전이 가열되면서 두 기업 사이의 반목은 급속도로 악화됐다. OTEC이 밀리테크를 고용함으로써 선취권을 지켜내 경쟁의 우위를 점하자, CINO는 뒤질세라 아라사카와 계약을 맺고 반격에 나섰다. 이로써 일명 해양 전쟁으로도 불리는 4차 기업 전쟁이 발발했다.

기업간 분쟁의 초반이 으레 그러하듯, 초기에는 은밀한 공격이 오갔다. 기업의 중진급 임원이 암살된다던가, 불리한 정보가 유출된다던가 하는 식이었다. 양측 모두 넷러너를 용병으로 고용해 상대방의 데이터 캐시와 보유 주식에 공격을 감행하면서 세계 경제는 혼란의 도가니에 빠졌다. 이에 넷워치는 아라사카와 밀리테크에 임시로 통신 제재를 가하지만, 그런다고 순순히 물러설 보안 업체들이 아니었다. 유로뱅크의 중재로 CINO와 OTEC가 휴전을 맺을 무렵, 분쟁의 불씨는 밀리테크와 아라사카로 옮겨갔다. 결국 2022년 초, 보안 업계의 거물 사이에 새로운 분쟁이 싹트면서 오늘날 그림자 전쟁이라 부르는 사건이 발생했다. 세계를 휩쓸었던 4차 기업 전쟁은 이때부터 중반에 접어든다.

2 Corporation Internationale Nauticale et Océanique, 국제 선박 및 해양 기업.
3 Ocean Technology and Energy Corp, 해양 공학 및 에너지 기업.
4 Internationale Handelsmarine Aktiengesellschaft, 국제 해운 주식회사.

03: 2021년, 잇따른 폭동으로 인해 나이트 시티 변두리에 세워진 임시 바리케이드.

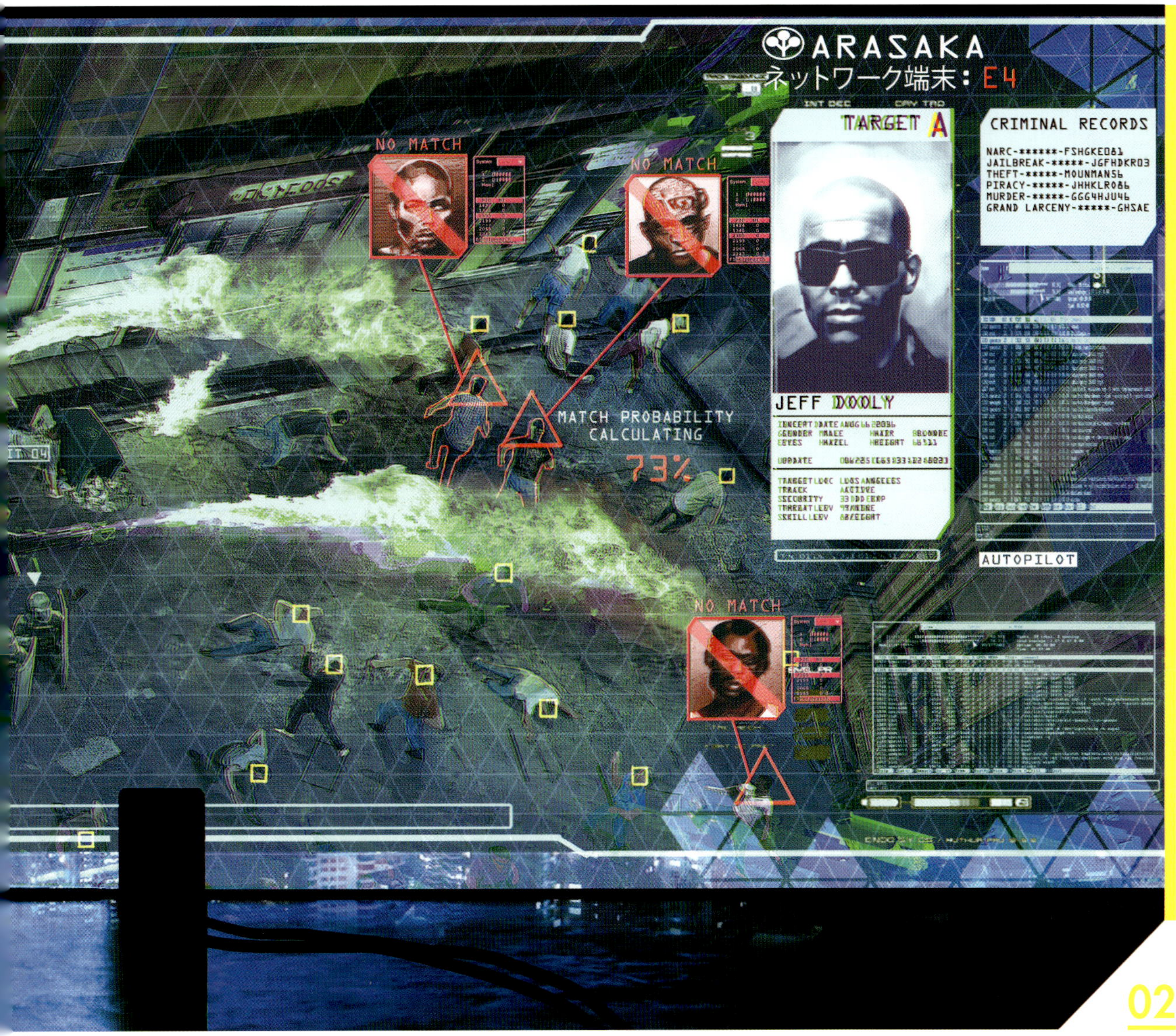

02: 기업의 적수에 대한
협동공격을 감독하는
아라사카 중역.

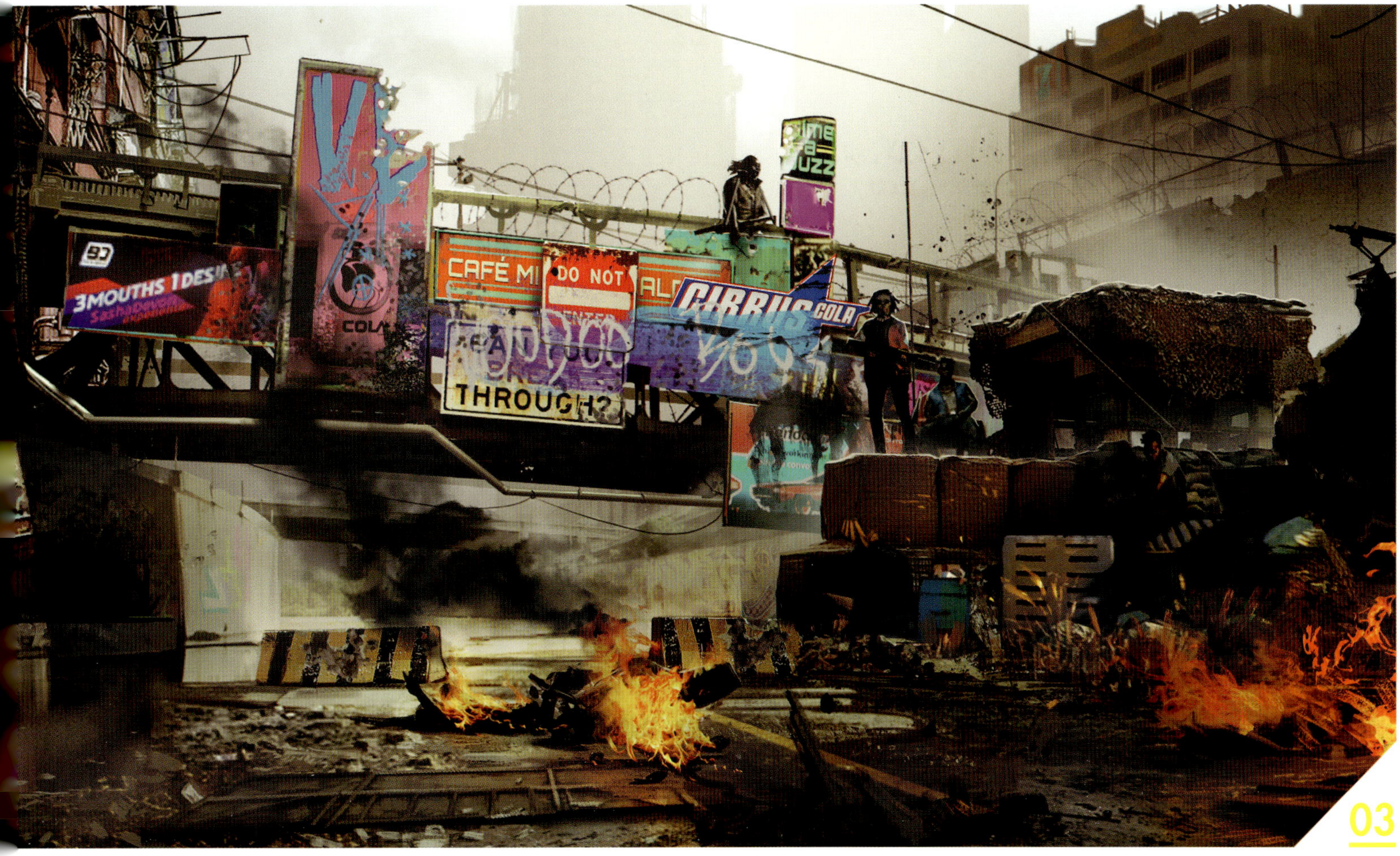

03

그림자 전쟁에 접어들자 분쟁 구도는 이전보다 살벌하고 노골적인 양상을 보였다. 양대 보안 업체의 기치 아래 용병과 옛 지러너들이 대거 참전, 군사 및 연구 시설에 대한 습격과 비밀 작전을 감행했다. 분쟁이 표면화됐음에도 가장 치열한 격전지는 넷이었다. 기업과 넷러너 용병들은 상대측에 치명적인 신종 바이러스 프로그램을 유포했다. 이때 방출된 코드의 일부는 개발자가 사망한 이후에도 활동을 멈추지 않았고, 광범위한 영구 손상을 일으켜 넷의 상당 부분이 위험한 암흑지대로 남게 된다.

2022년 6월, 밀리테크와 아라사카 양측 모두 더는 거리낄 것이 없다고 판단하면서 분쟁은 후반에 접어들었고, 이를 열전이라 한다. 두 군사 기업의 신경전이 끝내 전면전으로 비화한 것이다. 리우데자네이루 같은 도시는 잿더미가 됐으며 목숨을 건진 시민들은 피난 행렬에 올랐다.

군사 작전과 시장 붕괴로 세계무역은 삽시간에 마비됐다. 국제 교역로가 심각한 타격을 입었으며 도처에서 해적들이 기승을 부렸다. 물리적인 전쟁이 가열되는 가운데 넷워치는 넷을 지키고자 이면에서 고군분투했다. 글로벌 서버와 데이터뱅크가 파괴된 데 이어 악성 바이러스와 데몬급 프로그램의 물량 공세까지 겹친 끝에, 우리가 알던 넷은 서서히 죽음을 맞이했다.

끝내 세계 각국은 기업간 알력 다툼에 염증을 느끼기에 이르렀다. 일각에서는 밀리테크와 아라사카가 작금의 정세를 초래했다며 공개적으로 비난했고, 이들 기업에 대한 지원을 철회하며 자국에 남아 있던 약화된 지분을 국유화했다. 남부 캘리포니아 자유주에서 두 기업의 로스앤젤레스 지사를 압류한 이후로 텍사스와 일부 유럽 국가에서도 같은 조치를 단행했다.

아라사카의 미국 지사 가운데 끝까지 버틴 곳은 나이트 시티의 아라사카 타워였으나, 결국 신원불명의 용병단이 터뜨린 전술핵에 송두리째 증발했다. 오늘날 전설로 통하는 로그, 모건 블랙핸드, 조니 실버핸드를 비롯한 이른바 "아틀란티스 그룹"이 공격에 연루됐다는 설도 있으나, 이들의 개입 여부를 입증할 증거는 불충분하다. 모건과 조니는 아라사카 타워 사건 이후 종적을 감췄으며 로그는 자신의 연루설을 거듭 부인하고 있다.

아라사카는 일본 정부의 압박을 이기지 못하고 2023년 말 끝내 패배를 인정했다. 밀리테크는 승자로 우뚝 섰지만 경쟁 기업 못지않은 막대한 손실을 입었다. ◼

04: 공중 항모에서 전장으로 투입된 밀리테크 기갑부대. 2022년 7월, 남아메리카.

과거와 현재

현대사의 교훈

전후 정세 (2024-2035)

"전후는 기술발전의 정체기였다."

세계는 10여 년이 지난 끝에 전쟁의 상흔을 딛고 일어섰지만, 혼란은 끝날 기미를 보이지 않았다. 세계 각지가 폭동과 봉기로 몸살을 앓았고, 남아메리카는 여전히 정치적 격동에 시달렸다. 유럽과 아시아 국가들은 세계무역을 되살리고자 잔존 기업들을 규제하고 정부의 관리 하에 둠으로써 그간 지속된 기업 패권을 종식시키고자 했다.

미국에서는 엘리자베스 크레스 대통령이 여전히 기업의 손아귀에 있는 일부 지역에 대해 계엄령을 선포했다. 나이트 시티 중심부를 초토화시킨 핵폭발 사고의 책임은 아라사카에 돌아갔지만, 신원불명의 용병단에게 자금을 지원하고 휴대용 핵폭탄을 지급한 배후가 사실은 밀리테크라는 소문이 파다했다. 진상을 촉구하는 목소리가 높아지자, 크레스 대통령은 그러한 여론을 빌미로 밀리테크를 좌지우지했다. 문제의 사건에 밀리테크가 연루됐다는 확증이 없었음에도 기업 자산에 대한 국영화를 단행하며 연방제를 공고히 다진 것이다. 밀리테크의 거물급 임원 가운데 혐의를 벗은 일부는 재건된 국방부의 요직을 제안받기도 했다.

전후는 기술발전의 정체기였다. 기업들은 살아남고자 몸부림쳤고, 연방 및 지방 정부는 내부 문제에 골몰하는 한편 민간 소요를 진압하고 국가를 재건하느라 여념이 없었다. 기술 교역은 노마드 덕분에 명맥을 유지했다. 이들은 전장의 폐허와 버려진 각종 시설을 물색하며 중무장 호송대를 이용해 금수품을 밀수했다.

05: 남부 캘리포니아 경계 순찰대가 나이트 시티로 가려는 시민들을 제지하고 있다.

06: 2012년에 최초로 도입된 북부 캘리포니아의 주기.

크레스 대통령은 나이트 시티 재건에 적극 협조하겠다고 장담했으나 실제로는 폐허가 된 도시 복구에 무관심으로 일관했다. 도시를 피폐한 상태로 방치할 경우 북부 캘리포니아 자유주가 끝내 정부에 굴복하리라는 정치적 계산에서였다. 그러나 나이트 시티의 시민들은 순순히 굴하지 않고 힘겨운 도시 재건에 나섰다.

한편 폭주하는 지능 시스템(IS) 및 자기인식 전투 프로그램이 장악한 올드 넷을 되찾고자 몇 년이 넘도록 헛수고만 거듭하던 넷워치는 끝내 이른바 "블랙월"이라는 가상의 장벽을 세워 올드 넷상의 인간 권역과 IS 권역을 격리하기에 이른다. 계획의 규모를 고려할 때, 블랙월을 세우기 위해 넷워치가 울며 겨자 먹기로 IS와 뒷거래를 했다는 음모론이 어느 정도는 사실일지도 모른다.

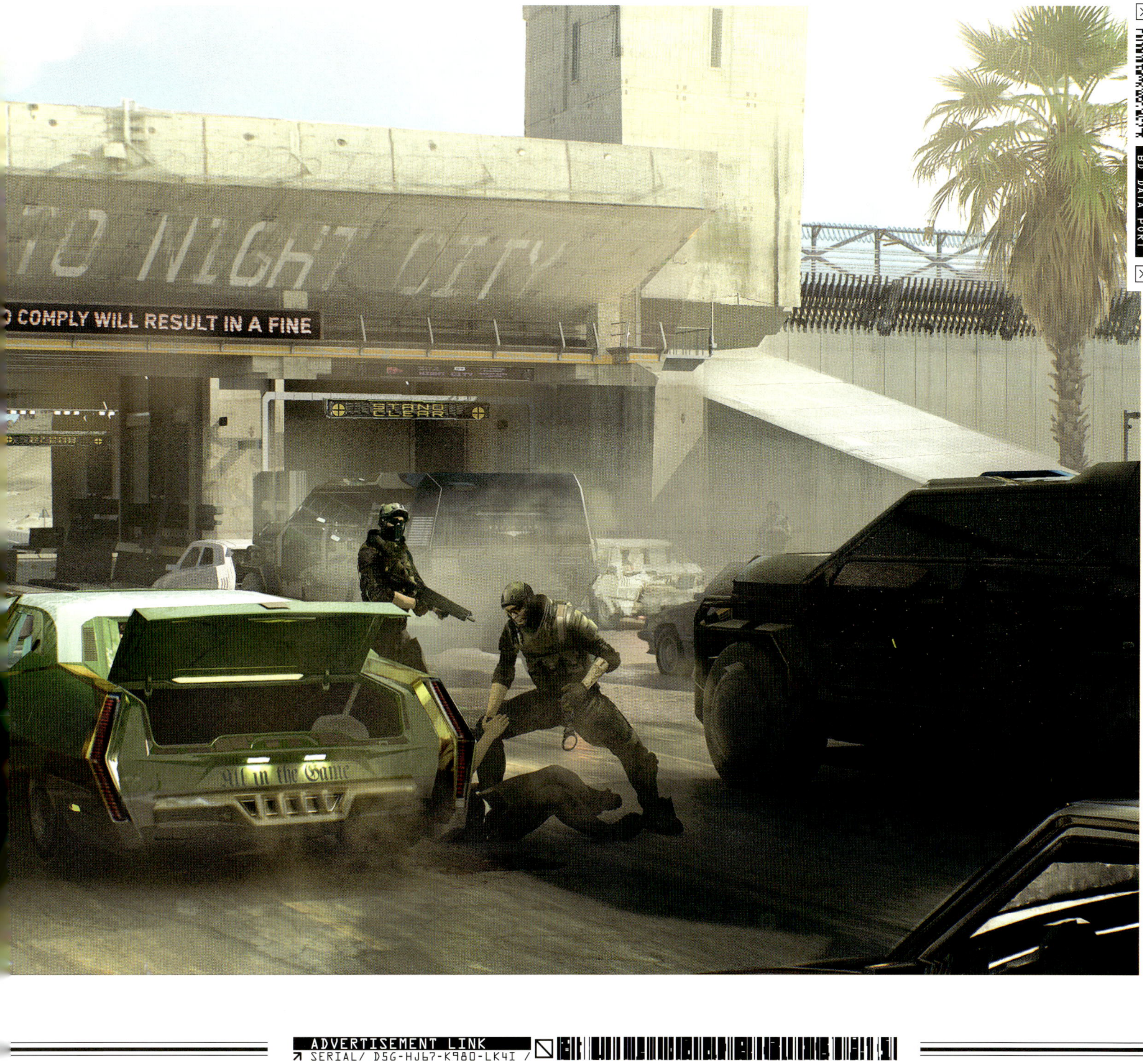

/*745 567 246 975 045 357 24*/
BD DATA PORT

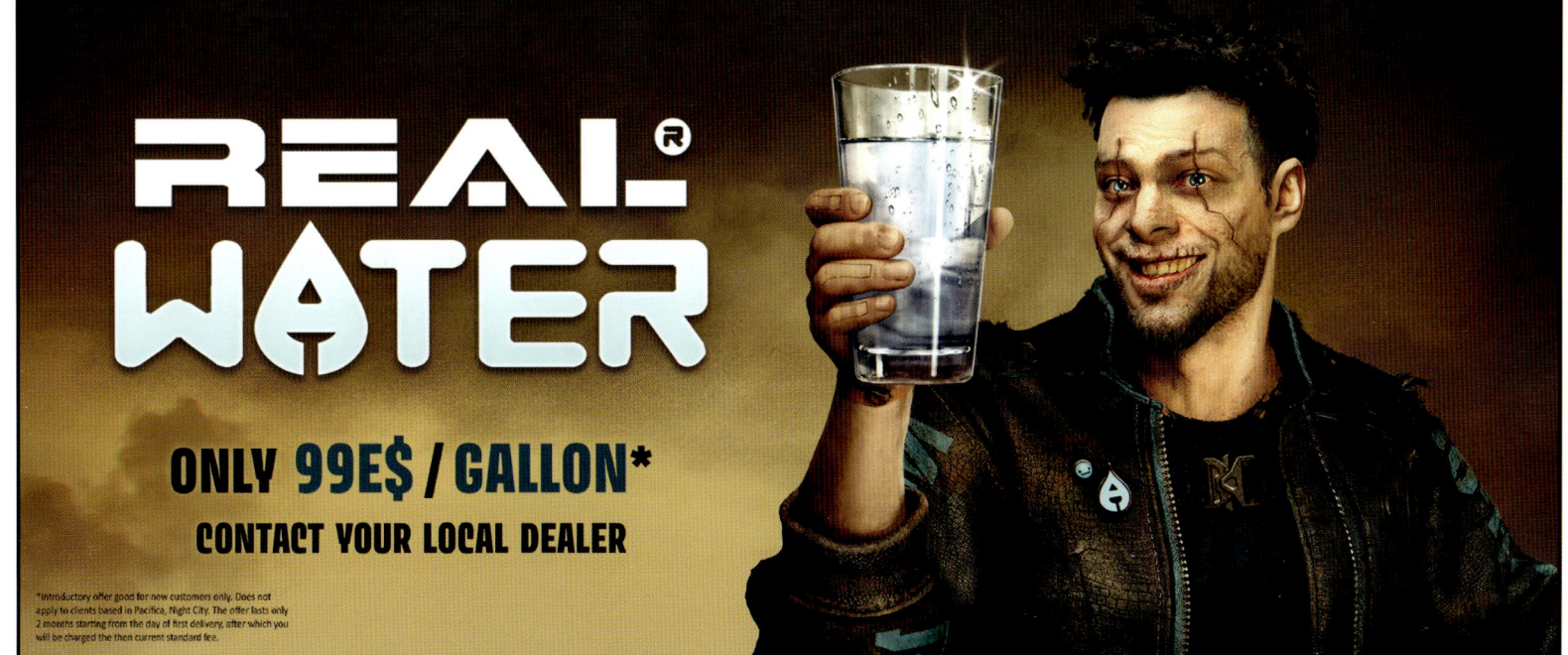

과거와 현재
현대사의 교훈

재통일 (2035-2069)

"나이트 시티는 노마드와 중소기업의 도움 속에 시민들의 노고로 재건되었다."

이후 35년간 세계 각국과 기업들은 차츰 원상태를 되찾았다. 각지의 도시가 서서히 재건되는 가운데 무역로도 복구되었다. 손상된 인프라는 수리됐으며 첨단기술도 다시금 어디서나 접할 수 있게 되었다.

미국에서는 1990~2016년의 대붕괴 당시 유령 도시가 되었던 지역이 정부와 기업의 지원으로 재건되어 다시금 사람들이 거주하기 시작했다. 기업들은 이러한 재건 사업을 통해 전쟁으로 축적된 부정적 여론을 불식하는 한편, 문화 전반에 대한 영향력을 재구축할 절호의 기회로 삼았다.

크레스 대통령은 물론 미국 정부로부터도 버림받은 나이트 시티는 노마드와 중소기업의 도움 속에 시민들의 노고로 재건되었다. 당시 정부에서 아라사카를 핵폭발의 희생양으로 삼았다는 유언비어가 떠돌았고, 이는 기업들의 주춤하던 패권욕에 다시 불을 지피는 결과를 초래했다. 연방제에 고개를 숙이느니 차라리 아시아계 거물급 보안 업체가 복귀하는 편이 낫다는 것이 당시 시민들의 여론이었다.

반면 유럽에서는 기존의 메가코프들이 바라던 것과 정반대의 상황이 벌어졌다. 전쟁으로 기반이 약화된 데 이어 유럽 각국 정부의 전폭적 지원을 받는 신흥 강호들과의 경쟁에 직면한 것이다.

아시아의 경우 아라사카는 비록 체면을 구겼을지언정 의연하게 패배를 받아들였다. 자산의 상당 부분을 전쟁 배상금으로 할애해야 했지만, 수익이 보장되는 계약을 하나둘씩 성사시킴으로써 무기제조 및 보안 업계의 선두주자 자리를 신속히 되찾았다. 그러나 패배의 치욕은 향후 기업의 발목을 잡았다. 일설에는 아라사카 사부로가 기업 내부의 반대에 부딪혔으며, 사내에서는 암암리에 파벌 싸움의 조짐이 감돌았다고 한다.

분리형 개별 넷 네트워크가 새로이 등장하기 시작했으나 대체로 지역 인트라넷 수준에 머물렀다. 넷워치는 개별 네트워크 간의 연결을 주의 깊게 관리하며 예의주시했지만 이들의 권한은 유럽과 오세아니아에 국한되었다. 뉴 넷은 대부분의 중요 데이터와 격리된 까닭에 대중의 접근성이 떨어졌고 넷러너들이 침입하기도 어려웠다.

07

07: 아로요에 유출된 위험물질을 제독하는 시 공무원.

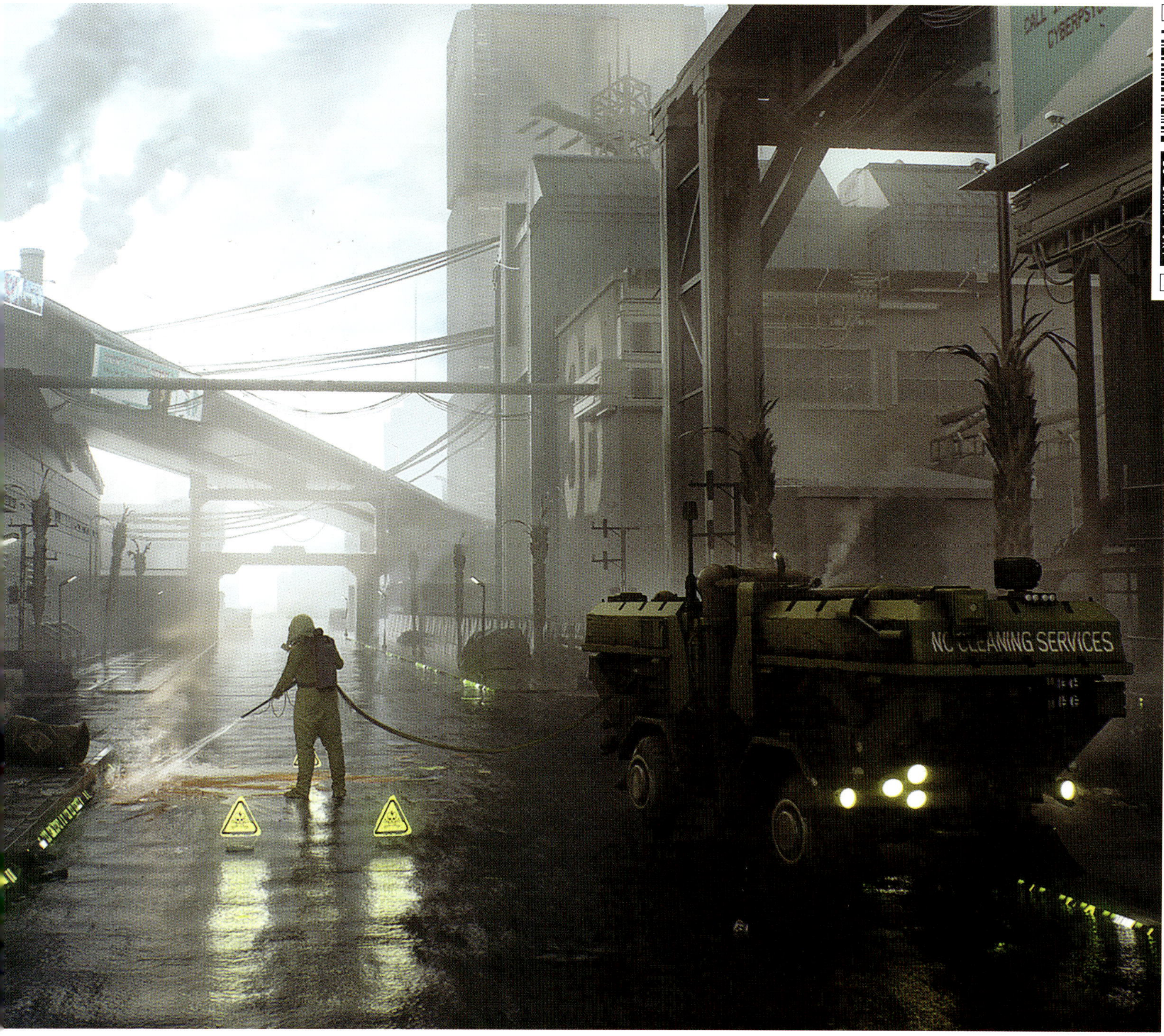

/*256 275 785 435 563 964 34*/
BD DATA PORT

ADVERTISEMENT LINK
SERIAL/ TG7-23FH-7HU8-11F6 /

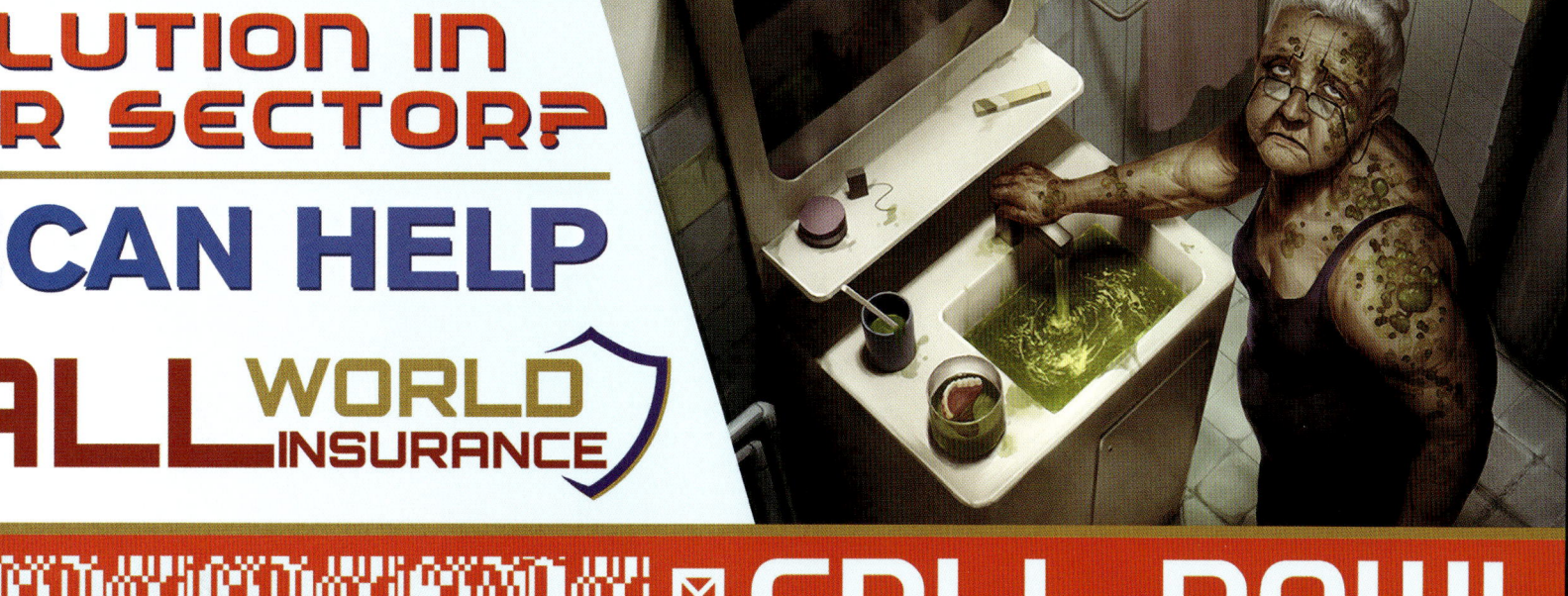

과거와 현재
현대사의 교훈

통일 전쟁 / 금속 전쟁
(2069-2070)

"NUSA 연방 정부는 국유화된 밀리테크 병력의 지원 아래, 느슨한 동맹 관계를 유지하던 분리주들을 상대로 전쟁을 선포했다."

2069년 말, 로잘린드 마이어스 신임 대통령은 국력 강화를 명목으로 고삐 풀린 자유주에 대한 연방제를 확대하는 통일책을 펼쳤다. 그러나 미국 각지의 독립 지역에서는 대체로 통일에 반대하는 분위기였다. NUSA 연방 정부는 국유화된 밀리테크 병력의 지원 아래, 느슨한 동맹 관계를 유지하던 분리주들을 상대로 전쟁을 선포했다. 콜로라도, 뉴멕시코, 와이오밍, 몬타나, 애리조나, 네바다, 북부 캘리포니아가 여기에 포함됐고, 워싱턴, 오레곤, 아이다호는 연방 정부의 요구를 일부 수용하는 선에서 중립을 지켰다. 자유주들은 비밀리에 아라사카 측으로부터 무기와 "보안 고문"의 지원을 받았음에도 연방 개입을 지지하는 주들의 지원을 받는 NUSA 군대를 상대로 고전을 면치 못했다. 최첨단 군사기술이 동원된 이 분쟁은 훗날 금속 전쟁이라 불리게 된다.

나이트 시티는 가까스로 전화를 모면했다. 미국 정부와 동맹을 맺은 남부 캘리포니아와 연방제에 종속되지 않고 독립을 유지하려는 북부 캘리포니아가 서로 대치하는 가운데, 나이트 시티 시민들은 숨죽인 채 연방군의 침공에 대비했다. 2070년 초, NUSA 육군 사단이 도시 외곽으로 진격했지만 루시우스 라인 의원의 신속한 조치로 도시가 침공당하는 불상사는 일어나지 않았다. 라인 의원이 지난 10년간 시의회에 근무하며 맺어둔 연줄을 써서 그동안 홀대받던 아라사카에 보호를 요청한 것이다. 며칠 뒤 아라사카 초대형 항모가 코로나도 베이에 도착하자, NUSA 육군은 불과 몇 시간 만에 철수했다.

아라사카의 공개적 개입 이후 NUSA와 자유주 연합 간에 통일 조약이 체결됨으로써 통일 전쟁은 막을 내렸다. 자유주들은 자치권을 유지하는 대신 신 연방 정부에 협력하고 상호 간 적대행위를 종식하기로 합의했다. 마이어스 대통령은 아라사카 측이 계속 개입할 경우 NUSA로서도 감당하기 어려운 수준으로 분쟁이 확대될 것을 염려해 절충안에 합의했다. 아무도 조약에 만족하지 못했으나, 전쟁을 재개해 또다시 범세계적 위기를 초래하는 것보다는 평화 협정을 맺는 편이 나은 선택이었다.

08

전쟁 이후 나이트 시티는 북부 캘리포니아 자유주 및 NUSA의 법률과 지배 구조에서 독립하여 국제 자유 도시로서의 입지를 다시 굳혔다. 그러나 자유에는 대가가 따랐다. 메가코프들이 NUSA 서부 해안에 교두보를 확보하고자 도시 활성화에 자금 지원을 아끼지 않음에 따라 나이트 시티는 거대 기업의 영향에서 결코 자유로울 수가 없는 처지에 놓인 것이다. 2070년, 시에서 아라사카에 2023년에 붕괴된 구 지사 자리에 미국 지사 재설립 허가를 내줌으로써 이러한 시류는 정점을 찍었다. 나이트 시티는 다시금 번영기를 맞았지만, 그 결실이 누구에게나 균등하게 돌아간 것은 아니었다.

08: 4차 기업 전쟁으로 파괴된 이후 재건된 나이트 시티의 기업 플라자. 이곳을 가득 메운 마천루는 도심의 스카이라인에서 빼놓을 수 없는 일부로 자리매김했다.

과거와 현재
현대사의 교훈

오늘날의 위협

"위험 수준의 계층 고착화, 치솟는 범죄율, 난민 문제로 온 세계가 시름에 잠겼다."

유럽과 아시아가 안정을 되찾는 가운데 4차 기업 전쟁과 통일 전쟁은 막을 내렸지만, 그렇다고 세상이 하루아침에 유토피아로 변모한 것은 아니었다. 비록 2020년대에서 2040년대까지의 기술 정체 덕분에 세계적인 환경 오염도는 도리어 낮아졌지만, 인류는 여전히 심각한 위협에 당면한 상태였다. 현재는 기후 변화가 최대의 위협이자 가장 예측하기 어려운 변수다.

초대형 허리케인과 토네이도가 세계 곳곳에서 막심한 인명 피해를 일으켰다. 아이티는 초강력 폭풍우가 연속으로 섬을 휩쓴 2062년 이후로 사람이 살지 않는 땅이 되었다. 자연재해와 이로 인한 집단이주 과정에서 수십만에 달하는 아이티인이 사망했으며, 이처럼 카리브해의 섬들에 닥친 재앙은 21세기 후반에 일어난 최악의 자연재해로 꼽힌다.

사막화와 가뭄은 더욱 심각해서 남아메리카는 물론 북아메리카, 유럽, 아프리카, 아시아, 오스트레일리아의 전 인구가 생존을 위협받는 지경에 이르렀다. 식수는 바닥을 드러냈고, 이러한 상황은 지난 몇 년간 별다른 진전을 보이지 않았다. 가뭄이 심각한 와중 홍수도 빈번하게 발생하고 있다. 과거 10년간 홍수로 인해 LA 및 나이트 시티 일부가 침수 피해를 입었으며 네덜란드는 국토의 3분의 1을 잃었다. 네덜란드는 최신식 댐건설 기술에 힘입어 전국이 북해에 잠기는 참사는 모면한 반면, 몰디브의 경우 군도 전체가 20년 전에 수몰되고 말았다.

거듭된 자연재해로 토양 유실이 심각해지면서 이로 인한 기아로 아시아와 아프리카에서 수십만이 목숨을 잃었다. 일부 도시 지역은 수경재배 및 도시형 수직농업 도입으로 가까스로 식량난에서 살아남았다.

사이버 기술의 발달은 사이버 사이코시스 문제를 야기했다. 해당 증세를 보이는 환자는 다른 사람들과 정서적으로 소외되어 급기야 대인관계에 거부감을 느끼게 된다. 이는 타인에 대한 경멸로 이어지고, 결국에는 폭력으로 표출된다. 사이버 사이코시스의 존재 자체는 반세기 전부터 알려져 있었으며 사이버 강화 정도와 발병률 사이에 연관이 있다는 연구 사례도 다수 있지만, 개인에 따른 발병률 차이를 일으키는 원인은 구체적으로 밝혀지지 않았다. 지금도 사이버 사이코시스는 우리가 살아가는 기술의존 시대의 대표적인 고질병으로 남아 있다.

설상가상으로 위험 수준의 계층 고착화, 치솟는 범죄율, 난민 문제로 온 세계가 시름에 잠겼다. 이쯤은 여러분도 익히 알고 계실 것이다. 매일 이런 문제에 부대끼며 살아가는데 오죽하겠는가. 이처럼 불안정한 시국에서 인류가 존속하기 위해서는 가치 체계의 재정비가 시급하다. 그러나 그러기에 이미 늦은 것은 아닐까? ◼

09: 무기 제조사들은 현대 사회에 만연한 불안감을 이용해 잇속을 챙겼다.

09

제 2장

차세대 기술

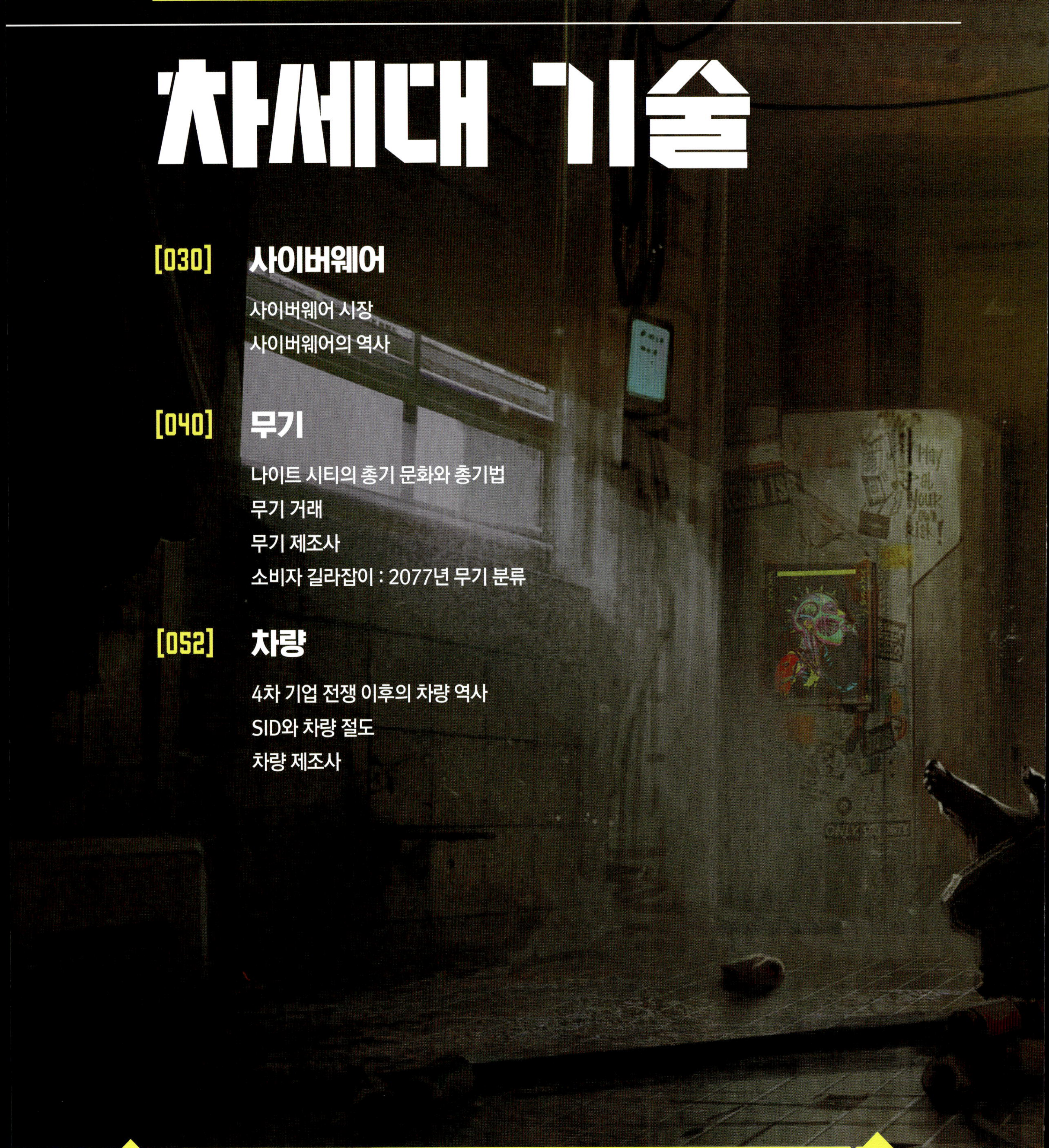

[030] ## 사이버웨어

사이버웨어 시장
사이버웨어의 역사

[040] ## 무기

나이트 시티의 총기 문화와 총기법
무기 거래
무기 제조사
소비자 길라잡이 : 2077년 무기 분류

[052] ## 차량

4차 기업 전쟁 이후의 차량 역사
SID와 차량 절도
차량 제조사

[062] 브레인댄스

브레인댄스 탐닉
브레인댄스 녹화
편집
브레인댄스와 연예인
브레인댄스의 기타 문제점

[074] 넷러닝

바트모스와 올드 넷의 종말
넷상의 혼란
오늘날의 넷
오늘날의 넷러닝: 장비 등급

 안녕들 하신가,
프리 넷 만세.

오늘은 현대 기술에 관해
살펴보고자 한다.

기업들은 하루가 멀다고
최첨단 필구 상품을 쏟아내며
소비자의 눈과 귀를 현혹한다.
그러면서 뒤로는 신상품을
제일 먼저 시장에 선보이기 위해
수단 방법을 가리지 않는다.
서로 아이디어를 표절하고

설계도를 훔치는가 하면, 타사의 수석 연구원을 납치하고 중역을 암살하거나 아예 경쟁사의 연구실을 폭파하는 짓도 서슴지 않는다. 게다가 거리에는 별의별 개조가 들어간 장비를 파는 암시장이 성업 중이다. 사이버웨어에서부터 총기와 넷러닝 장비는 물론 자동차와 항공기까지, 그야말로 없는 것이 없다."

— 편집장

사이버웨어

편집장 주

지난 반세기 동안 기술은 비약적인 발전을 거듭했다. 요즘은 냉동수면하다 나온 사람이 아니더라도 최신 유행과 혁신을 따라잡기 벅찰 정도가 되었다. 그런 지금이야말로 누가 나서줄 차례. 그래서 본지 최고의 기자인 조시가 직접 발 벗고 조사에 나섰다. 뒷돈까지 찔러가며 진짜 업계 전문가들을 만나 취재한 끝에 여러분께 현대 기술과 그 발전사를 간략히 요약해 전해드린다. 우선 지난 50년 사이 일상생활에서 떼려야 뗄 수 없는 (비유가 아니라 실제로도) 일부가 된 사이버웨어에 대해 살펴보자.

인공 임플란트를 몸에 이식한 사람은 어딜 가나 흔히 볼 수 있다. 사이버웨어를 쓰는 이유는 저마다 다르다. 정말 필요해서, 자기 계발을 위해서, 재미로 혹은 위신을 드러내기 위해서, 또는 순전히 멋으로 등등. 패션웨어는 지난 수십 년 사이에 첨단 유행의 영역으로 들어왔다.

– 2077년, 조시

사이버웨어 시장

제조사들이 자랑하는 다양한 품목은 대체로 기성품 임플란트에 국한된다. 그런 제품군은 이른바 "재고웨어"라는 멸칭으로 통한다. 직접 튜닝하고 개조해야 직성이 풀리는 전문가들의 구미에는 안 맞을지 몰라도, 그런 기성품은 신뢰성이 높고 구매가 용이하며 가격도 대체로 적당하다. 현대의 사이버웨어는 21세기 초반의 문신이나 핸드폰과 같은 위치에 있다. 개성을 표현하는 수단이자 유행에 발맞춘 장신구인 동시에 유용한 전자제품인 것이다.

요즘 기본적인 사이버웨어는 어디를 가나 손쉽게 구할 수 있다. "라이트" 임플란트의 경우 구매한 매장이나 성형외과에서 바로 설치해준다. 들러서 접수하고 잠시 이식받고 약간의 조정을 거치면 짜잔, 나만의 사이버오디오 임플란트 장착 완료! 그밖에 추가 기기는 매장에서 구입해 집에서 직접 설치할 수도 있다.

그보다 복잡한 사이버웨어를 설치하려면 전문점을 찾아가야 하지만 절차 자체는 치과 진료를 받는 것처럼 간단하다. 물론 시술 도중 합병증이 발생하지 않도록 건강 상태부터 확인하지만, 자칫 고객이 마음을 바꿔서 일반 요금의 60퍼센트만 받는 리퍼닥을 찾아갈 수도 있다는 사실을 알기 때문에 검사가 까다롭지는 않은 편이다.

전신 개조나 장기 및 사지 교체와 같은 고도로 복잡한 사이버네틱 및 생물학적 강화는 유명 클리닉의 전문가만 시술이 가능하다. 보통은 의료 카탈로그에서 적당한 곳을 고르지만, 자기 입맛이나 지갑 사정 또는 배짱에 따라서는 블랙 클리닉이라는 선택지도 있다. 굳이 운에 맡겨볼 요량이라면 말리지는 않겠다. 키르기스탄 출신 리퍼닥의 손에 심장이 싸구려 중고품으로 교체되는 불상사가 생겨도 책임은 못 진다만.

게다가 멀쩡한 팔을 자르고 사이버 의수를 달려는 사람이 매일같이 줄을 서는 것도 아니다. 팔이 아주 절단 났거나 빚 독촉에 시달리는 절박한 상황이 아니고서야 그런 결심을 하는 경우는 드물다. 물론 돈이 넘쳐난다면 얘기가 다르다. 과시욕을 충족하고자 해괴망측한 임플란트도 마다하지 않는 부류가 부자들이니 말이다.

임플란트 제거나 교체는 언제든 가능하지만 환불은 없다. 그러니 신중히 생각해보고 개조를 결심하시길. 특히 복잡한 사이버웨어를 고민한다면 더더욱. 슬슬 허파를 새로 장만해야 하는데 그럴 형편이 되지 않거나 전에 쓰던 모델을 냉장보관하지 않았다면 발등에 불 떨어진 격이다. 당장 숨쉬기가 곤란해질 테니까.

▲ 01: 고객이 새로 이식받은 임플란트가 제대로 작동하는지 점검하는 가부키 리퍼닥.

호환성

오늘날의 임플란트에 사용되는 기반 기술은 거기서 거기다. 개별 사용자의 신경계와 호환성이 필수이기 때문이다. 인터페이스는 모두 업계 표준을 따르므로 타사의 경쟁 플랫폼과도 얼마든지 호환된다. 학습 프로세서는 아라사카제인데 칩웨어 소켓은 바이오다인제를 써서 걱정이라고? 염려 마시라.

사이버웨어의 역사

〉인공기관과 0세대 사이버웨어

사이버웨어는 의료용 인공기관의 발달로 탄생했다. 21세기 초, 임플란트는 주로 절단 혹은 손상된 사지나 장기를 대체할 용도로 사용됐다. 인공 판막, 의수/의족, 척추와 같이 모두 생명을 구하거나 심각한 외상을 입은 환자의 재활용으로 설계됐다.

제1차 중앙아메리카 전쟁 직후 수많은 상이군인이 귀국하면서부터 사이버웨어의 발달은 가속화됐다. 기술 발전과 소형화에 힘입어 보다 정교한 "의료용" 사이버웨어가 보급됐지만 상당한 고가인 데다 사용하기도 불편했다. 당시에 선보인 최초의 의수는 손이 아니라 투박한 집게가 달린 쇳덩어리였다. 요즘 기술에 비해 한없이 뒤처진 그런 초기 사이버웨어는 오늘날 "0세대"로 분류된다.

〉사이버웨어 산업 혁명과 1세대 사이버웨어

전후 의료용 사이버웨어 인공기관의 발달로 소형화에도 속도가 붙었다. 의료용 이외에 최초로 성공리에 설계 및 시험을 마친 임플란트는 중노동 종사자를 위한 강화 척추와 관절, 오염된 환경에서 근무하는 노동자를 위한 상기도 이식형 공기 여과기였다. 그러나 아직까지는 임플란트가 거부반응을 일으킬 확률이 높아 사이버네틱 강화의 대중화에 큰 걸림돌로 작용했다.

사이버웨어는 2020년대부터 전장에 모습을 드러내기 시작했다. 2차 중앙아메리카 전쟁과 2, 3차 기업 전쟁은 최초의 전투용 임플란트를 탄생시킨 시련의 장이었다. 가장 먼저 전투용 사이버웨어를 도입한 기업은 밀리테크였다. 운반력을 증대시키고 개인용 동작 추적기 및 거리 측정기를 신체에 결합한 강화 사이버솔저는 상대측 병사에 비해 모든 면에서 월등했

▲ 02: 사이버웨어를 사용하는 각계각층 사람들. 노출도는 저마다 천차만별이다.

다. 머잖아 분쟁 당사자들은 저마다 전투용 사이버웨어를 설계하여 실전에 투입하기 시작했다. 당시의 전쟁으로 인해 메가코프의 사설 군대 사이에 군비 경쟁이 촉발됐고, 이는 오늘날까지 계속되고 있다.

초기의 전투용 및 산업용 사이버웨어는 오늘날 "1세대"로 분류된다. 재질은 금속과 플라스틱으로, 0세대보다는 낫지만 구식 2세대에도 미치지 못한다. 이제 1세대는 암시장에나 가야 볼 수 있으며 최신 사이버웨어를 구할 여력이 되지 않는 빈민들에게 염가로 팔리고 있다.

> ## 2세대와 항거부반응제 – 임플란트의 대중화

역사에서 전쟁이 신기술 개발의 촉매로 작용한 사례는 부지기수였다. 이를 증명이라도 하듯, 전쟁의 여파가 미처 가라앉지 않았음에도 사이버의료 시장은 호황에 접어들었다. 기업 전쟁에 참전했던 회사들은 황금 같은 기회를 놓치지 않고 상이군인들을 위한 의료용 임플란트 생산 설비를 앞다투어 확충했다. 그 직후 산업 시장을 노린 저가 모델을 출시했고, 동시에 대중 시장을 겨냥한 모델도 최초로 설계에 착수했다. 아직 사이버웨어와 관련한 연방 규제가 없었던 시절이었기에 최초의 사이버웨폰이 등장한 것도 이때였다.

이러한 사이버웨어 시장의 급성장은 항거부반응 치료법의 개발과 "키치" 문화양식의 발달 및 브레인댄스 기술의 호황과 맞물렸다. 근래의 전쟁으로 지칠 대로 지친 대중은 소비에 굶주려 있었고, 때마침 최신 브레인댄스 작품 속 주인공들의 외모를 모방하는 유행이 일었다. 바야흐로 사이버웨어 시대의 막이 오른 것이다.

2세대 사이버임플란트는 거리에서 가장 흔히 접하는 종류의 신체강화로, 편리한 동시에 비교적 저렴하다. 1세대에 쓰이던 거추장스러운 피스톤과 유압장치가 인공 사이버머슬로 바뀜에 따라 구동력과 내구력은 월등히 향상됐다. 이어서 시장에 등장한 리얼스킨 기술은 출시와 동시에 고가품의 상징으로 자리매김했다.

불법 및 암시장 사이버웨어

정품을 쓸 형편이 못 된다면 중소기업에서 내는 염가판이라는 선택지가 언제나 열려 있다. 다만 짝퉁이다 보니 선택의 폭이 좁고 소프트웨어도 열악한 데다 툭하면 고장을 일으킨다는 점은 알아두기길. 애초에 "밀리샤테크"나 "아라-사케" 같은 상표에 무슨 기대를 하겠느냐마는. 암시장에서 사이버웨어 매물을 알아볼 수도 있지만, 보통 가격대가 만만찮다. 전에 쓰던 사람의 살점이 묻은 사이버암은 중고로 싸게 구할 수 있을지 몰라도 최신형 4세대 측두엽 강화기 프로토타입 같은 인기 상품을 사려면 양쪽 콩팥을 다 팔아야 할 정도다. 아니면 대신 팔아줄 건강한 대타를 구하거나.

리얼스킨

리얼스킨은 인조 피부 제작에 사용되는 기술로, 실제 피부와 사실상 구분이 불가능하다. 상이군인들이 사이버 의체에 거부감을 느끼지 않도록 하고자 발명됐는데, 30년이 지나는 동안 수요가 늘고 가격이 저렴해지면서 거의 모든 임플란트의 표준 피복으로 정착됐다. 다만 레트로 스타일의 팬이나 고가의 주문제작 사이버림을 사용하는 사람들은 리얼스킨을 씌우지 않고 "맨몸으로" 쓰는 편을 선호한다.

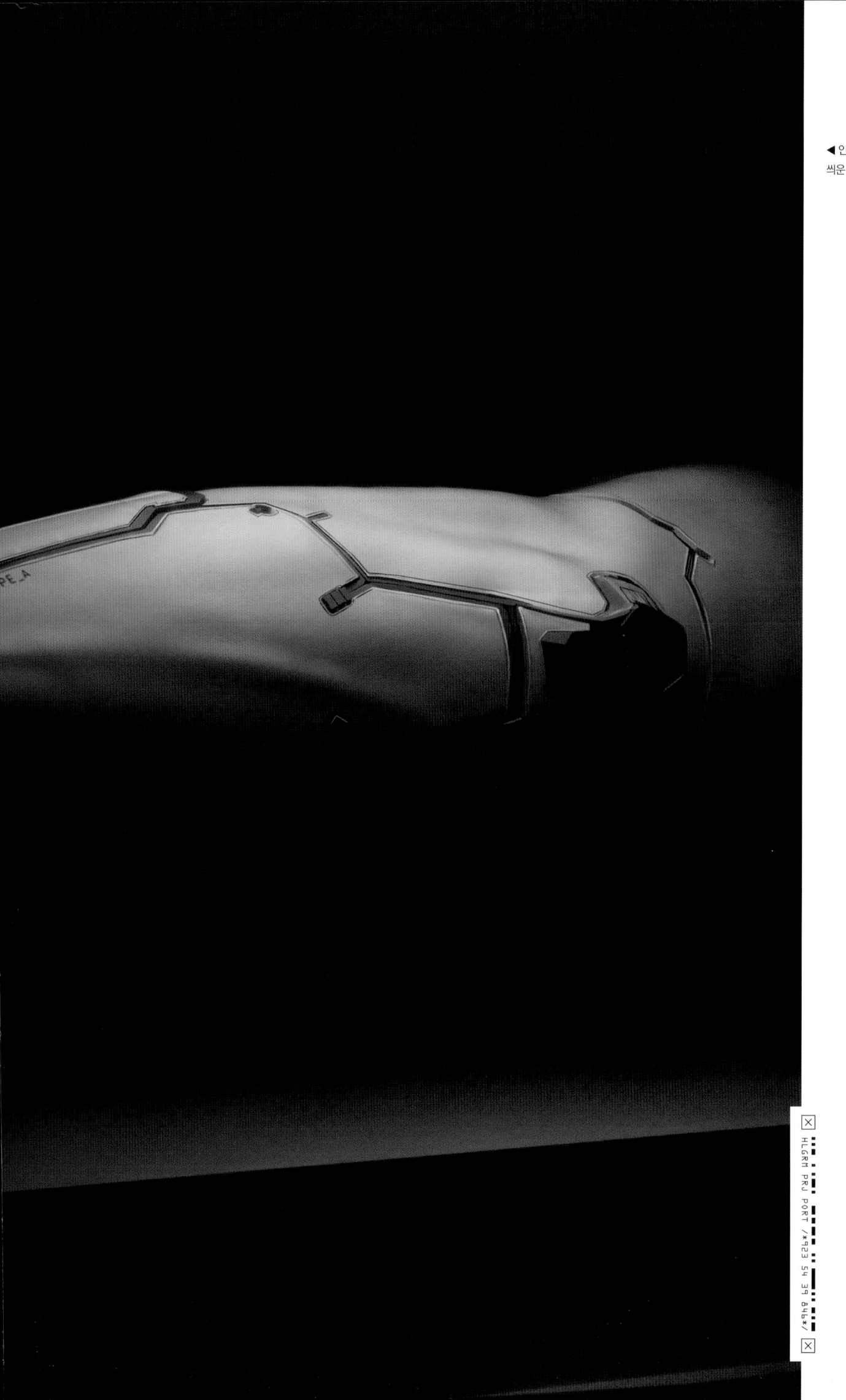

◀ 인펀트 퀄리티 리얼스킨을 씌운 4세대 전완.

바이오웨어

생물공학과 나노기술은 아직 시장에서 생소한 영역으로 남아 있다. 바이오웨어는 임플란트 항거부반응 치료법을 개발하면서 나온 부산물로, 주로 임플란트를 신체에 결합하는 과정에 사용됐다. 인공배양 강화장기와 인체 친화적 나노기술을 이용한 바이오웨어는 앞으로 몇 년 안에 신체개조 사업의 선두기술로 떠오를지도 모른다. 바이오웨어는 고품질 생체공학 인체개조의 산실인 유럽에서 급속도로 발전하고 있다. 스칸디나비아 국가들의 정부 지원을 받는 프레야 및 이그드라실 같은 중소기업 소유의 여러 연구실은 현재 시장에서 미국이나 아시아 회사들을 제치고 최고의 바이오웨어 명가로 꼽힌다.

› 메가코프의 부상과 3세대 사이버웨어

메가코프의 부상 또한 사이버웨어 기술의 발달에 크나큰 영향을 미쳤다. 3세대 사이버웨어의 발명은 기업들의 "냉전" 군비 경쟁에서 비롯되었다. 기업들은 저마다 병사 및 경비들의 장비를 개선하고 경쟁 업체를 견제함으로써 사업 안전을 확보하고자 했다. 가볍고 튼튼한 탄소섬유 및 세라믹 폴리머가 무거운 금속을 대체했고, 극비작전 및 암살용으로 눈에 띄지 않는 피하 장갑과 내장형 접이식 무기가 설계됐다. 방탄, 방검, 방염 처리된 리얼스킨도 개발됐고, 현재 기업 군대에서 널리 사용되고 있다.

사이버네틱 대신 생물학적 강화기술을 응용한 바이오웨어 역시 이때 발명됐다. 피부결합 장갑, 나노 의사, 독소 결합체 및 시냅스 업그레이드가 폭발적인 인기를 끌었다. 물론 생체개조 근육과 장기는 상응하는 사이버웨어에 비하면 성능이 떨어졌지만, 전자기파 공격이 통하지 않고 일반적인 스캐너로는 탐지가 불가능하며 사이버 사이코시스를 유발할 확률도 낮았다. 사이버웨어와 바이오웨어 시술을 모두 받은 이들은 최정예 기업 요원 또는 극비 공작원으로 활동한다. 바이오웨어는 되도록 믿을 만한 곳에서 구입하기를 권한다. 죄수들을 상대로 시험하다 남은 정체 모를 나노봇에 감염되는 바람에 신경계가 망가지기 싫다면 말이다.

지난 30년 동안 사이버웨어는 사회 계층을 막론하고 일상생활 전반에 광범위하게 보급되었다. 군대, 의료, 공장에서부터 가정, 성관계, 유흥에 이르기까지 삶의 곳곳에 스며든 것이다. 사이버웨어의 발달로 합법 및 불법 사업도 생겨났다. 브레인댄스와 사이버패션은 전자에, 사이버림 및 생체공학 장기 암시장은 후자에 속한다. 이처럼 인류의 삶은 사이버웨어의 등장 전과 후로 나뉜다 해도 과언이 아니다.

HLGRM PRJ PORT /*632 73 94 466*/

03

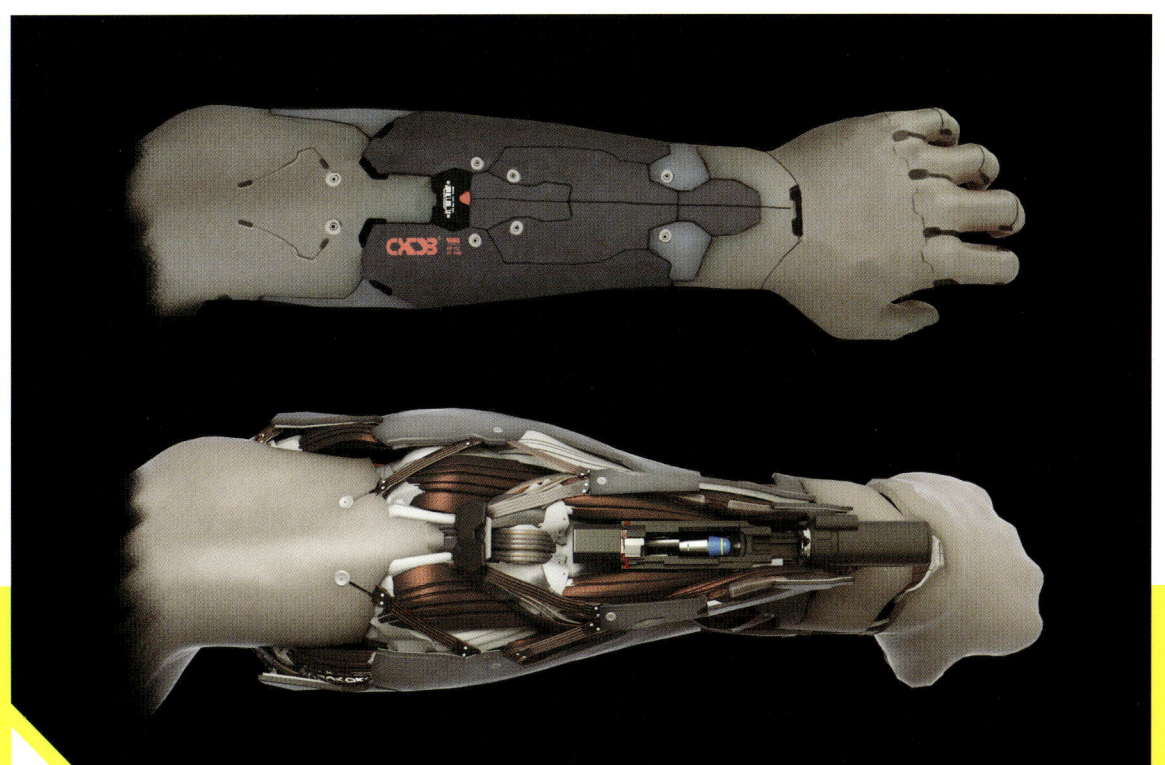

◀ 03: 팔에 내장형 실탄 발사기를 탑재한 신체 개조.

ADVERTISEMENT LINK
SERIAL/ CIN-1D57-34J9-89RE /

"It happens in a blink of an eye."
BEN "LIGHTNING" MICHURIN
VETERAN FIGHTER PILOT
KIROSHI
OPTICALS

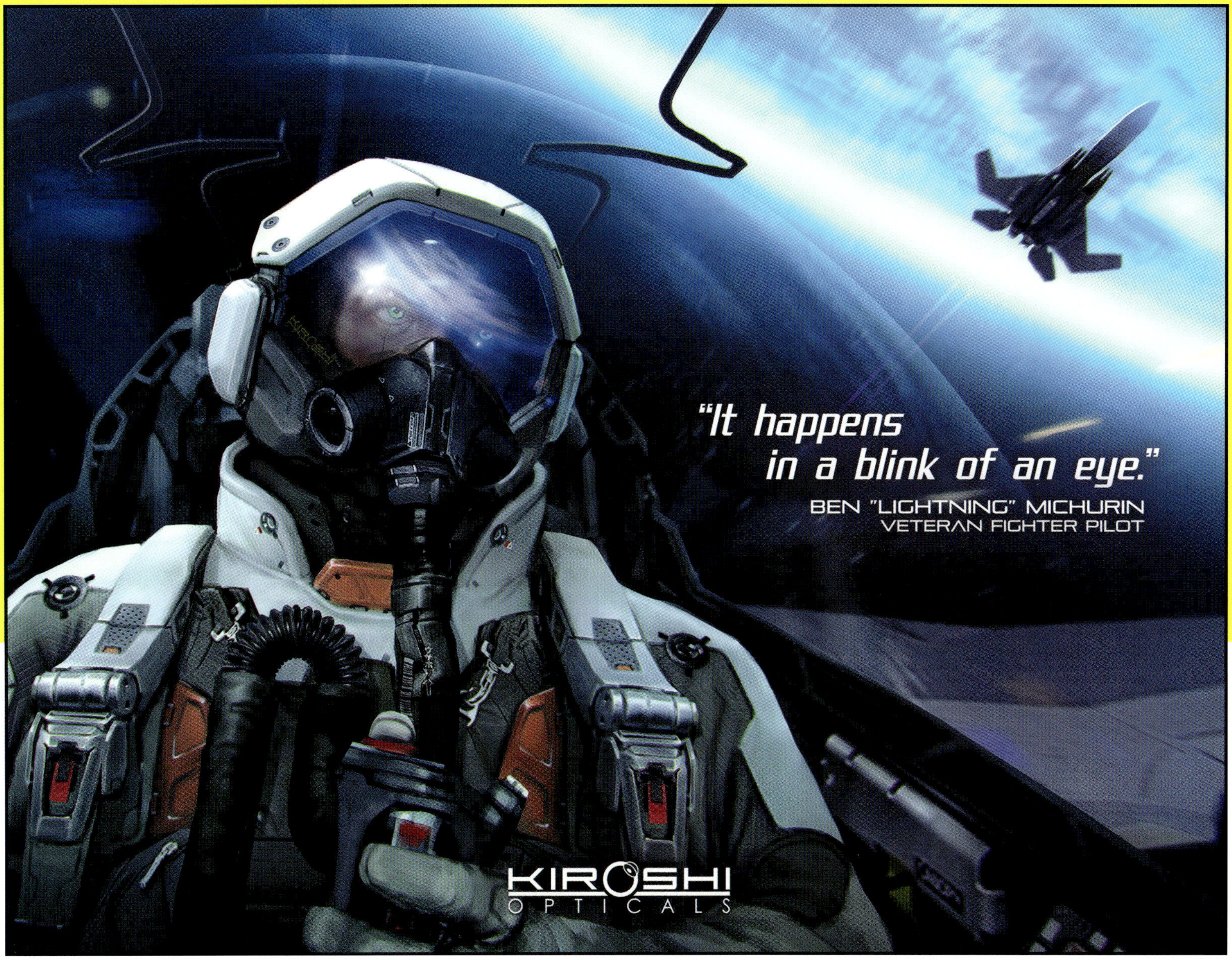

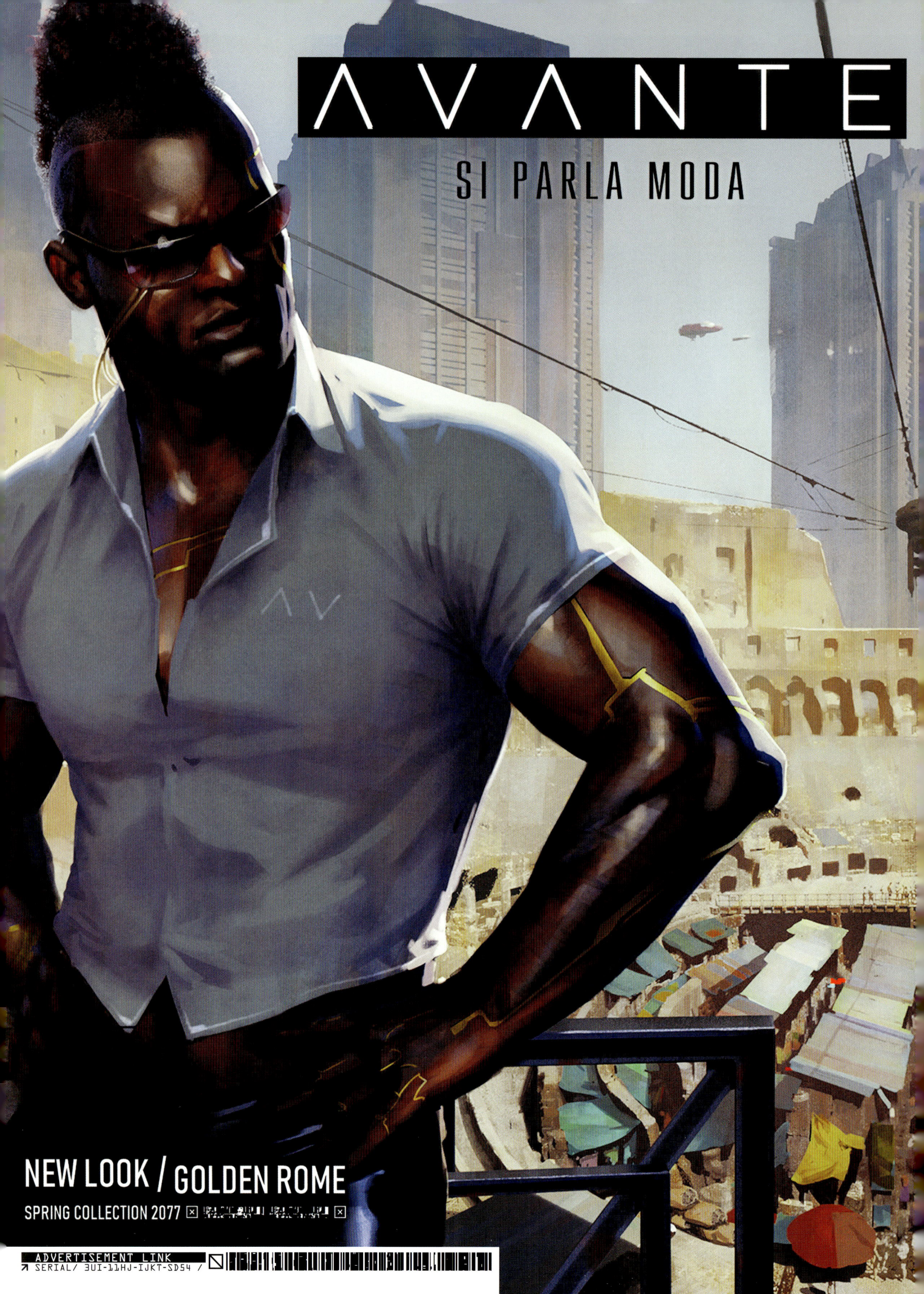

FASHION MODEL

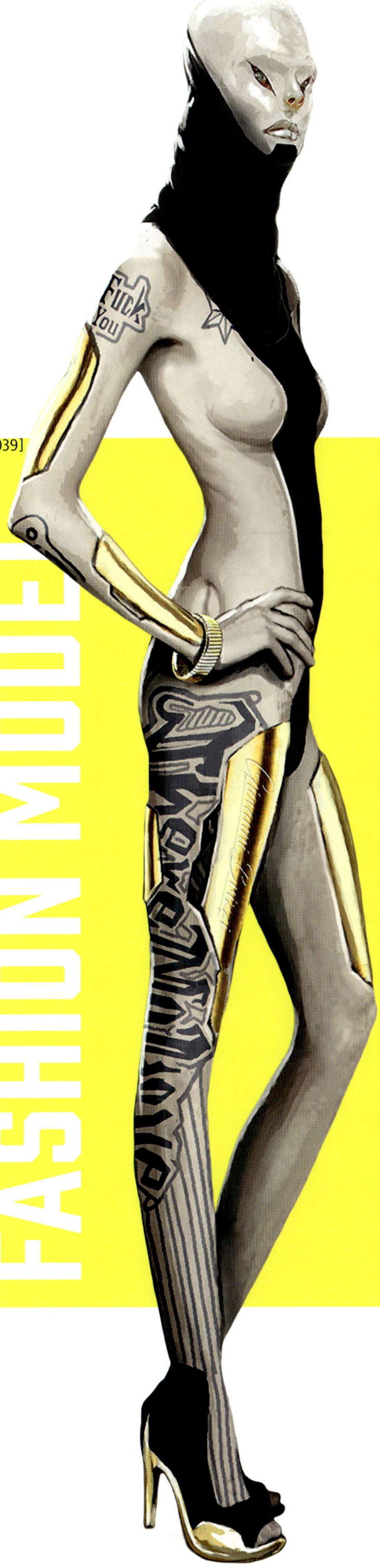

〉부유층과 권력층을 위한 4세대

최신예 최고급 사이버웨어에는 두 가지가 있다. 전자는 고위급 기업 임원 및 요원용이다. 업그레이드형 신경 프로세서, 넷러닝 핵웨어, IV등급 사이버아이, 스트레스 분석기를 이용해 경쟁자나 동업자를 상대로 경쟁 우위를 점한다. 최고급 리얼스킨을 씌운 이러한 4세대 임플란트는 기업계의 생리를 규정하는 한편 사용자가 해당 기업에서 차지하는 신분의 상징과도 같다.

마찬가지로 현대 사이버웨어 기술의 정점이자 성능 면에서도 결코 전자에 뒤지지 않는 후자는 일부러 눈에 튀도록 설계된다. 이러한 사이버웨어는 기업 후계자, 브레인댄스 스타, 가수를 비롯한 유명인과 같은 사회 특권층에서 인기를 누리고 있다. 황금이나 백금 줄무늬가 들어간 최고급 리얼스킨, 궤도 정거장에서 인공 생산한 순수 결정으로 제작되어 속이 훤히 들여다보이거나 천연목 타일을 입힌 사이버림은 수만 유로달러를 호가한다. 이런 스타일의 사이버웨어는 전적으로 재력과 신분을 과시하기 위한 장식용이다. ⊠

맞춤형 임플란트

일반적인 상업용 임플란트를 주문제작하려면 적당한 픽서와 그만한 상품을 구매할 돈이 필요하다. 주문제작 사이버웨어는 굉장히 희귀하고 가격도 고가인데, 그 터무니없는 비용의 절반은 "단품"값으로 들어간다. 그래도 나만의 장비를 맞추면 남들이 보는 시선이 달라지기 때문에 거리에서 명성을 얻는 데는 이만한 것이 없다.

▼ 04: 상하악골 임플란트 설치를 스트리밍하는 미디어 인플루언서.

/*2896 983 3490 2679*/
AUDIO DATA PORT

04

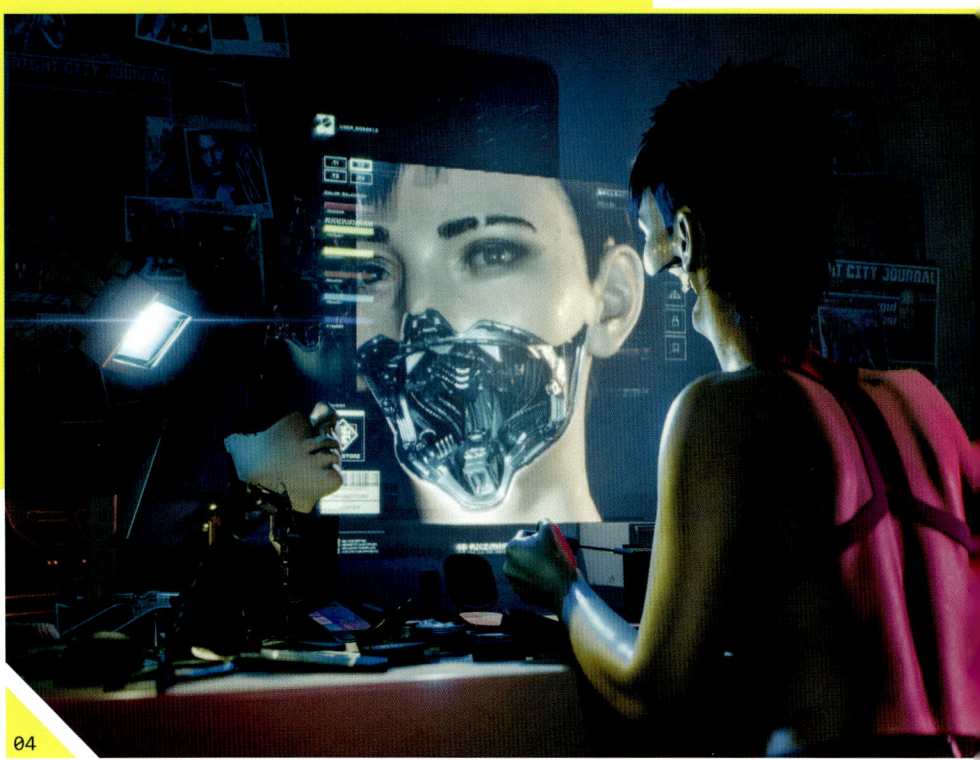

구마

편집장 주

무기라는 말 많고 탈 많은 주제를 자세히 다루기 위해 본지는 전문가를 찾아갔다. 윌슨은 사람이 좀 괴짜기는 해도 시민의 총기 휴대권을 보장하는 수정헌법 제2조를 열렬히 지지하는 한편 각종 무기를 취급하는 전문 총 포상이다. 무기에 관해서는 본인의 상점에서 취급하는 다양한 품목에 맞먹을 만큼 폭넓은 지식을 겸비한 인물이니 주의 깊게 읽어두시길. 돈푼 아끼는 것은 물론 언젠가 목숨을 건지게 될지도 모르니까.

살벌한 시대를 살아가는 지금, 나이트 시티는 미국에서도 최악의 우범지대로 손꼽히는 곳이다. 범죄가 판치고 갱단이 설쳐서 다들 자기 목숨은 알아서 챙길 수밖에 없다. 다행히도 기업과 기업한테 뒷돈을 받아먹는 정부에서는 준법시민들을 안전하게 지킬 완벽한 방법을 찾아냈다. 일인당 총 한 자루씩 파는 것. 한 자루로 안 되면 두 자루씩. 뭐든 다다익선 아니던가?

합법이건 불법이건 총기 소유는 곧 안전과 독립으로 직결된다. 힘으로 밥벌이하는 자들(주로 갱단이나 사이버펑크)에게 총이란 권력과 권위는 물론, 자신들만의 상징이자 거리에서의 지위와도 같다. 전에 밀리테크에서 이런 광고 문구를 밀었잖은가. "당하고만 살지 말고 무장을 탑재한 사이버핸드를 손에 거머쥐세요." 그걸 모르는 사람이 어디 있다고. 뭐, 덕분에 장사는 짭짤하다만.

— 2077년, 윌슨

나이트 시티의 총기 문화와 총기법

나이트 시티에서 총기를 소유한 사람은 얼마나 될까? 장만할 여력이 되는 사람 치고 총 없는 사람은 없다. 총을 대놓고 들고 다니는 사람은? 보통 총을 매일같이 쓰는 사람들이다. 이를테면 경찰관, 기업 보안 관계자, 용병, 갱단 정도. 아니면 상인이나 택시 기사처럼 공공장소에서 일하는 사람들 역시 본인들의 목숨과 생계를 지키기 위해 대놓고 총을 들고 다닌다. 만만한 봉으로 찍히고픈 사람은 아무도 없다. 특히 가난한 동네에 산다면 더더욱 그런 불상사를 피해야 한다. 물론 "범죄 위협" 앱을 써서 총격전이 벌어졌거나 도시의 특정 구획에서 위험도가 상승했을 경우 알림을 받는 것도 도움이 되지만, 이왕이면 총을 구해 몸에 지니고 다니는 편이 훨씬 낫다.

우리가 도시라는 정글에 살고 있으며 나이트 시티 헌장이 시민의 총기 소유에 관대하다고는 해도, 보란 듯이 총을 들고 출근하거나 쇼핑하는 사람은 거의 없다. 당장이라도 "선제 정당방위"를 하고파 손가락이 근질거리는 카우보이들도 있지만 의외로 대부분의 시민들은 총기에 곱지 않은 시선을 보내며 필요악으로 간주한다.

▲ 05: 단단히 무장한 점주에게 역으로 당하는 두 초짜 강도.

법원이나 경찰서 같은 관공서는 무기 휴대와 공격용 임플란트 소지에 엄격하다. 이런 곳은 보통 경찰 또는 사설 경비와 보안 시스템이 지키고 있다. 사실상 나이트 시티 헌장의 치외법권에 속하는 "기업 구역(흔한 말로는 '사유 공공장소')"도 잣대가 까다롭기는 마찬가지. 일반적인 복합재료 재질의 무기나 사이버웨어 은닉을 탐지하기 위해 보안 요원들은 해당 구역이나 건물의 입구에서 전신 스캐너를 사용한다. 그런 곳에 출입하려면 우선 무기를 안전 보관함에 맡기고 공격용 임플란트의 전원을 끄거나 기능을 차단해야 한다.

총기법

2077년의 미국 총기법은 21세기 초에서 크게 변하지 않았다. 특히나 길거리에 폭력이 만연한 요즘, 수정헌법 제2조는 변함없는 불가침의 권리로 통한다. 재통일된 주들의 총기법은 여전히 연방 정부의 규제를 받지만 세부적인 내용은 지역별로 차이가 난다. 은닉휴대가 불문율로 자리잡았고, 공개휴대는 도시 외부나 교외에서만 허용된다.

무기 거래

"선제 정당방위"법

요즘은 살벌한 공격용 사이버웨어를 착용하는 사람들이 많다 보니 대부분의 주에서는 자위권의 개념을 폭넓게 해석한다. 이로써 "선제 정당방위"법이라는 신조어가 생겨났다. 이 원칙의 골자는 이러하다. 개인이 "도발 행위"를 받았을 경우 상황을 막론하고 치명적인 물리력 행사를 허용함으로써 "중대한 신체적 상해 또는 사망을 예방한다"는 것. 도발 행위에 대한 법리적 해석은 주마다 다를지 몰라도 도발자가 겉보기에 수상쩍거나 위협적으로 보일 수도 있는 임플란트를 착용한 경우라면 깐깐하게 따지지 않는다. 문제는 "수상쩍거나 위협적으로 보일 수도 있는"이라는 조건에 걸리는 신체강화가 한둘이 아니라는 사실이다.

▼ 06: 정밀성과 신뢰성으로 군인과 용병들 사이에서 인기 있는 밀리테크 M-179 아킬레스.

대부분의 미국 도시와 마찬가지로 나이트 시티에서도 각종 무기를 합법적으로 구입할 수 있다. 싸구려 총을 사고 싶다면 자판기를 찾아가시라. 단돈 몇 유로달러면 버-좆 암즈 "단발 폴리머"가 손에 들어온다. 슈퍼마켓이나 편의점에는 눈이 낮은 손님들의 구미에나 맞을 구색만 갖춘 무기를 팔지만, 전문 총포상에서는 보다 정통한 고객의 눈높이에 맞춘 상품을 취급한다.

중화기로 넘어가면 얘기가 다르다. 나이트 시티에서는 이른바 "전쟁 무기" 소유 및 판매를 엄금하지만 주요 기업들은 예외를 누리고 있다. 기업의 엘리트 보안 부대는 "치안이 위험에 처했을 시"에 한해 중화기 사용을 허가받는데, 이를 갖다 붙여 "사유 공공장소의 치안"으로도 해석한다. 말인즉 기업 병정들은 자사의 재산이나 인원이 털끝만한 위험에라도 노출된다면 냅다 미니건을 갈겨도 뒤탈이 없다는 소리. 물론 맥스택 같은 엘리트 경찰부대도 중화기를 사용한다. 중무장 경찰이야말로 밥값 하는 경찰력 아니던가?

물론 전문 독립 판매업자를 통한다면 개인이 중화기를 구하는 것도 불가능한 일은 아니다. 연줄만 닿는다면 픽서는 뭐든지 구해주는데, 최신형 최첨단 기업 프로토타입 무기라도 문제없다. 보수만 두둑하게 찔러주면 만사형통이다. ✕

CORPO SOLDIER

무기 제조사

▼ 07: 말로리안 암즈는 경기용 및 호신용 권총 명가이다.

보그무기

"보그"란 고도로 신체를 강화한 사용자만 다룰 수 있도록 설계된 파워 및 테크 무기를 일컫는 속어이다. 보통 특수한 사이버림과 전신 개조 또는 전투원 보조 방어구[5]가 요구된다. 이러한 무기는 특히 용병들이나 악명 높은 경찰 사이코 전담반 대원들 사이에서 인기가 높다.

[5] Assisted Combat Personnel Armor(ACPA).

일류 무기 제조사의 반열은 아시아 회사들이 주름잡고 있다. 일본의 아라사카 및 쓰나미 방어 시스템 모두 최고 품질의 최첨단 총기를 생산하지만, 중국 기업 캉 타오가 "스마트" 기술 무기의 선두주자로 두각을 드러내면서 두 회사가 독식하던 시장에 새로운 경쟁자가 나타났다.

이류 제조사는 그보다 폭이 넓으며 미국 기업들이 주를 이룬다. 유명 군사 업체인 밀리테크는 대량생산이 용이한 중급 군용 총기에 주력하고 있다. 미드나이트 암즈는 중화기 분야의 강자로, 주력 상품은 보그 무기이다. 말로리안 암즈는 다소 부진하다. 한때는 잘 나가던 회사였지만 2043년 이후로 신제품 출시가 뚝 멎었다. 그래도 여전히 신뢰성 높은 권총 하면 떠오르는 제조사라는 입지를 지키고 있다.

일반 소비자용 첨단 총기로 유명한 테크트로니카는 최근 제품군을 군사용 로봇으로까지 확장함으로써 "러시아판 밀리테크"라는 별명을 얻었다. 최첨단 기능에는 관심 없으니 단순하고 험하게 굴리기 적당한 중급 총기를 찾는다면 컨스티튜셔널 암즈에서 생산하는 산탄총과 기관총을 추천한다.

지갑이 얇다면 눈을 낮춰서 삼류 회사에서 파는 물건을 알아보자. 노코타는 저렴하면서도 신뢰성 있고 강력한 총기를 생산하는 곳으로 이름이 높다. 질보다는 멋을 중시한다면 인도 회사인 다라 폴리테크닉이 최고의 선택이다. 세르비안 로스토빅제 총기는 싸고 단순하면서 개조 범위가 매우 넓다. 배짱이 두둑하다면 버짓 암즈에서 파는 3D 프린터로 출력한 조립식 키트에 도전해보는 것도 나쁘지는 않다. 요즘은 2020년대 레트로 감성을 자극하는 핑크 도색도 출시됐으니 참고할 것.

[TOP TIER]

[MIDTIER]

[LOW TIER]

소비자 길라잡이: 2077년 무기 분류

지금 당장 총 하나 장만한다고 치자. 주구장창 빈손으로 버틸 수는 없잖은가? 현대 무기 가운데 최고 인기 상품만 엄선해 소개해 주겠다. 현직 총포상이 하는 말이니 믿어도 좋다.

〉파워 무기

"파워 무기(또는 길거리 은어로 '파워 총기')"는 다양한 형태와 구경의 재래식 탄환을 쓰는 전형적인 총기다. 검증된 신뢰성을 자랑하며 높은 발사속도와 강한 반동이 특징으로, 민관군을 막론하고 인기가 뜨겁다. 신뢰성 떨어지는 싸구려 단발 폴리머, 구닥다리지만 위력은 끝내주는 리볼버와 산탄총에서부터 정밀 가공된 신형 자동권총, 기관단총, 돌격소총, 기관총에 이르기까지 전부 파워 무기군에 속한다.

〉테크 무기

"테크 무기(또는 '테크 총기')"는 레일건 기술을 접목한 화기로, 고체 탄자를 전자기력으로 가속하여 발사한다. 다른 총기보다 발사속도가 느리지만 끝내주는 사거리와 관통력으로 단점을 벌충하고도 남는다.

테크 무기는 무탄피탄(주로 강철 플레셰트 피갑탄)을 쓰는데, 대부분의 개인용 방탄복은 가볍게 관통하며 장약의 양을 늘리면 차량용 장갑도 거뜬히 뚫는다.

▼ 08: 컨스티튜서널 암즈의 컨스티튜서널 디펜더는 기업 보안 부대 전용이지만 민간에서도 그 인기가 뜨겁다.

> 스마트 무기

"스마트 무기(혹은 '스마트 총기')는 자이로젯 기술을 이용해 무탄피 유도탄을 발사한다. 사실 이 기술은 한 세기도 더 전인 1960년대에 궤도 우주전을 염두에 두고 개발됐지만, 신뢰성 문제로 얼마 가지 못해 사장되었다. 기술이 비약적으로 발전한 오늘날, 스마트 총기는 정확하고도 효율적인 진정한 최첨단 병기로 거듭났다. 스마트 총기는 사이버웨어 임플란트—주로 스마트 그립—를 통해 사용자와 연결되며, 레이저 또는 음파 표적획득 시스템으로 표적을 스캔해 움직임을 예측한다. 총구를 떠난 뒤부터는 자이로젯 탄환이 표적의 움직임을 예측해 알아서 탄도를 조정한다.

▼ 08: 이런 중기관총은 너무 육중해서 특정 사이버웨어 강화를 받지 않으면 휴대가 불가능한 수준이며, 총좌에 거치하거나 차량에 탑재해야 그 성능이 빛을 발한다.

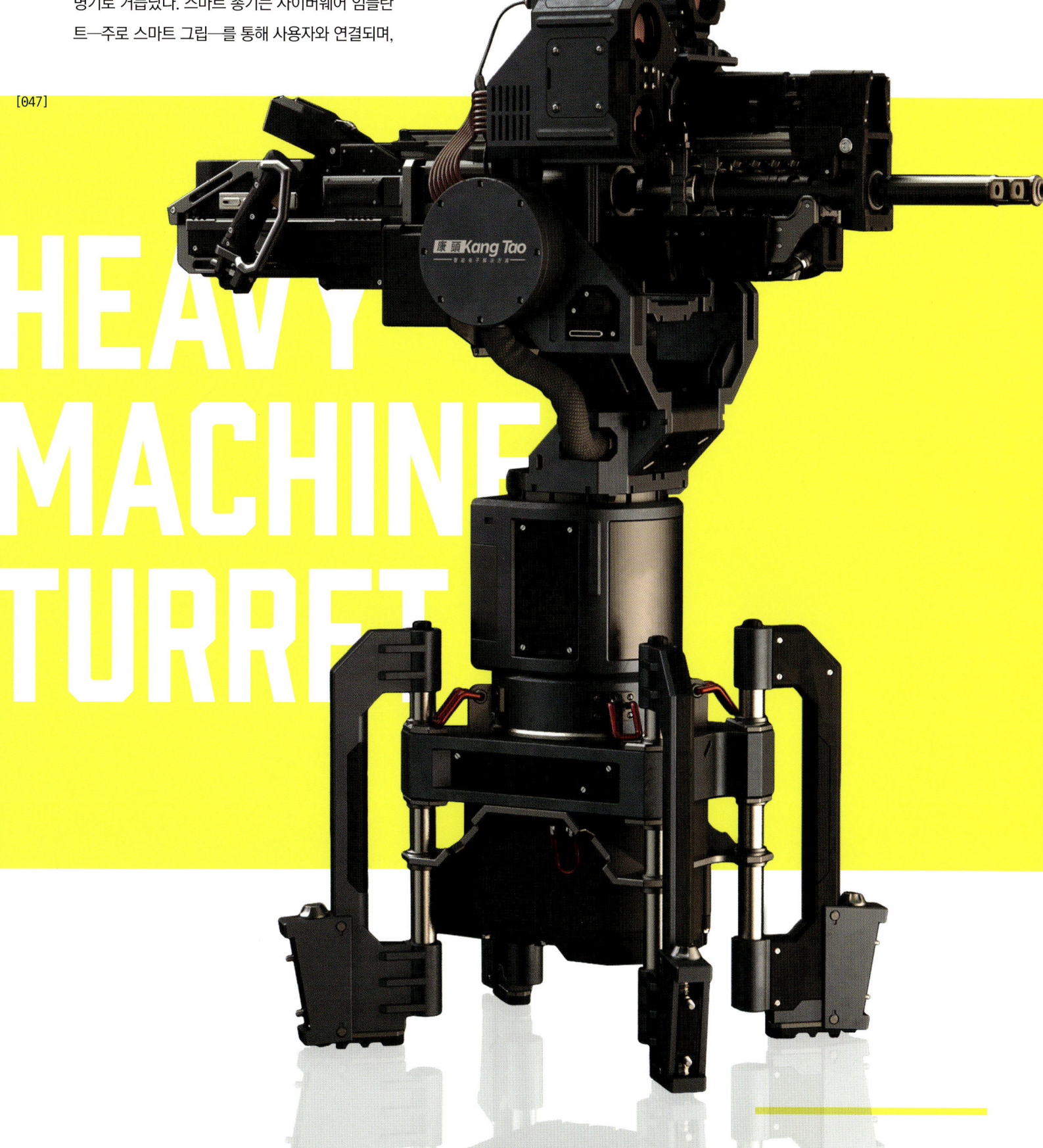

HEAVY MACHINE TURRET

▶ 밀리테크 MT0D12 플랫헤드는 정교하고 강력한 군사 장비로, 자율 활동 또는 원격 제어가 가능하며 동역학 위장 장갑과 고도의 운동신경을 갖추고 있다. 거미를 닮은 구조 덕분에 벽이나 천장을 타고 오를 수도 있다.

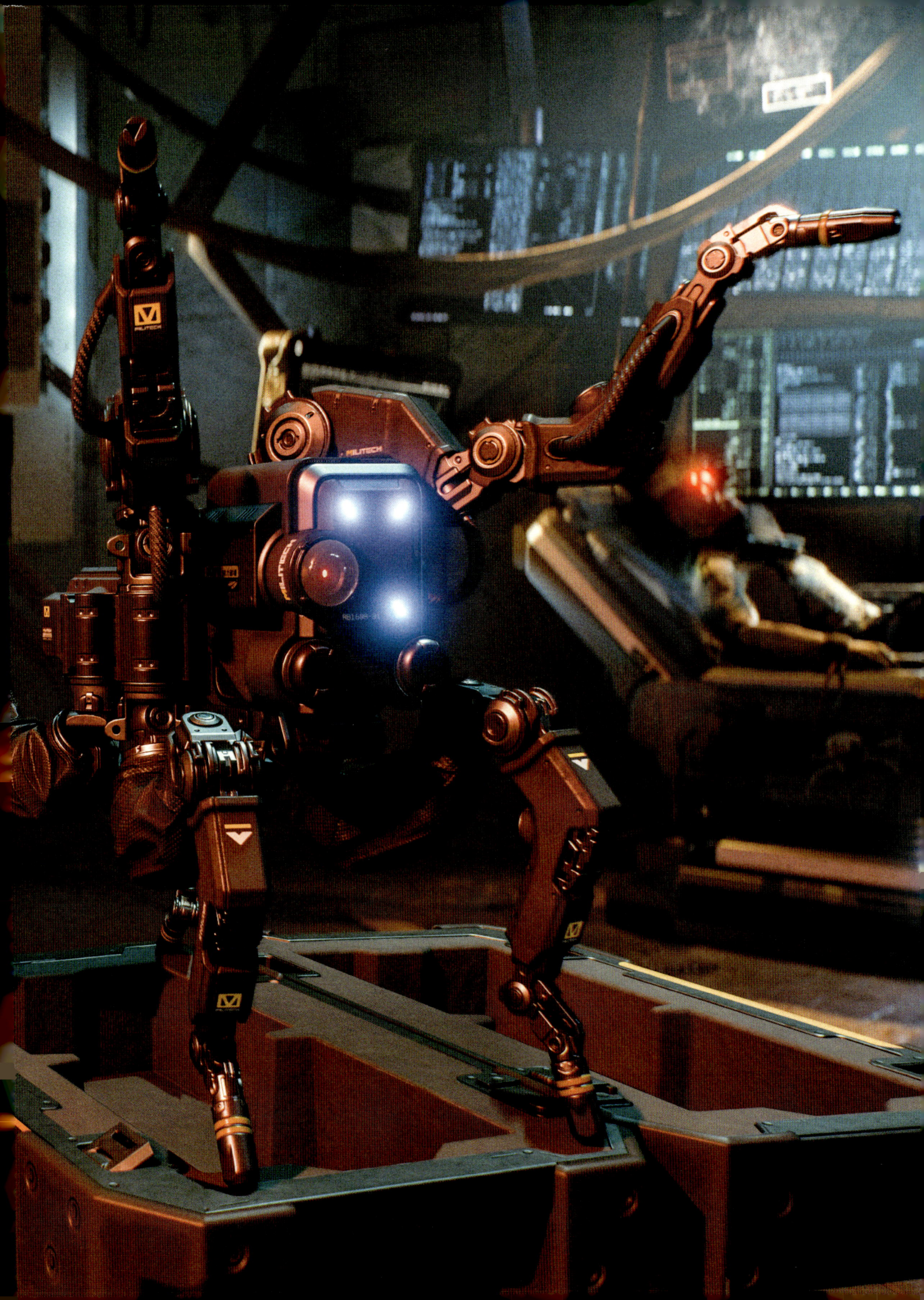

HLGRM PRJ PORT /*665 37 21 548*/

09

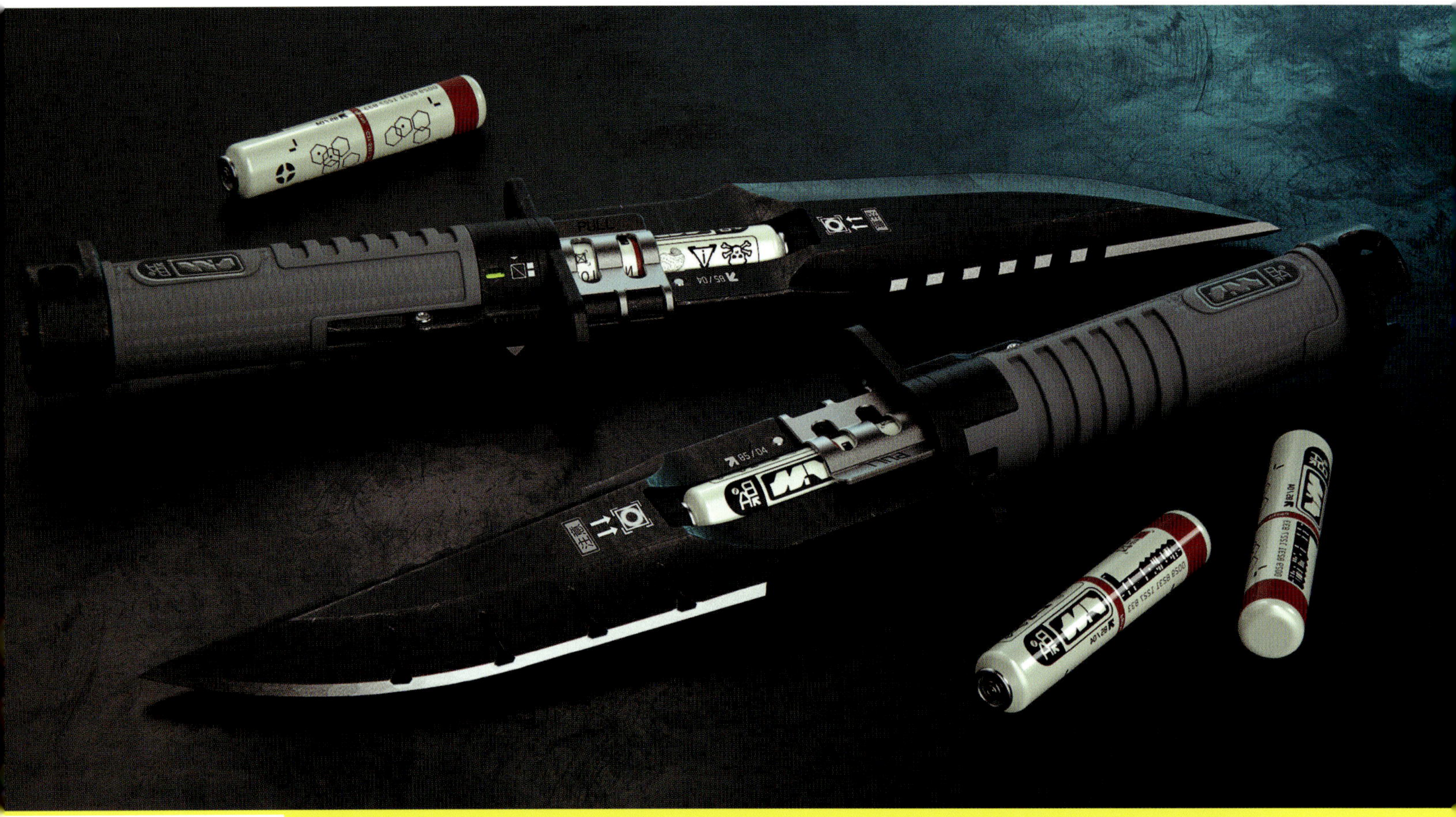

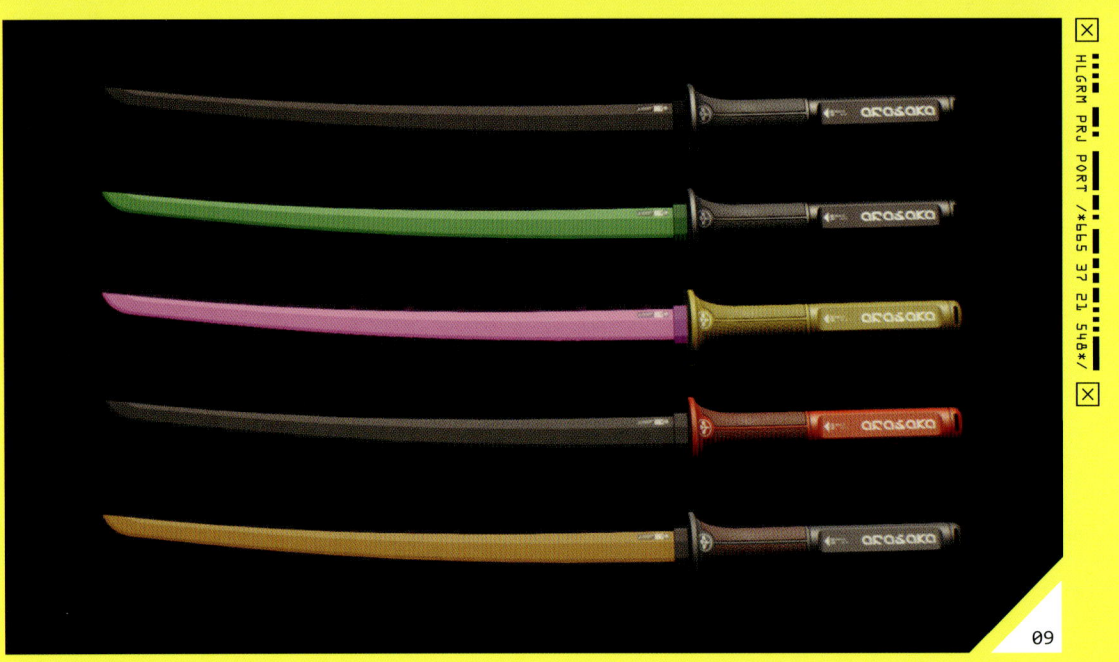

▲▶09: 위의 신경독 대검은 원래 심해 생물을 맞닥뜨릴 경우에 대비한 호신용으로 개발됐으나 살인 청부업자들 사이에서도 인기다. 옆의 카타나는 무기인 동시에 패션 용품으로 도 손색이 없다.

〉근접 무기

손가락만 까딱해도 IS 유도식 로켓 추진탄이 빗발치는 시대에 근접 무기는 한물갔다고 생각할지도 모른다. 그런데 총은 총알이 떨어지면 끝이지만 칼이나 곤봉은 그럴 걱정이 없고 고장날 일도 없다. 게다가 적을 은밀하게 제거하는 데는 칼만한 무기가 없다.

거리의 불량배들은 백이면 백 근접 무기를 갖고 다닌다. 아무리 값싼 단발 폴리머라도 결국은 돈이니까. 주로 쇠파이프, 렌치, 드라이버, 망치 따위의 단순무식한 둔기지만, 이런 무기에도 사람은 죽는다. 사이버 강화를 받았거나 방어구를 착용한 적을 상대로는 무용지물이지만.

실용성뿐 아니라 멋도 중시한다면 보다 세련된 무기, 이를테면 카타나 또는 이색적인 단도 스타일 단검이 제격이다. 원한다면 여기에 신경독 코팅이나 EMP

TECH AMMO

방출기 같은 색다른 업그레이드도 가능하다. 하지만 고가형 근접 무기의 최고봉은 단순한 강화 너클에서부터 정교하고 위력적인 나노와이어와 맨티스 블레이드에 이르는 사이버웨어 개조다.

〉부가장비 및 탄약

맘에 드는 무기를 골랐다면 입맛대로 개조할 차례다. 최신형 부가장비를 부착하고 임무에 최적화된 탄약을 장전하자.

조준경, 사이트, 소음기, 전방 손잡이는 물론 유탄발사기까지도 모듈식 슬롯에 장착이 가능하다. 어지간한 총은 그런 슬롯을 몇 개씩 갖추고 있다.

탄약으로 들어가면 얘기가 완전히 달라진다. 비결은 용도에 적합한 녀석을 쓰는 것. 같은 동네에 사는 또라이 사이버광이 맨티스 블레이드를 뽑아든 채로 성큼성큼 다가와서 쫄리는가? EMP탄 몇 발만 제대로 먹여주면 사이버웨어는 쪽도 못쓰고 수그러들 것이다. 본보기로 한두 놈쯤 소이탄으로 불사르거나 산성탄 세례를 안겨주면 갱단도 함부로 뻥뜯지 못할 테고.

자, 그럼 이중에서 특별히 끌리는 물건이라도? ⊠

Travel from Chicago to Night City in under three hours.

Worry-free.

Nightcorp is the leader in providing top-tier investment opportunities. Current conceptual engineering efforts have been completed and the construction is expected to be finalized at the end of April 2078, with first connections are planned to be fully operational at the beginning of Q4 2078.

차량

편집장 주

교통수단이 그 자체로 하나의 거대한 기술 분야임을 모르는 사람은 없다. 따라서 이번 개괄은 지상차량, 에어로다인, 드론으로 토론의 범위를 제한했다. 수상차량, 항공기, 전투원 보조 방어구는 후속 기사에서 다루고자 하니, 기대해 주시길! 이번 기사에 자문을 맡아 본지에 매우 귀중한 도움을 준 알데칼도 패밀리의 미치에게 감사드리는 바이다. 비록 인터뷰에는 응하지 않았지만 마르고 닳지 않는 유전처럼 풍부한 정보의 원천이 되어주었고, 이번 특집을 준비하는 과정에서 결코 빼놓을 수 없는 유용한 논평을 아끼지 않았다.

2077년 현재 자동차 및 항공기 업계는 호황이다. 각종 승용차와 트럭에서부터 비행기나 헬리콥터 같은 항공기는 물론 고속정과 드론에 이르기까지, 그야말로 없는 차량이 없기 때문에 누구나 취향대로 골라잡으면 된다. 물론 장만할 형편(아니면 훔칠 배짱)이 될 때의 얘기지만.

세계적 불황과 연료난으로 한동안 업계 전반이 불경기를 겪기도 있지만, 현재는 자동차 제조사들이 개발 및 도입한 신기술에 힘입어 다시금 탄력이 붙었다. 에어로다인은 갈수록 인기를 끌고 있으나 다른 차량에 비해 생산 및 보수에 비용이 많이 든다는 단점은 여전하다. 그럼에도 점점 그 수가 늘면서 도시계획과 구획배치에 영향을 미쳤고, 계속해서 증가 추세에 있는 항공교통량에 발맞춰 도시도 나날이 변화하고 있다.

한편 도시를 벗어난 미국의 광활한 도로 위에서는 자동차가 노마드 문화에 깊숙이 뿌리내렸다. 노마드에게 자동차란 패밀리에서 트라이브까지 세븐 네이션에 속한 전 구성원의 교통수단일 뿐만 아니라 독립의 상징과도 같다.

— 2077년, 미치

4차 기업 전쟁 이후의 차량 역사

4차 기업 전쟁 이후의 수십 년은 차량 업계에 가시밭길이나 다름없었다. 20년대 후반과 30년대에는 세계적 위기로 인한 연료난과 정유시설 파괴 및 생체공학 전투 바이러스가 일으킨 흉년이 고급차량 산업에 족쇄로 작용했다. 대중 및 자가용 에어로다인 업계가 직격을 입었는데, 이는 당시의 에어로다인이 석유와 CHOOH2의 과도기에 있는 연료(제조공정도 더 복잡한)를 사용했기 때문이다. 더욱이 같은 연료의 수요가 민간 및 군사용 항공기에도 몰렸기 때문에 지역에 따라서는 에어로다인이 거의 20년간 하늘에서 자취를 감춘 곳도 있었다.

향후 수년간 석유산업이 흔들리면서 독특한 하이브리드 시스템이 우후죽순처럼 발명됐다. 이 시기에 각종 바이오 연료 자동차나 수소차 또는 전기차 연구가 활발히 이루어졌으나, 무엇 하나 뾰족한 대체제가 되지 못했다. 석유 및 메탄 추출에 다시 채산성이 생기면서 일부 지역에서는 화석연료가 다시금 모습을 드러내기도 했다.

2041년 초, 유럽에서 이른바 "유도 엔진"이 개발됨에 따라 전기차 분야에 중대한 돌파구가 열렸다. 이는 전기 엔진의 충전율을 증폭해 사실상 전력을 자체 공급하게 하는 획기적인 기술로, 현재 유럽의 대도시에서 사용되는 대부분의 차량은 이런 유도 엔진을 탑재하고 있다.

미국의 경우 수년에 걸친 연구 끝에 바이오테크니카에서 농작물을 해치는 생체 바이러스에 면역을 갖춘 신품종 밀인 트리티쿰 불가리스 메가수아비스를 개발하기에 이른다. 이로써 미국 내 경제가 활성화됨에 따라 상당한 비용을 투자해 기술적 대안을 찾지 않고도 기존의 차량을 계속해서 생산할 길이 열렸다. 자동차 업계는 오랜 불황을 딛고 회복세에 들어서며 급성장하기 시작했다. 새로운 시대가 열린 것이다.

차량 제조사들은 CHOOH2 가격 하락과 날로 커져가는 교통체증에 발맞춰 재빨리 새로운 에어로다인 개발에 착수했다. 오늘날 에어로다인의 인기는 뜨겁지만 이를 개인 소유하는 것은 대체로 기업 또는 부유층 시민들에 국한되기 때문에 부의 상징으로 통한다. 그밖에도 에어로다인은 경찰, 군대, 기업 및 운송회사에서 대규모로 운용되고 있다. 이처럼 시내 화물운송의 주된 경로가 하늘로 옮겨감에 따라 거리의 극심한 교통체증도 해소될 기미를 보였다.

CHOOH2

1980년대 후반의 석유 대란 이후, 화석연료를 대체할 가연성 연료를 확보할 필요성이 대두됐다. 1993년, 향후 30년간 세계 표준 가연성 연료로 자리매김하게 되는 합성 알코올인 CHOOH2를 바이오테크니카에서 개발함에 따라 대체 연료의 신기원이 열렸다. CHOOH2는 유전자 조작으로 탄생한 고당도 밀인 트리티쿰 불가리스 메가수아비스를 원료로 하는 합성 알코올이다. 1990년대만 해도 바이오테크니카는 중소기업에 머물렀던 탓에 자체적으로 밀을 대량 경작해 신연료의 수익성을 보장하기 어려운 실정이었다. 때문에 몇몇 석유화학 회사에 제조법 사용을 허가했는데, 이중 최대 규모의 양대 회사가 페트로켐 베터라이프와 소브오일이었다. CHOOH2는 휘발유나 경유보다 오염물질을 훨씬 적게 배출하나 그렇다고 무독성인 것은 아니다. 여타 비식용 알코올과 마찬가지로 CHOOH2의 대사물질은 중독과 실명을 일으키며, 다량으로 섭취할 경우 사망에 이른다.

표준 연료가 화석연료에서 CHOOH2로 넘어간 전환기는 2010년에서 2020년 사이였다. 그러나 4차 기업 전쟁이 한창이던 2023년에서 2025년 사이 생체공학 바이러스의 공격으로 유례없는 트리티쿰 불가리스 메가수아비스 흉년이 들었고, 이로 인해 21세기 최악의 연료난이 발생했다.

SID와 차량 절도

▼10: 철통같은 도난방지 장치가 있음에도 불구하고 나이트 시티에서는 시간당 100대가 넘는 차량이 도난당하고 있다.

낮은 수준의 보안장치를 갖춘 대부분의 전자기기, 이를테면 휴대폰, 스마트 총기, 노트북, 자동차, 호텔 객실과 같은 경우 흔히 "시드"라 부르는 SID 칩[6] 기술을 통해 사용 또는 출입이 허가된다. SID는 원래 아라사카에서 기업 근로자 신원 확인용으로 도입한 기술이지만 얼마 가지 않아 국제 보안규격으로 정착됐다. SID 자체는 소형 칩으로, 오른손 또는 왼손의 제1중수골(엄지)에 이식된다.

보안 소프트웨어가 개선을 거듭하고 있음에도 차량 절도는 여전히 도시내 특정 구획의 고질적인 문제로 남아 있다. 오늘날의 차량에는 주유구 측면에 접속 포트가 빠짐없이 탑재된다. 아무리 구식 자동차라도 개조를 통해 이런 표준 장비를 갖출 경우 현대 도시의 전산화 차량인식 및 교통관리 시스템에 편입되기 때문에, 개인 링크나 해킹용 불법 프로그램을 쓰면 손쉽게 차량 해킹이 가능하다. 절도범이 개인 링크로 포트에 접속/연결하기만 하면 차량의 컴퓨터를 열거나 고장내거나 멀웨어를 설치하는 것쯤은 일도 아니다. 잊지 말고 차량 보안 프로그램을 최신 버전으로 업데이트하기를 권한다.

[6] Subcutaneous Identification Device, 피하 식별 장치.

▶11: 오늘날 자동차 내부는 운전의 효율성과 승차감을 염두에 두고 설계된다. 기본 모델이라도 운전자가 주행과 관련한 거의 모든 부분을 커스터마이즈할 수 있다.

◀▲ 12: "키치" 패션의 팬들은 박스형 구조와 지오메트릭 라인이 살아 있는 아처 스타일의 차량 디자인을 선호한다.

◀ 13: 일반 승용차 외에도 손톤은 픽업트럭과 웨건을 비롯한 각종 다용도 차량으로도 정평이 나 있다.

차량 제조사

쿼드라 터보-R

쿼드라 터보-R은 일본 스포츠카 제조사에 대한 미국 회사들의 반격으로 등장했다. 미국 자동차 산업의 요람인 디트로이트에서 설계 및 생산됐는데, 강력한 740마력 터보 V8 엔진을 탑재했다. 서스펜션이 단점으로 지적됐음에도 쿼드라 터보-R은 50년대 중반에 첫 선을 보이자마자 튜닝계의 스타로 떠올랐다. 이후 2058년에 출시된 신형인 터보-R V-테크는 배기계통과 서스펜션이 개선되어 머슬카로서 컬트적인 인기를 구가했다. 가장 최신형은 2069년에 출시됐지만 운전자들에게는 전설적인 58년형 터보-R의 아성을 뛰어넘지 못했다는 평을 들었다.

지상차량 분야에는 매우 폭넓은 브랜드, 등급, 차종의 선택지가 있다.

나이트 시티에서 접하는 차량 가운데 가장 연식이 오래된 기종은 2020년에서 2050년 사이에 출고된 것들이다. 보통 저소득 구획의 도로나 노마드 클랜들 사이에서 심심찮게 목격된다.

그보다 연식이 짧은 저가 자동차는 주로 아시아계 회사들이 생산하고 있다. 이중 미국 시장에서 가장 흔히 보이는 브랜드는 인도의 마히르 모터스와 일본의 마키가이다. 이 두 제조사는 저가의 고연비 양산형 자동차의 대명사가 되고자 지난 50년간 노력했지만, 현실은 부족한 품질과 내구성으로 더 유명한 실정이다.

마키가이는 저렴한 경차 회사로서 입지를 굳힌 반면, 마히르 모터스의 경우 밴으로 이름을 알렸다. 마히르 모터스는 전 세계가 위기로 술렁이던 20~30년대에 "합리적인 가격대의 고품질 이코노미 클래스 승용차"라는 홍보 전략을 펼치며 시장에 발을 들였다. 어딘가 "있어 보이는" 에라즈, 이리돈, 퓨트릭스, 수프론 같은 요란하고 싼티 나는 자체 신조어를 모델명으로 쓰는데도 빈곤층 시민들에게 나름 인기를 끌고 있다.

미국 회사인 손톤과 중국 회사인 아처는 중형차로 유명한데, 대부분의 모델이 2020년에서 2050년 사이에 첫선을 보였다. 두 회사의 오랜 경쟁에서 탄생한 일부 모델들은 매우 튼튼하고 디자인도 훌륭해 지금도 노마드가 찾을 만큼 뛰어난 내구성을 자랑한다. 한편 일본 회사인 미즈타니는 경쟁 구도에 끼지 않고 스포츠 모델 생산에 주력하고 있다.

새삼스럽지만 미국내 중급 승용차 시장은 미국 제조사들이 꽉 잡고 있다. 빌레포트는 부유한 시민들과 기업의 하급 임원들에게 인기 있는 양질의 대형차를 생산한다. 주로 코르테스, 나르바에스, 알바라도 같은 저명한 탐험가나 정복자의 이름을 따서 모델명을 짓는데, 작명에 사용된 역사적 인물의 대다수가 대량학살을 저질렀다는 사실을 경쟁사들이 의도적으로 지적한 뒤 이러한 관행은 비난의 표적이 되었다. 그러나 비방 선전에도 불구하고 빌레포트는 매출이 하락하기는커녕 오히려 상승했다. 셰빌론은 네오밀리터리 스타일과 로마 제국에서 영감을 받은 모델명을 쓰기로 유명하며, 여기서 제작하는 차량은 경찰과 기업 보안 부대에서 널리 운용된다. 다른 회사인 쿼드라는 머슬카 설계 및 생산의 강자로, 대표적인 모델

로는 타입-66 또는 쿼드라 하면 떠오르는 상징적 디자인인 터보-R이 있다.

고급 승용차 업계는 유럽 회사들의 독무대나 마찬가지다. 스페인의 헤레라와 영국의 레이필드는 승차감과 속도감을 겸비한 고급 스포츠카와 커스텀 호화 리무진으로 정평이 나 있다. 또한 대부분의 모델에 최첨단 기술을 탑재한다. 일례로 크리스탈돔 기능은 창문 없이 완전히 밀폐된 차체 내부에 바깥의 풍경을 투영함으로써 탑승자의 사생활을 완벽하게 보호한다. 레이필드는 최근 사업을 확장해 지난 2076년에는 최초의 호화 모델 에어로다인인 엑스칼리버를 선보인 바 있다.

차를 구할 형편은 안 되지만 하나쯤 장만은 하고 싶고, 속도에 목이 마르지만 그렇다고 교통체증에 발이 묶이는 신세가 되기 싫은 분들이라면 바이크가 최적의 선택이다. 일본 신화에 등장하는 전설의 무기에서 상호를 따온 야이바는 스포츠 모델 전문 회사로, 도로에서 폭주를 일삼는 바이커 갱단에서 특히 인기를

QUADRA TURBO-R

▲▶ 14: 헤레라는 색다름을 추구하는 소비자를 위한 고급차를 설계 및 생산한다. 기록적인 성능도 성능이지만 승차감 역시 타의 추종을 불허한다.

끌고 있다. 브레넌 사이클즈는 다소 전통적인 노선을 달리는 회사로서 크루저와 초퍼로 유명하다. 이런 바이크는 관리 상태가 좋지 못한 지방 또는 주간(州間) 고속도로 같은 험지 주행력이 뛰어나기 때문에 도시와 도시를 오가는 장거리 운전에 적합하다.

군용 지상차량 시장은 양대 경쟁사인 밀리테크와 아라사카가 양분하고 있다. 두 메가코프 모두 전차, 장갑차, 소형 전술차량 생산 및 수출의 선두주자로, 주요 납품처는 정부와 기업체. 혼란이 미국을 휩쓸었던 지난 반세기 동안 이들 기업이 생산한 차량의 일부는 보안 시스템을 제거당한 채 노마드 클랜의 손에 들어가기도 했다.

군용 에어로다인과 드론은 별도로 분류된다. 최근 밀리테크는 자체 생산한 보안 드론 모델로 시장에 진출하려 애쓰고 있지만, 에어로다인 및 무인 항공기 분야에서는 고급 항공전자공학 기술의 선두주자인 제타테크가 굴지의 일인자로 군림하고 있다.

이번 기사는 차량이라는 매우 폭넓은 주제를 상세히 다루기 위함이 아니라, 이런 분야에 익숙지 않은 독자 및 차량 애호가 지망생을 위해 자동차 및 항공기 업계의 차량 분류, 주요 제조사 및 최신 유행에 대한 전반적인 개요를 제공하고자 작성되었다. 자세한 정보를 얻고 싶다면 각 제조사의 넷 주소를 방문하기를 권한다.

[TOP TIER]

HERRERA

RAYFIELD

[MIDTIER]

THORTON

ARCHER

MIZUTANI

VILLEFORT

CHEVILLON

QUADRA

[LOW TIER]

MAHIR MOTORS

MAKIGAI

[MOTORBIKES]

YAIBA

BRENNAN

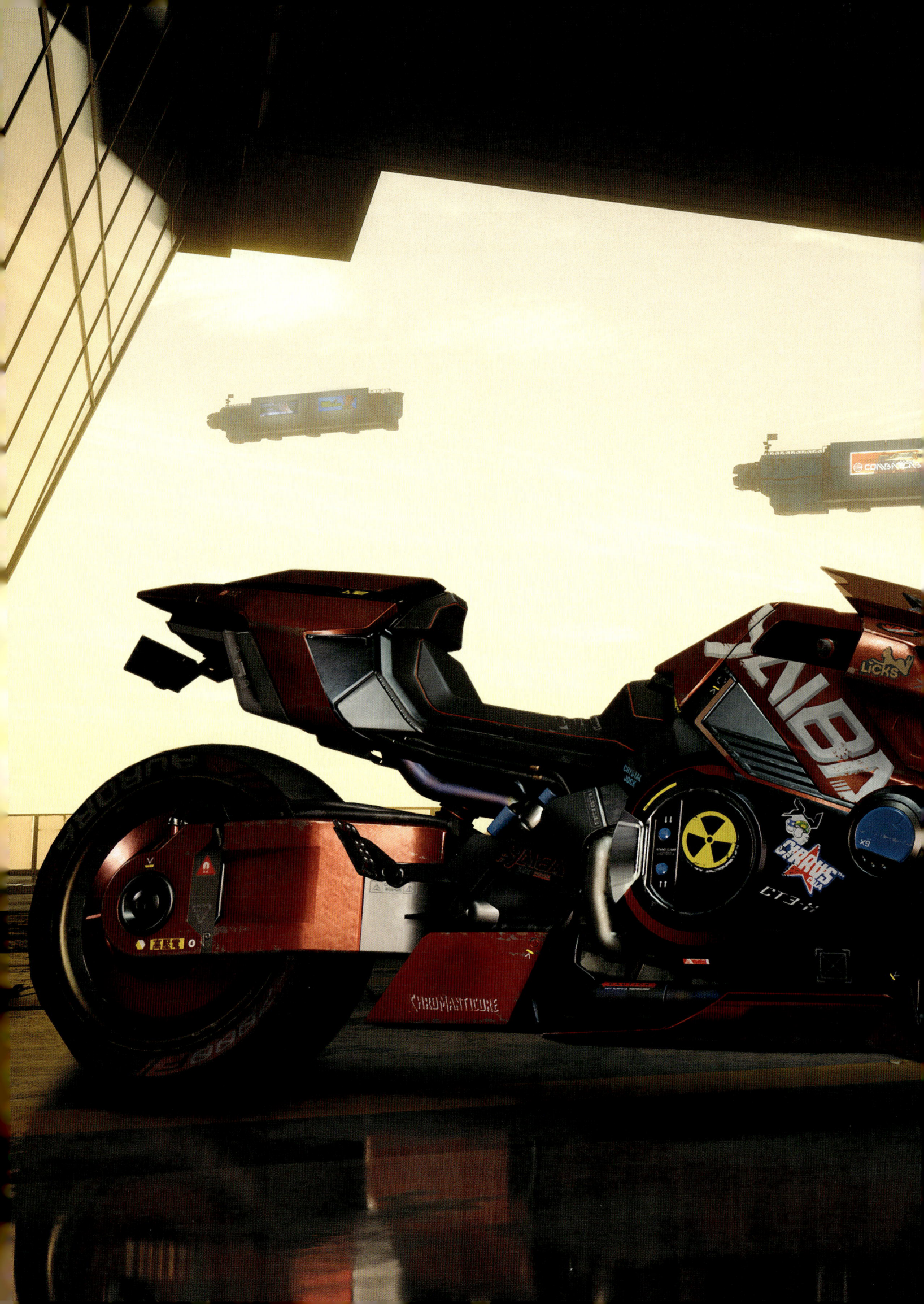

◀ 빠르고 날렵한 야이바 바이크와 함께라면 나이트 시티의 붐비는 도로 위를 카타나처럼 가르며 종횡무진할 수 있다.

브레인댄스 즐기기

편집장 주

브레인댄스는 단연 오늘날 최고의 엔터테인먼트라 해도 과언이 아니다. 디지털 녹화한 타인의 경험을 특수한 후처리를 거쳐 시청자의 신경계에 직통으로 꽂아주는 브레인댄스야말로 21세기 후반의 텔레비전이나 컴퓨터 게임에 맞먹는 오락거리이다.

공공연한 비밀이지만 BD가 그토록 인기를 끄는 비결은 화려한 영상도, 빵빵한 음향도 아니다. 브레인댄스는 녹화자가 받거나 느꼈던 것을 시청자가 고스란히 경험하게 해준다. 감정, 감각, 생각, 기억은 물론 짜릿한 긴장감까지, 하나도 빠짐없이. 한마디로 BD 세션 동안은 딴사람이 된다는 말씀. 그런 체험을 어떻게 잊겠는가?

브레인댄스의 역사쯤은 다들 빠삭하리라 믿는다. 산타크루즈의 캘리포니아대에 다니던 천재 대학생이 2010년대에 처음 발명한 이래, BD는 가장 먼저 범죄자 교화용 최첨단 반감 주입 기술로 쓰였다. 그러다 군용 시뮬레이터로 넘어갔고, 나중에는 심리치료 도구로 활용됐다. 물론 지금도 원래의 개발 의도대로 사용될 여지는 얼마든지 있지만 엔터테인먼트만큼 널리 보급되고 짭짤한 분야는 없을 것이다. 차세대 녹화/편집 기술이 개발된 이후로 브레인댄스는 어딜 가건 볼 수 있다. 사회 최상류층에서부터 보잘것없는 길거리 건달까지, 브레인댄스가 선사하는 생생하고 화려한 꿈을 마다할 사람은 없으니까.

- 2077년, 주디

브레인댄스 탐닉

⟩ 홈 세션과 피더

브레인댄스를 체험하며 BD 데이터를 재생하려면 일단 몇 가지 장비부터 갖춰야 한다. 첫째는 리스(BD 헤드셋을 칭하는 길거리 은어). 유선도 있고 무선도 있는데, 유무선 여부를 떠나서 구동하려면 "피더"나 가정용 오락기기 같은 중계기가 있어야 한다. 브레인댄스 데이터를 처리해 리스로 스트리밍해주는 것 외에도 피더는 사용자의 활력 징후를 관찰하며 신진대사를 유지해줌으로써 장장 몇날 며칠이 걸리는 장기 세션 동안 사용자가 말라죽거나 굶어죽지 않도록 해주는 기능도 갖추고 있다. 물론 실제로 그렇게 죽으려면 훨씬 오래 걸릴 테니 운이 좋다면 이웃이 피더 신호를 보고 죽기 전에 도와줄지도 모르지만. 좌우간 헤드셋을 머리에 쓰고 BD 데이터 디스크를 개인용 포트에 삽입하면 그걸로 즐길 준비는 끝이다.

리스를 켜면 눈앞에 강렬한 섬광이 일어남과 동시에, 마치 가수면 상태인 것처럼 몸을 움직이지 못하는 채로 몽롱한 최면에 빠져든다. 이 과정은 대체로 자의로 이루어지기 때문에 의식이 깨어 있는 사람에게 브레인댄스를 강제하기란 불가능하다. 제대로 즐기려면 사용자의 마음이 동해야 하는 것이 BD 세션이기 때문. 물론 형벌용 브레인댄스는 사정이 다르다. 일단 범죄자에게 약물을 투여한 상태에서 진행하는 데다 강제성을 동반하기 때문에 사용자가 거부할지라도 세션이 온전히 인식된다. 그 과정에서 겪는 느낌이란 실로 가혹하고 섬뜩하다지만, 그런 체험을 녹화한 데이터를 얻으려고 천금도 마다 않을 사람도 분명히 있을 것이다. 더 자극적인 것을 갈구하는 이들은 늘 있으니까.

굳이 최면상태에 들지 않고도 BD를 체험해볼 수는 있지만, 두뇌가 스트리밍을 받아들일 준비가 되지 않은 상태로는 얼마 가지 못해 전두엽이 과부하된다. 결국 멀미나 어지러움을 동반하게 되므로 세션 자체가 썩 유쾌하지는 않을 것이다. 그런 식으로 장시간 브레인댄스를 사용할 경우 경미한 뇌손상을 입는데, 그렇게 "맨정신으로" 하는 편을 더 좋아하는 중독자들도 더러 있기는 하다. 듣기로는 정부나 기업의 불법 교정시설에서도 사용자의 정신이 깨어 있는 상태에서 강제로 BD를 시킨다나 뭐래나.

BRAIN-DANCE WREATH

브레인댄스의 종류: 종교용

종교용 브레인댄스는 신앙의 종류를 떠나 종교적 희열을 맛보기 위한 최상의 선택이다. 브레인댄스를 종교적 숭배와 연동하는 것은 갈수록 인기를 끌고 있는 사용법이다. 기독교에서는 예수의 십자가형을 재현함으로써 신도들이 예수의 고난을 직접 체험하게 하고, 반대로 불교에서는 열반의 상태를 재현하고자 무던히 애쓰는 중이다.

브레인댄스 복음파에서는 종교용 BD를 악용해 신앙심이 깊지만 어수룩한 사람들을 "주님(이자 교회 계좌)"과 직통으로 영접시키기로 악명이 높다. 이런 신용사기는 당연히 불법이지만 안타깝게도 어제오늘 일이 아니다.

15

▲ 15: 브레인댄스 아케이드에서는 고객의 형편에 따라 맞춤 서비스를 제공한다. 초호화 상류 클럽에서부터 위에서 보이는 바처럼 저렴한 감상실도 구비하고 있다.

브레인댄스는 혼자서도 하지만 여럿이서 단체 세션으로 즐기기도 한다. 돈깨나 들인 작품의 경우에는 다수의 사용자가 동시에 상호작용할 수도 있지만, 참여자가 늘수록 상호작용으로 체험하는 묘사의 깊이도 그만큼 얕아지기 때문에 적정 인원은 보통 한두 명으로 제한된다. 물론 기술이 계속해서 발전하는 중이고 거물급 스튜디오와 프로듀서들도 더욱더 야심찬 작품을 기획하기 때문에 작품의 질과 깊이는 하루가 다르게 높아지고 있다.

› 아케이드

피더 구독이 만료됐거나 고성능 또는 다중사용자 사양을 갖춘 나만의 재생기를 장만할 형편이 되지 않거나, 아니면 그냥 취향이 같은 마니아끼리 모여서 놀고 싶다면 브레인댄스 아케이드를 찾아가면 된다. 이런 업소는 BD 테이프를 산더미처럼 구비하고 있으니 돈만 있다면 얼마든지 대여 가능하다.

다른 BD 팬들과 함께 최신작을 놓고 토론하기에는 특정 장르의 브레인댄스를 전문으로 취급하는 아케이드만한 곳이 없다. 불법 하드코어물을 취급하는 아케이드도 있기는 하지만, 미리 말해두는데 필자는 그런 업소와 엮이고 픈 마음일랑 눈곱만큼도 없다. 혹시라도 스너프 브레인댄스를 찾아 기웃거릴 요량이라면 우리 가게에는 얼씬도 하지 말아주시길.

› 휴대용 BD 중계기

휴대용 기기만의 장점은 있지만 단점도 크다. 특히 낡은 싸구려일수록 그 한계가 더욱 명확하다. 일단 거치용 기기에 비해서 프로세서 성능부터 현저히 낮다. 때문에 세션 자체가 고르지 못한 것은 물론 감도와 현장감도 떨어진다. 애초에 기기 성능차를 떠나서 자택이나 아케이드 같은 "안전 구역"이 아닌 곳에서 BD를 한다는 것부터가 위험한 발상이다. 최면 상태에 접어들면 자연히 주위 상황에 신경 쓸 겨를이 없어지므로 야외에서 BD에 탐닉하는 것은 간이 배밖에 나온 짓이다. 그렇다고 정신을 잃지 않으려고 꾸역꾸역 "맨정신으로" 하면서 버틴다면…… 어떤 결과가 기다리는지 이미 언급했으니 굳이 부언하지 않겠다. BD 중독자 가운데는 싸구려 휴대용 브레인댄스 기기를 쓰다가 점점 바보가 되는 경우가 태반임을 알아두시길.

브레인댄스 녹화

BRAINDANCE CARTRIDGES

브레인댄스 녹화 기술은 전자기 감지기로 사용자의 두뇌 활동을 읽는 데서 출발한다. 그렇게 읽어낸 아날로그 신호는 디지털 신호로 전환되어 편집에 앞서 넷 또는 칩이나 디스크 같은 데이터 저장장치에 저장된다.

고품질 데이터를 얻으려면 녹화되는 사람에 맞춰 녹화장치를 조정하는 것이 필수다. 조정 작업에는 몇 주가 걸리며, 조정에 응하는 사람의 전적인 협조가 뒷받침되어야 한다. 적절한 사전 준비나 협조도 없이 녹화할 경우 편집조차 못하는 정크 데이터만 얻을 공산이 크다. BD 기술로 용의자의 생각을 읽어 거짓말 탐지기로 쓰거나 형사사건 해결에 활용하기가 사실상 불가능한 이유가 여기에 있다. 브레인댄스 기록은 법정에서도 증거로 채택해주지 않는다.

브레인댄스의 종류: 클럽용

클럽에 따라서는 라이브 DJ 쇼 도중 브레인댄스를 틀어 클럽 회원들에게 각종 감정을 중계하는 곳도 있다. 음악의 템포나 특정 곡의 분위기에 몰입하도록 사용자의 기분을 순식간에 인위적으로 전환하는 셈이다.

▼ 16: 가정용 브레인댄스 기기는 거실의 중심이 되는 경우가 많다. 오늘날 상당수의 고급 주택에서는 이러한 설비가 화목한 가정생활의 필수품으로 통한다.

편집

**브레인댄스의 종류:
섹스용**

섹스 브레인댄스는 일반적인 커플들을 위한 "섹스 토이"에서부터 사창가나 마사지 업소에서 제공하는 변태적인 것까지 종류가 매우 다양하다. 이런 작품들은 기본적으로 섹스 파트너가 느끼는 감각을 실시간으로 쌍방향 체험하게 해준다. 보통은 불필요한 생각까지 전송되지 않도록 보호하는 전용 소프트웨어를 함께 사용하지만, 사용자에 따라서는 "생으로"하는 브레인댄스 성관계를 고집하기도 한다.

▼ 편집용 장갑을 사용하면 정밀한 촉감 피드백을 통해 기록을 자유자재로 손볼 수 있기 때문에, 편집 과정에 없어서는 안 될 필수품이다.

녹화 원본을 바로 사용하는 것은 절대금물이다. 기억 찌꺼기와 자투리 생각에 어렴풋한 감정범벅이라 뭐가 뭔지 분간도 안 되고 찜찜한 느낌만 뒤집어쓰기 십상이니까. 더구나 녹화자와 사용자 사이의 생리적 차이 때문에 그 내용이 흐릿하고 불분명하게 인식되는 것은 물론, 굳이 재생할 경우 현기증과 메스꺼움을 일으킨다. 이런 원본을 다듬기 위해서는 전문 브레인댄스 스튜디오 장비를 이용한 대대적인 편집이 필수다. 막대한 처리능력을 갖춘 컴퓨터, 조정 작업을 마친 개발자용 헤드셋, 편집용 장갑, 끝으로 전용 지능 시스템이 있으면 준비 완료. 다만 이렇게 철저히 구색을 갖췄더라도 실제 작업에는 상당한 시간이 소요된다. 불과 몇 분 분량의 장면 하나만으로도 연기, 녹화, 재생 과정을 족히 열 번은 넘게 거듭하기 때문.

편집자는 IS의 보조를 받으며 편집 과정의 전반을 총괄한다. 그 첫 단계는 무의식중에 섞인 생각과 느낌을 걸러내 선명한 감정과 원본의 순수한 정수를 추려내는 것. 무편집 상태의 자투리 생각은 대부분의 일반 사용자들에게 불쾌한 충격을 주기 때문에 업계에서는 최종 소비자 콘텐츠에 그런 불순물이 섞이지 않게 하려고 불철주야 애쓴다.

다음 단계는 원본에 없는 느낌과 감각을 섞어 장면의 감정적 분위기를 조율하는 과정이다. 화면이 자연스럽게 느껴지게 하려면 상당한 리믹스 경험과 실력이 요구되지만 실제로는 IS가 자잘한 업무를 도맡으므로 이처럼 고도로 복잡한 과정도 한결 수월하다. 사실 IS가 없으면 편집을 기한 내에 끝내기란 불가능에 가깝다. 여기에 "관전자"—콘텐츠의 감정선을 더욱 세밀하게 조율하기 위해 편집된 분량을 먼저 체험해보는 조수—까지 붙으면 작업 시간은 더욱 단축되며 훨씬 몰입감 있고 사실적인 최종 편집본이 탄생한다.

편집 과정이 워낙 진을 빼는 탓에 이 업계의 근속연수는 길어야 10~15년이 고작이다. 더는 못 버티고 관두는 사람이 부지기수이다 보니, 대기업에서는 몇 년 전부터 인간 편집자를 고가의 지능 시스템으로 대체하는 추세이다.

EDITING GLOVE

▶ 블랙 브레인댄스는 일반 시장에서는 취급조차 하지 않기 때문에 대체로 위와 같은 개인 또는 갱단 소유의 불법 감상실에서만 접할 수 있다.

브레인댄스의 종류: 블랙

블랙 브레인댄스란 범죄 행각을 기록한 BD 기록을 말한다. 유혈낭자하거나 변태성욕적인 내용을 담은 경우가 많으며 보통 두 가지 모두 해당된다. 편집의 질이 매우 조악하기 때문에 범죄자 또는 희생자가 겪었던 격렬한 감정과 원색적인 생각이 고스란히 들어 있다. 이런 컨텐츠를 접하는 것은 매우 위험하다. 원본 녹화자와 최종 사용자 사이의 완충장치도 사실상 전무해서 시청할 경우 심각한 정신적 피해를 입게 된다. 그럼에도 블랙 브레인댄스는 이색 체험에 목마른 소비자들 사이에서 인기를 누리고 있고, 결국 각종 범죄조직의 안정적 자금줄로 자리매김한 실정이다.

브레인댄스와 연예인

▼ 17: 자신의 신작 최초 상영회에서 레드카펫을 밟는 브레인댄서 스타.

17

브레인댄스의 종류: 교화용

2000년대 초반 브레인댄스가 처음 등장했던 시기의 사용처는 2077년인 오늘날에도 유효하다. 사회복귀 자격을 얻은 범죄자는 의지를 꺾고 협동심과 순응력을 주입하는 교화용 브레인댄스 이수 판정을 받는다. 다음 단계는 브레인댄스 세션에서 본인이 유죄 판결을 받은 죄목을 끔찍하게 재구성해 피해자의 입장에서 반복해서 체험하도록 하는 과정이다. 여기에 기타 치료까지 더해지면 범죄자는 폭력과 반사회적 행동에 강한 반감을 품게 되지만, 이런 정신 조교로 말미암아 불안 장애까지 달고 살게 되는 경우가 대부분이다.

브레인댄스가 처음 등장했을 당시에는 거울이 등장하는 상황을 접하기가 거의 불가능했다는 사실을 알고 계시는지? 일단 구식 BD 녹화기를 쓰려면 거추장스러운 쇳덩어리를 머리에 이고 있어야 했기 때문에 배우들이 가급적이면 거울 같은 반사면을 피했던 탓도 있다. 하지만 몰입이라는 측면에서 생각해 보자. 거울 속에 내가 아니라 남이 떡하니 비친다면? 엄청난 정신적 충격을 받는 것은 물론 불안발작까지 초래한다. 당시만 해도 사람들이 브레인댄스에 익숙지 않아서 있었던 일이다. 마치 영화사 초창기에 흑백 스크린 속의 증기기관차가 눈앞으로 돌진해오면 관객들이 단체로 기겁했던 것처럼. 못 믿을까봐 하는 소리인데, 틀림없는 실화다.

좌우간 BD 분야의 기술이 개선되고 신문물에 대한 거부감도 서서히 허물어짐에 따라 대중은 거울에 남의 얼굴이 비치더라도 더는 놀라지 않게 되었다. 2077년인 지금은 녹화기의 크기도 고작 안경 수준이며 그마저도 거추장스럽다면 뉴럴웨어를 대뇌피질에 이식해 데이터를 녹화하고 저장하면 그만이다. 이처럼 사이버아이만으로도 녹화가 가능한 시대가 열리면서 1세대 브레인댄서 연예인이 탄생했다.

요즘은 브레인댄스라는 매체의 인기와 대중성에 덕분에 최고의 1인칭 유명인사는 세계 어디서나 알아준다. 워낙 유명하다 보니 녹화 편집 과정에서도 원본 이미지가 거의 바뀌지 않으며 과거의 영화배우나 연예인들이 누리던 것과 맞먹는 명성과 관심을 누린다.

연기자의 시각으로 BD 세션을 체험한다는 것은 곧 관객이 액션의 중심에 서게 됨으로써 주인공은 물론 배우가 연기하는 다른 인물들에게 보다 가깝고 밀접하게 다가감을 뜻한다. 한마디로 브레인댄스를 통해 직접 내가 제일 좋아하는 주인공이 되어보는 것이다. BD 열성팬의 수가 폭발적으로 늘자 그런 뜨거운 관심에 화답하듯, 일상생활을 담은 사적인 기록을 공개하는 연예인의 수도 늘어났다. 처음에는 자신들의 우상에 관해 더욱 자세히 알고 싶어 하는 팬들을 위한 일종의 팬서비스 다큐멘터리로 출발했지만, 이러한 콘텐츠는 얼마 가지 않아 브레인댄스 스타의 실생활을 체험해보는 작위적인 기획물로 변질됐다.

그러나 빛이 있으면 어둠도 있는 법. 이제는 BDDID[7]와 같은 전례 없던 정신질환이 횡행하고 있다. 이 병을 앓는 환자들은 특정 브레인댄서에 집착한 나머지 자신을 BD 속 등장인물과 동일시한다. 정말로 자신이 호화 저택에 살면서 각종 만찬을 즐긴다는 착각에 빠지고, 결국에는 자신을 사칭한 사기꾼한테 인생을 통째로 도둑맞았다는 황당한 결론을 내리는 사례도 적지 않다. 심하면 집착의 대상, 다시 말해 선망의 대상이던 브레인댄스 연예인에 대한 살해 욕구에 사로잡히는 경우도 있다.

---

[7] Braindance-related Dissociative Identity Disorder, 브레인댄스 수반 해리성 정체성 장애.

◀ 유명 브레인댄서 중에는 유행을 선도하는 과감한 사이버웨어에 도전하는 이들이 많다. 여기서 보이는 전신 피부 교체도 그런 시도의 일환이다.

CELEBRITY

INSTALL AT YOUR OWN RISK
FOREIGN BODY
BD
BRAINDANCE
CARTRIDGE
CAUTION
THIS BRAINDANCE CONTAINS SCENES CONSIDERED TRAUMATISING TO SOME MEMBERS OF THE PUBLIC.
VIEWER DISCRETION IS ADVISED.
DIRECTED BY LUKE POLLER AND VERA FOX RECORDED WITH JAMES FORTUNE
STARRING RYANN SANDOVAL WITH ALESSANDRO WEST, RUBI MARKS, JAYLIN OCONNELL, PETER MOONEY, HANA HEBERT, CARMELO SHAW, FERNANDO PRESTON
PRODUCED BY MACKENZIE LE, PEDRO GIBBS & LUCAS HARVEY EXECUTIVE PRODUCER LEO MADDOX DIRECTED BY LUKE POLLER & VERA FOX RECORDED WITH JAMES FORTUNE
ADVERTISEMENT LINK
SERIAL/ JCK-100C-HNT2-H22P /

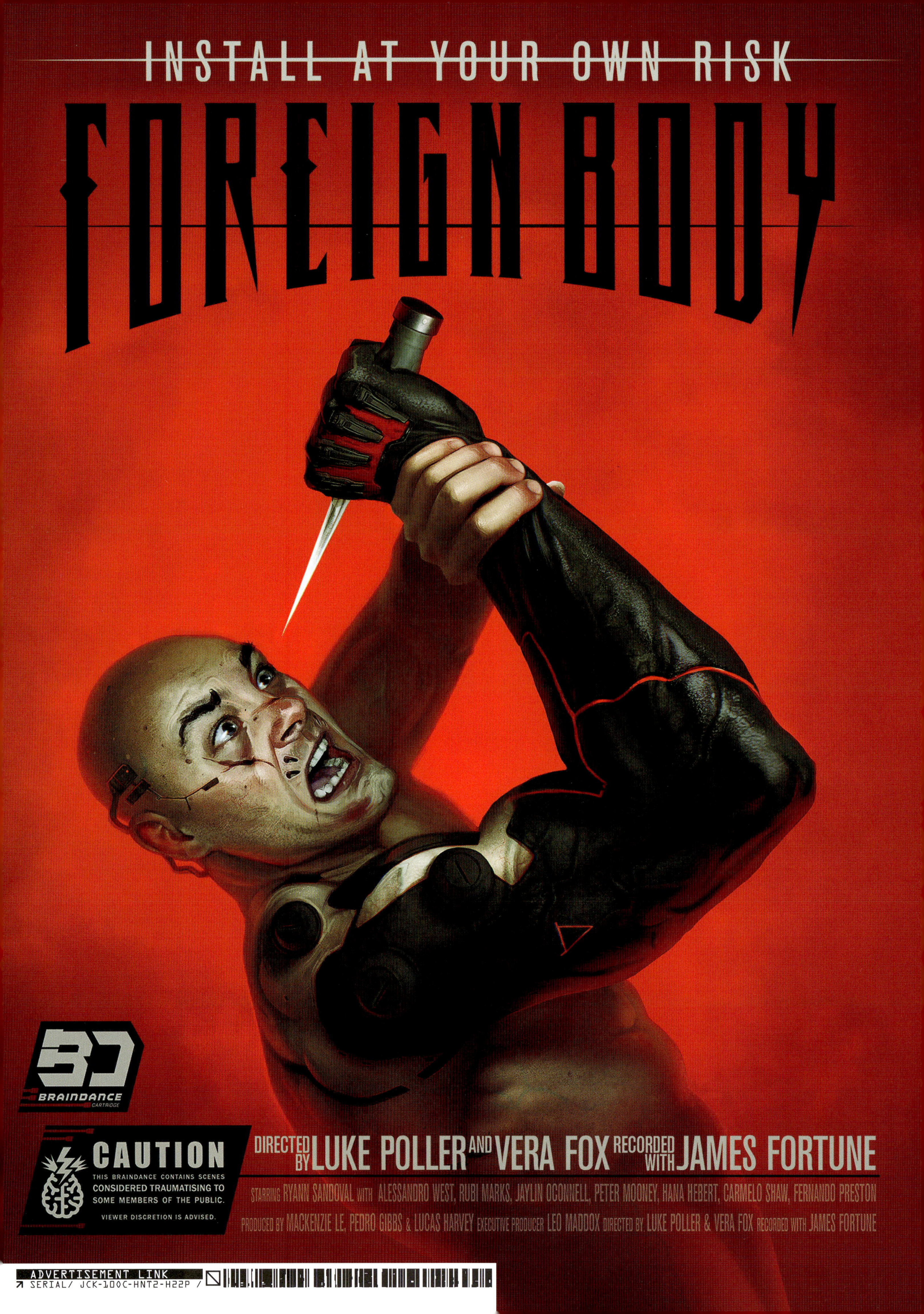

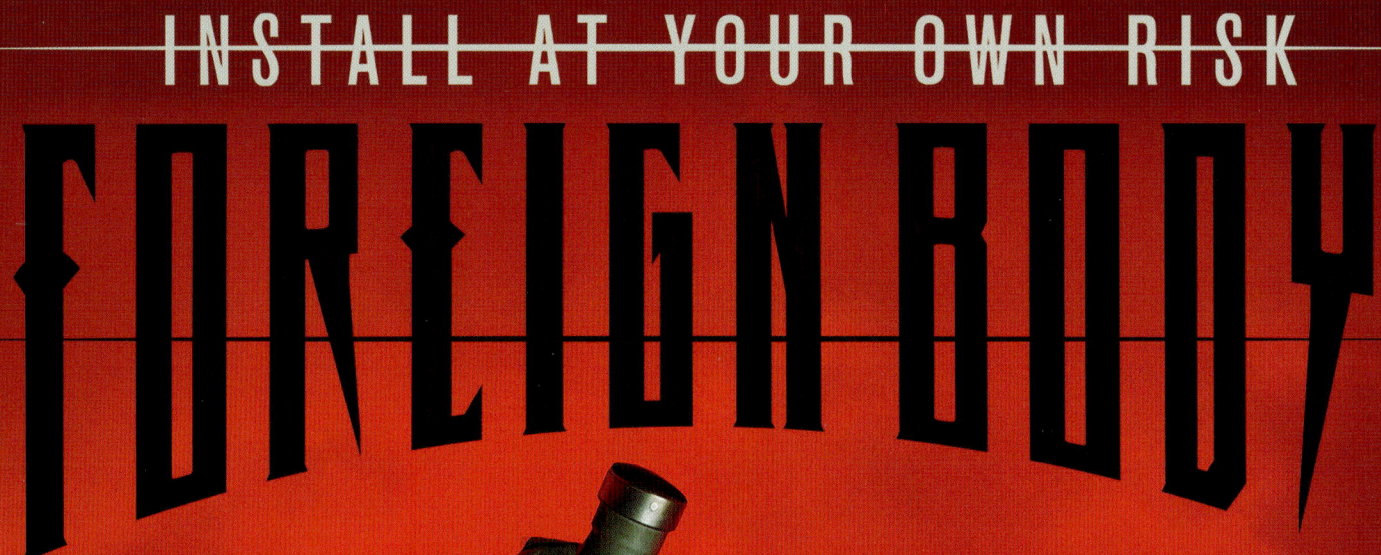

브레인댄스의 기타 문제점

[073]

ADDICTION

/*3566 252 007 6483*/
AUDIO DATA PORT

브레인댄스 남용은 기타 심각한 부작용을 초래한다. 대표적으로는 중독으로 말미암은 운동부족, 영양결핍, 정신적 고립감과 같은 건강상의 문제가 있는데, 감정 의존증을 유발할 가능성 역시 이에 못잖은 심각한 문제로 꼽힌다. 브레인댄스는 처음부터 타인의 감정을 매우 자극적인 방식으로 체험하게끔 고안된 매체이다. 여러 스튜디오에서 전작보다 더욱 짜릿한 감각을 담은 신작을 앞다투어 출시함에 따라, BD 중독자들이 불감증에 빠지는 사례가 보고되고 있다. 한번 중독되면 현실은 식상하고 따분하게만 느껴지기 때문에, 브레인댄스라는 유일한 감정적 자극제를 도저히 끊지 못하게 된다.

브레인댄스의 종류:
치료용

치료용 브레인댄스 처방은 여러 개인 클리닉에서 보편화되는 추세로, 정신질환을 치료하기 위한 전통적인 심리 치료와 병행되는 경우가 많다. 브레인댄스 진료를 통해 환자는 시뮬레이션으로 구현된 안전한 환경에서 본인이 두려워하는 대상을 마주보게 된다. 이러한 치료는 매우 효과적이지만 그만큼 비용도 만만찮다. 일단 진료 시간이 긴 데다 치료 초기부터 정밀 조정을 끝마친 BD 하드웨어가 필요하기 때문이다.

오프라인

편집장 주

이번 기사를 준비하는 과정에서 조시는 익명을 요구한 인물들과 접선한 끝에 넷의 역사를 기록한 흥미로운 자료를 제공받았다. 특히 본지는 조시의 계정을 해킹해 둘 도 없는 데이터를 남기고 사라진 일단의 넷러너분들께 감사드리는 바이다. 올드 넷이 붕괴되면서 영영 사라진 줄로만 알았던 자료를 이렇게 구할 줄 누가 알았을까. 누군지는 몰라도 눈물 나게 고맙다, 춤바!

또한 넷러닝 장비와 관련해 정보를 제공한 애프터라이프의 닉스에게도 감사의 말을 전한다.

4차 기업 전쟁 이전, 넷은 무방비로 노출된 공개 파일에서부터 고도로 암호화된 기업 기밀에 이르기까지 온갖 데이터를 송신하고 저장하는 방대한 범세계적 네트워크였다. 데이터에 접근하려면 우선 넷에 접속해야 한다. 단말기나 컴퓨터를 쓰는 고전적인 방법도 있지만, 사이버모뎀 인터페이스를 사용하는 편이 보다 빠르고 효과적이다. 사이버모뎀은 넷을 3차원으로 경험하게 해주는 장치로, 전통적인 연결방식에 비해 데이터 접근에 걸리는 시간을 크게 단축시켜준다. 이처럼 시간적 요인이 개입된다는 이유로 일각에서는 4차원이라 주장하기도 한다.

2077년 현재 전 세계를 아우르는 넷이란 존재하지 않는다. 엄밀히 말하자면 세계적인 통신망으로서의 구실을 더는 못한다는 편이 정확하겠다. 기업의 공격과 폭주하는 IS, 그리고 어떤 남자가 죽으면서 남긴 선물 때문에 파괴됐기 때문이다.

— 2077년, 닉스

바트모스와 올드 넷의 종말

레이치 바트모스는 우리 시대 최고의 천재 넷러너였던 한편 타의 추종을 불허하는 의심병 환자였다. 항간에는 상대 넷러너를 포착해 죽이기로 악명 높은 데몬 및 하운드 프로그램 시리즈를 설계한 장본인이 바로 그라는 소문도 돈다. 그가 누구였고 어떻게 죽었는가를 놓고 추측이 난무하는 탓에 정확한 진위를 가리기란 불가능하다. 2021년에 블랙 ICE에 붙잡히면서 육신도 같이 죽었다는 설이 있는가 하면, 넷 작전이 장기화되는 바람에 탈수와 영양실조로 사망했다는 설도 있다. 후자에 따르면 아파트에 마련해둔 최첨단 생명유지 장치 덕분에 정신만은 목숨을 건졌지만, 본인의 거처를 철저히 비밀에 부친 탓에 도와줄 사람은 아무도 없었다고 한다. 비록 바트모스의 정신은 서서히 자취를 감췄지만 오늘날까지도 그는 사상 최고의 해커로 남아 있다.

일설에는 그가 4차 기업 전쟁 당시 용병 넷러너들이 기업의 데이터 요새를 공격하며 치명적인 프로그램을 마구잡이로 살포하던 그림자 전쟁기에 참전했다고 한다. 그런데 실력이 너무도 출중했던 나머지 어떻게든 그를 없애버리려고 작정한 기업이 나오고야 말았다. 몇 달에 걸친 수색 끝에 그의 대략적인 위치를 파악하기 무섭게, 기업에서는 궤도 위성으로 일대를 초토화시켰다.

앞서 바트모스가 의심병 환자였다고 했던가? 원래부터 정신 나간 구석이 있었는지, 아니면 장장 몇 년간 냉동수면기 신세를 지다 살짝 맛이 갔는지는 아무도 모르지만, 평소부터 죽음을 각오하고 살았던 것만큼은 틀림없다. 언젠가 자신이 죽는 날이 오거든 적수는 물론 본인이 그토록 아끼던 넷도 함께 순장하려고 벼르고 있었으니까.

위성 공격으로 육신이 증발하면서 생명유지 장치가 보내던 지연 암호가 끊김과 동시에 넷은 아수라장으로 변했다. 냉전 시절 최후의 날 기계인 "죽음의 손"과 유사한 복합 시스템이 바트모스 최악의 유작을 넷에 살포한 것이다. 그가 개발한 최첨단 데몬, 헬하운드, RABIDS가 활동을 개시하며 시스템을 다운시키고 IS를 마구 풀어놓거나 손상시키는가 하면, 당시 넷에 접속 중이던 대다수 넷러너들의 두뇌를 태워버렸다. 무너지기 시작한 데이터 요새는 자기인식 바이러스에 의해 붕괴됐고, 내용물은 영구적으로 손실 또는 변질되었으며, 마구잡이로 뒤섞이거나 손상됐다. 각국 정부와 주요 기업들이 자체적인 비상 대책을 실행에 옮길 무렵에는 이미 돌이키기 어려운 수준의 피해를 입은 뒤였다. 올드 넷은 그렇게 영원히 작별을 고했다.

RABIDS

RABIDS[8]는 바트모스가 개발한 프로그램으로, 다른 시스템에 침투하고 데이터를 조각내 사이버 공간 곳곳에 무작위로 뿌리는 기능을 수행한다. 처음에는 성가신 골칫거리 정도로 인식됐으나, 바트모스가 사망하고 몇 시간이 지나자 가공할 진면목을 드러냈다. 사이버 공간에 "잠복" 상태로 몇 년을 기다리던 프로그램들이 본색을 드러내면서 파일을 바꿔치기하고 데이터 요새를 통째로 무너뜨렸다. RABIDS는 넷의 붕괴를 가속화했을 뿐만 아니라 각종 기밀 정보를 대중에 터뜨렸고, 여기에 연루된 정치인과 다국적 기업들의 치부를 폭로해 혼란을 더욱 가중시켰다.

[8] Roving Autonomous Bartmoss Interface Drones, 이동성 자동화 바트모스 인터페이스 드론.

▼ 18: 다음 장기 러닝 세션을 준비하며 휴식을 취하는 부두 보이즈 넷러너.

넷상의 혼란

이후 몇 년간 넷워치에서는 유럽 연합 집행 위원회의 보조를 받으며 넷이라는 세계적 통신망을 재건하고자 노력했다. 넷의 대부분이 심각하게 오염된 상태였기 때문에 로그인만 시도해도 시스템 전체가 다운될 지경이었다. 소실된 데이터를 회수하고자 폐허만 남은 사이버 공간에 겁도 없이 발을 들인 넷러너들은 폭주하는 인공 시스템들—일부는 원래 전투 IS였다—의 무차별적 공격에 노출됐다. 끝내 넷워치가 한발 물러서면서 블랙월 프로젝트가 탄생했고, 이때 세워진 블랙 ICE로 구성된 철통같은 장벽은 오늘날까지도 네트워크상의 인간 권역과 IS 권역을 분리하고 있다. 꺼림칙하게도 블랙월 구축을 둘러싼 진상은 지금까지도 수수께끼로 남아 있다. 일각에서는 이런 프로젝트가 가능했던 이유가 넷에서 인간이 포기한 방대한 영역을 장악하려는 IS들의 이해관계와도 맞물렸기 때문이라고 주장한다. 인간과 인공 구성체를 막론하고 블랙월을 월담하는 것은 금지되어 있으나, 모험심이 넘치는 넷러너나 위험천만한 IS는 그런 규칙에도 아랑곳하지 않는다.

중요한 사실은 블랙월이 눈에 보이지 않으며 고정된 형태도 아니라는 점이다. 또한 구 네트워크 시스템을 양분하여 인간과 IS가 동시 접속이 가능한 상태로 열어놓는 경우도 많다. 양쪽 모두 서로 존재를 인지하지 못하기 때문에, 데이터 요새 "흉가" 또는 "귀신 들린" 사이버시스템 괴담의 근원지가 되기도 한다.

▼ 19: 넷상의 데이터스트림을 시각화하여 재구성한 모습.

오늘날의 넷

▲ 넷러너들은 상호 의사소통은 물론 보다 직관적으로 넷에 접속하기 위해 디지털 아바타를 사용한다.

오늘날 넷상의 인간 권역(일명 섈로 넷으로 불리는)은 2077년 현재 서로 분리된 로컬 허브가 주를 이루는 분열 상태다. 이러한 허브는 공용 포럼과 기업 사설 도메인이 뒤섞인 국가, 주, 도시 넷이 대부분이며, 구내 통신 및 업무, 오락, 광고용으로 사용된다. 넷워치는 유럽 네트워크를 대부분 복구했지만, 블랙월을 구축할 당시 IS와 뒷거래를 했다는 억측으로 인해 유럽내 평판에 흠을 입었다. 현재 넷워치는 로잘린드 마이어스 NUSA 대통령의 요청으로 북미 네트워크를 재구축하는 중이다.

딥 넷으로도 불리는 올드 넷은 발들이는 사람조차 거의 없는 위험한 폐허로 남아 있다. 대부분의 영역이 블랙월로 가로막혀 있으나, 아무도 없는 무인지대도 존재한다(전쟁 이후로 줄곧 거기서 도사리는 바트모스의 일부 유작을 제외하면). 그러나 올드 넷은 끊임없이 넷러너들을 유혹하고 있다. 과거의 데이터뱅크가 숨겨져 있는 것은 물론 제대로 검색만 한다면 장거리 통신도 가능하기 때문이다.

▶ 나이트 시티 최고의 넷러너들은 부두 보이즈 갱단이다. VB 넷러너들은 최첨단 장비를 능숙하게 다루며 익명의 고객들이 의뢰한 중요한 데이터를 확보한다.

오늘날의 넷: 장비 등급

▲ 20: 개인 링크는 사용자가 이동에 제약을 받지 않고도 각종 네트워크 인터페이스에 직접 연결하게 해주는 유용한 넷러닝 사이버웨어다.

오늘날에도 넷에 접속은 가능하지만, 그 범위는 보통 로컬 시티 넷으로 국한된다. 넷과 같은 네트워크는 대개 통신망에서 분리되어 있어서, 접속하려면 근거리에서 직접 로그인하는 방법밖에 없기 때문이다. 넷에 접속하려면 전용 하드웨어부터 갖춰야 한다. 현재 넷러닝 장비에는 여섯 등급이 있으며 0에서 5단계까지 나뉜다.

〉0등급

2020년대에 인기를 끌었던 구식 휴대용 사이버덱은 현재 0등급으로 분류된다. 넷러너들 사이에서는 퇴물 취급받고 있지만 단점만 있는 것은 아니다. 업그레이드로 성능을 개선하고 데이터 전송 속도를 향상시킬 여지가 있으며, 휴대용이라 사용 중에도 몸이 어느 정도 자유롭다는 장점이 있다. 다만 손으로 조작하는 특성상 반응 속도가 느려 사용에 큰 제약이 따른다.

〉1등급

가장 기초적인 현대식 해킹을 하기 위해서는 외부 입력장치 없이도 컴퓨터 시스템에 명령을 내리게 해주는 고급 사이버웨어인 개인 링크가 필요하다. 링크를 원하는 포트에 물리적으로 꽂아 장치를 연결하기만 하면 곧바로 조작이 가능하다. 불법 멀웨어를 설치하면 문이나 승강기, 차량 컴퓨터, 작업용 로봇 같은 단순한 장치를 조작하는 것도 문제없다. 개인 링크는 처음부터 데이터 업로드 및 다운로드를 용이하게 하려는 목적으로 개발됐기 때문에 문을 해킹하거나 전 애인의 일기를 복사하는 것쯤은 일도 아니지만, 전송 용량이 낮기 때문에 사이버 공간에 깊이 접속하는 것은 불가능하다. 개인 링크를 이용한 연결 방식의 가장 큰 장점은 이동에 제약이 없으며 겉으로 튀지 않는다는 점이다. 개인 링크 자체가 워낙 흔한 사이버 업그레이드인 데다 멀웨어 프로그램 역시 심층 스캐닝 없이는 탐지가 불가능하기 때문이다.

〉2등급

더 위험하지만 보다 효율적인 넷러닝을 하려면 개인 포트와 사이버고글(개조한 브레인댄스 헬멧으로 대신할 때도 많다)을 사용해 넷을 3차원적으로 인지하며 상호작용해야 한다. 사이버고글을 쓰면 넷에 더욱 심층적으로 접근함으로써 데이터 전송률을 높일 수 있지만, 넷에 깊이 들어갈수록 몸에 가해지는 압박이 기하급수적으로 상승한다. 과부하된 신경계가 가열되면 체온이 위험 수위까지 상승하며, 사경을 헤매는 일도 적지 않다. 이런 부작용을 피하려면 외부 냉각기가 필요한데, 아마추어 넷러너들이 자주 찾는 가장 간단한 해결책은 얼음물을 가득 채운 욕조나 개조한 에어컨 또는 냉장고를 쓰는 것이다. 주로 질 낮은 갱

HLGRM PRJ PORT /*524 70 35 358*/

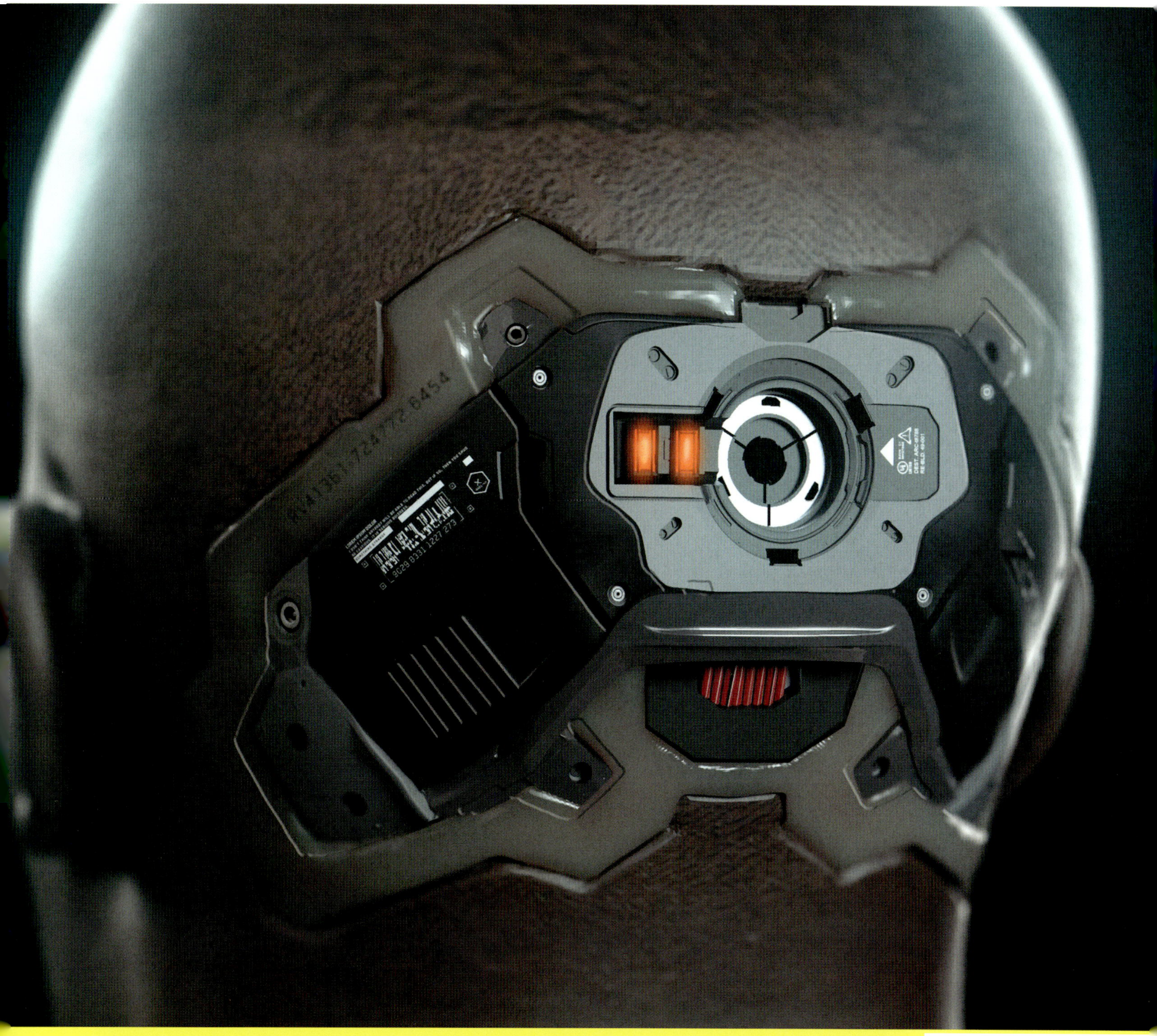

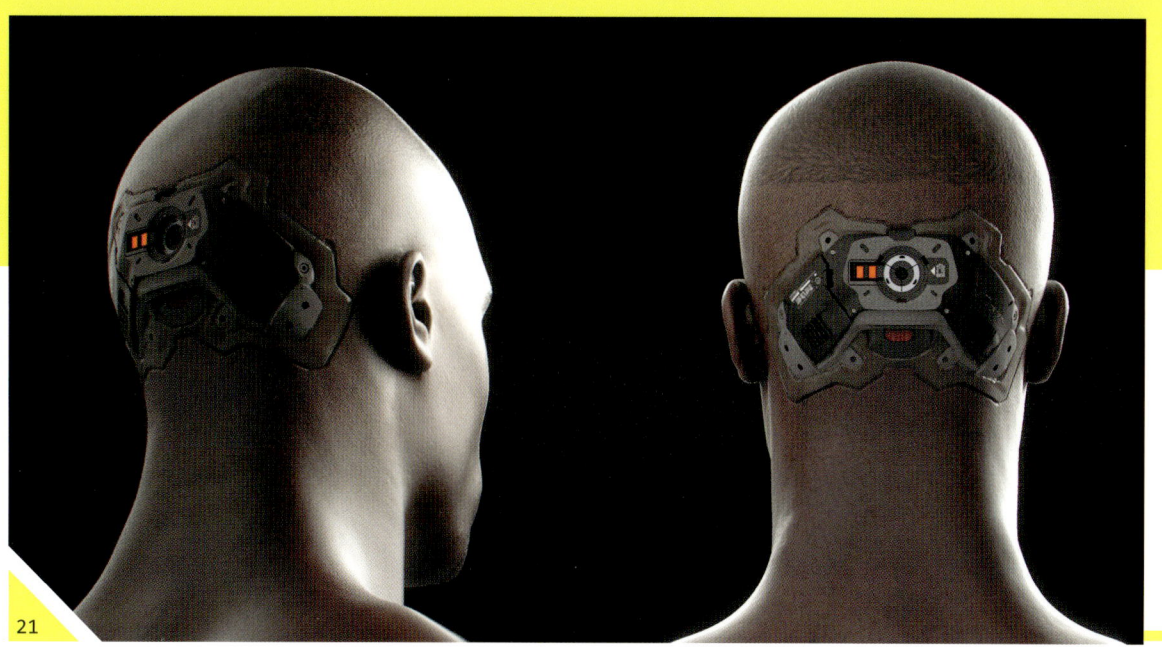

◀▲21: 전문적인 넷러너들은 개인 포트를 대뇌피질에 직통으로 연결시켜 전반적인 성능과 데이터 전송률을 높인다.

단이나 일단 저지르고 보는 청소년들이 그런 식으로 벌충한다.

〉3등급

3등급 장비는 주로 거리의 전문 넷러너들이 사용한다. 기능상으로는 2등급과 유사하나 모든 면에서 업그레이드된 형태이다. 3등급 장비는 주로 사용자의 후두엽에 직접 연결해 성능을 향상시키고 데이터 전송 속도를 높이는 고성능 신경 포트와 전신을 감싸는 냉각복으로 구성된다. 전송률이 어마어마하기 때문에 냉각 없이는 넷러너의 피가 몇 분 안에 증발해 버린다.

3등급은 넷러너 스테이션이 필수다. 가장 핵심이 되는 부분은 전용 의자(치과나 마사지용 의자를 개조해서 쓰기도 한다)로, 넷러너가 혈액순환에 차질이 없이 장시간 동안 편안한 자세를 유지하도록 해준다. 고급형 스테이션에는 기본적인 감시 및 의료장비와 활력징후 측정기가 기본적으로 탑재된다. 숙련된 넷러너가 이러한 장비를 사용할 경우 딥 넷에서 데이터를 확보하거나 건물 전체의 시스템을 운영하는 것은 물론, 무시무시한 실력을 갖춘 기업 넷러너와도 막상 막하의 대결이 가능하다.

> 4등급

4등급은 부품 하나하나가 최신/최고급으로 구성되며 주로 거대 기업들이 고용하는 최고 수준의 전문가들이 사용한다. 이런 장비를 사용하는 넷러너들은 서버 뱅크를 통째로 등에 업고 활동하는데, 원활한 작업을 위해 생명유지 장치, 극저온 감속기, 혈액냉각 시스템은 물론 각종 개선이 더해진 최첨단 스테이션을 사용한다. 이들은 주로 그룹 단위로 활동하며, 경쟁 기업에 대한 공격은 물론 고용주의 시스템 및 데이터 방어도 수행한다.

> 5등급

5등급 장비에는 눈길을 끄는 넷러닝 스테이션이나 거창한 부가 장비가 없어서 얼핏 보면 4등급에 비해 별로 대단할 것도 없어 보이며, 가끔은 1등급으로 오해받기도 한다. 사용자가 그냥 사이버웨어 시술을 남들보다 많이 받은 민간인이거나 뒤통수에 신경 부스터를 달고 전선이 들어간 재킷을 빼입은 "인텔리"쯤으로 보이기 때문이다. 하지만 보이는 것이 전부가 아니다. 5등급은 고삐 풀린 해커와 폭주하는 IS의 침입에 맞대응하기로 악명 높은 넷워치 현장 요원들의 전유물이기 때문. 5등급 하드웨어는 넷러닝 스테이션 없이도 4등급에 준하거나 상회하는 성능과 데이터 전송 속도를 낸다. 무엇보다도 5등급 장비는 사용 중에도 움직임에 전혀 제약을 받지 않으며 주변 상황도 온전히 인지할 수 있다. 현장에서 바로 사이버 공간에 원격 접속함으로써 장소에 구애받지 않고 상대 넷러너를 직접 타격, 무단 네트워크 간섭에 즉각적인 대응이 가능하다는 것이 5등급의 최대 강점이다.

◀ 이런 형태의 최첨단 넷러닝 장비는 매우 보기 드물다. 정교한 사이버웨어는 물론 내장형 냉각기까지 갖추고 있다.

제 3장

나이트 시티

[088] 2074: 나이트의 유산

[090] 왓슨
리틀 차이나
가부키
북부 산업 구획(NID)
아라사카 워터프론트

[098] 웨스트브룩
재팬타운
차터 힐과 노스 오크

[104] 도심
기업 플라자
다운타운

[110] 헤이우드
웰스프링스
글렌
비스타 델 레이

[116] **산토 도밍고**
아로요
란초 코로나도

[122] **퍼시피카**
서부 윈드 에스테이트와 코스트 뷰

 이번 주로 사회고발 언론인이자 본지의 편집자였던 리암 앨런의 작고 3주년을 맞았다. 리암은 2074년 8월 28일, 기업을 배후에 둔 개발사들이 비스타 델 레이 구획에 눈독을 들이는 이유를 조사하던 중 자신의 아파트에서 신원불명의 범인들에게 피살됐다. 조사가 시작되고 거의 3년이 지난 시점이었던 2개월 전, NCPD에서는 사건을 미결로 종료함에 따라 리암을 살해한 범인들은 유유히 법의 처벌을 피해갔다.

리암은 본지의 둘도 없는 친구이자 오랜 동료였다. 여러분 가운데는 언론에

대한 지대한 공로와 각종 독립 뉴스 보도국과 정보 포털을 장식한 기고로 그를 기억하는 분들이 많으실 것이다. 언론인으로서의 전문성과 진실을 향한 그의 열정은 지금도 본지의 귀감으로 남아 있다.

비극적인 사건을 추모하고 언론에 대한 리암의 공헌을 기리는 한편
그가 생애 마지막이 되었던 조사에 착수한 계기가 여기에 있었다고 보기에, 나이트 시티 설립 80주년 기념으로 그가 2074년에 작성한 지난 기사를 되돌아보고자 한다."

-편집장

2074년: 나이트의 유산

故 리처드 나이트.

올해는 나이트 시티 탄생 80주년이 되는 해이다. NUSA는 물론 세계 각지의 다른 도시에 비해 오래된 편은 아니지만 나이트 시티는 신생 대도시라는 사실이 무색할 정도의 압축성장을 이룩했다. 지난 80년의 연혁을 되돌아보자. 허허벌판에 기껏 도시를 세웠더니 갱단과 기업들이 판치는 곳이 됐고, 핵으로 도심을 날려먹고 기업들을 퇴출 직전까지 밀어붙이기도 했으며, 폐허가 된 도시를 정부 지원도 없이 재건하는가 하면 NUSA와 한판 붙을 뻔도 했지만, 결국은 갱단과 기업들이 판치는 곳으로 되돌아왔다. 불과 한 세기도 안 지났는데 말도 많고 탈도 많았다. 나이트 시티가 역사는 짧을지언정 격동의 세월을 거쳤다는 것만큼은 자명한 사실이다.

우리 도시의 역사는 1994년, 리처드 나이트라는 부유한 사업가가 실현하고자 했던 완벽한 도시의 이상에서 출발했다. 이로부터 몇 해 전, 나이트는 동업자인 헐시, 페리스—건설사 헐시, 페리스 & 나이트의 공동 소유주—와 결별한 뒤 나이트 인터내셔널을 세우고 야심찬 새 계획에 착수했다. 우선 북부 및 남부 캘리포니아의 주 경계 인근의 작고 초라한 정착촌인 모로 만의 부지를 전부 매입했다. 그곳은 2년 전 떠돌이 부스터 갱이 휩쓸고 지나간 지역으로, 군대가 적시에 개입한 덕분에 최악의 사태는 간신히 면한 상태였다. 풍파가 덮쳐 인구가 급감한 땅이야말로 재건에 최적화된 곳이었다. 범죄와 빈곤 및 혼란이 없는 안전하고 청결한

도심의 스카이라인. 2074년 4월 2일 월요일.

기업 도시인 코로나도 시티의 청사진은 그렇게 시작됐다.

나이트는 경기를 활성화하는 동시에 미래의 시민, 즉 기업 직원들의 안정적 기반이 되어줄 유리한 세금 혜택을 앞세워 거물 기업들의 투자를 받아냈다.

계획은 대성공이었고, 도시로서의 면모를 갖추기 시작한 코로나도 시티는 실로 장관이었다. 치밀한 계획 덕분에 코로나도 시티는 번듯하고 쾌적하며 안전한 도시가 되었다(어디까지나 대붕괴 이후와 비교했을 때지만).

공사가 시작되고 4년이 지났을 무렵, 리처드 나이트가 의문의 범인들에게 살해되면서 비극이 시작됐다. 세간에는 나이트의 건설 계획에서 제외된 데 앙심을 품은 노조 및 건설사와 연줄이 있는 조직폭력배 두목들의 짓이라는 소문이 파다했다.

나이트가 살해된 불미스러운 사건을 놓고 대중의 규탄과 비열한 범죄조직에 대한 반발이 불거졌다. 그러나 갱단은 그런 여론에도 아랑곳하지 않고 삽시간에 도시를 휘어잡았고, 향후 몇 년간 코로나도 시티를 범죄의 온상으로 타락시켰다. 매춘, 폭행, 마약 밀매, 사이버테러가 일상으로 자리매김한 가운데, 아이러니하게도 도시의 명칭은 리처드 나이트를 기리는 뜻에서 나이트 시티로 개명되었다.

이후 10년간 범죄율과 사망률이 하늘 높은 줄 모르고 치솟던 끝에, 마침내 기업들이 칼을 뽑았다. 불과 며칠 사이에 거의 모든 주요 범죄조직의 두목들이 신원미상 용병들의 손에 사망했으며 시의회가 새롭게 창설됐다. 의회에서 최초로 내린 결정은 기업 병력의 지원을 요청함으로써 기업에 "도시의 이익을 우선시하며 시내 안녕과 질서를 확립하도록" 행동할 권한을 부여한다는 것이었다. 도시 중심가와 도심부의 상황은 대체로 몇 개월 내로 수습됐고 도시 최악의 우범지대도 몇 년 내로 진압, 소탕 및 재건이 완료됐다. 기업 통치의 막은 그렇게 올랐다.

여기까지는 나이트 시티의 초기 연혁일 뿐 다사다난한 나날은 이후로도 계속됐다. "황금기"를 맞았던 2020년, 4차 기업 전쟁과 핵폭발 사건을 겪었던 2023년, 생존과 복구의 시기였던 2023~2040년, 그리고 대재건의 2040~2060년에 이르기까지. 그러고 보니 통일 전쟁이 끝난 뒤로도 NUSA로부터 독립을 유지했잖은가! 이처럼 흥미진진하고 파란만장한 역사에서 영감을 받아 이번 특집을 써내려간다. 바로 오늘날 나이트 시티 시내의 구획을 두루두루 탐방하며 수많은 단면과 분위기를 조망하는 것. 숨 가쁘고 활기차며 짜릿하고 위험천만한가 하면 때로는 삭막하기도 하지만, 모두 나이트 시티의 영혼과 떼려야 뗄 수 없는 일부분인 셈이다. 그럼 이제 시내 관광을 떠나보자.

왓슨

왓슨을 탐방하기 위해서는 그곳 주민의 도움을 받아야 했다. 가이드 지망생과 약속을 잡느라 인맥까지 동원해야 했지만, 여차저차 왓슨에서 나름 지명도가 있는 클럽인 애프터라이프에서 보기로 일정이 정해졌다. 약속 장소에 가보니 지망생은 20대 후반(아니면 실력 있는 성형외과를 들렀거나)의 여성으로, 대화하는 중에도 착용한 키로시 의안의 색을 수시로 바꿨다. 내 사정도 훤히 꿰고 있었다. 나이트 시티의 구획별 특집을 쓰는 모양인데 왓슨에 관한 정보를 주는 것은 물론 직접 안내도 해주겠다는 것(물론 요금은 받겠지만). 그렇게 함께 블러디 메리를 홀짝이는 가운데, 가이드는 이야기를 들려주기 시작했다.

왓슨은 한때 번창하던 분주한 곳이었다. 대재건기에 이 구획을 놓고 원대한 계획을 세웠던 부유한 일본 기업들이 수백만 달러를 왓슨에 유치했다. 왓슨 구획에는 없는 것이 없었다. 드높은 마천루, 인파로 북적이는 나이트클럽, 의료 센터는 물론 구획 북부에는 NID라는 자체 산업 구획까지 있었다. 그러나 통일 전쟁이 끝나고 아라사카의 총수인 사부로가 나이트 시티로 돌아오면서부터 호시절은 막을 내렸다. 아라사카는 모종의 계획을 실현하고자 경쟁 기업을 하나둘씩 제거해 나갔다. 본토에서부터 비롯된 해묵은 악감정 때문인지, 아니면 원래 사업은 칼같이 해야 하기 때문인지는 몰라도, 사부로는 휘하의 변호사와 은행가들을 동원해 일대의 경쟁자들을 남김없이 뿌리 뽑았다.

이후로 왓슨은 예전 같지 않은 곳이 되었다. 자체 산업 구획의 일감이 뚝 끊기면서 실업자가 속출했고, 처음부터 해상 무역로를 확보할 속셈이었던 아라사카는 원대로 왓슨 워터프론트를 장악했다. 현재 왓슨은 나이트 시티에서 별 볼일 없는 동네가 되었다. 아직까지 NID에서 돌아가는 몇 안 되는 공장에서 일하며 근근이 먹고 사는 노동자들의 주거지로 전락한 것이다.

취재에 응하던 여성은 블러디 메리를 한 잔 더 시켰다. 슬슬 취기가 돌자 태도가 느슨해지면서 혀도 풀리는 분위기였다. 그러더니 왓슨에서 시내의 다른 구획으로 통하는 여러 다리 위의 바리케이드를 보았냐고 물었다. 보기는 봤지만 왜 설치했는지는 모르던 참이었다.

"왓슨 주민들을 챙겨주느니 그냥 가둬두는 편이 속편하거든요." 가이드는 그렇게 대답했다. "다들 우리한테 눈곱만큼도 관심 없어요. 돈 많고 잘나신 분들은 가난뱅이들이 도심에 얼씬하는 꼴을 눈뜨고 못 보죠. 빛나는 유리탑에서 내려다보이는 경관을 해치니까요."

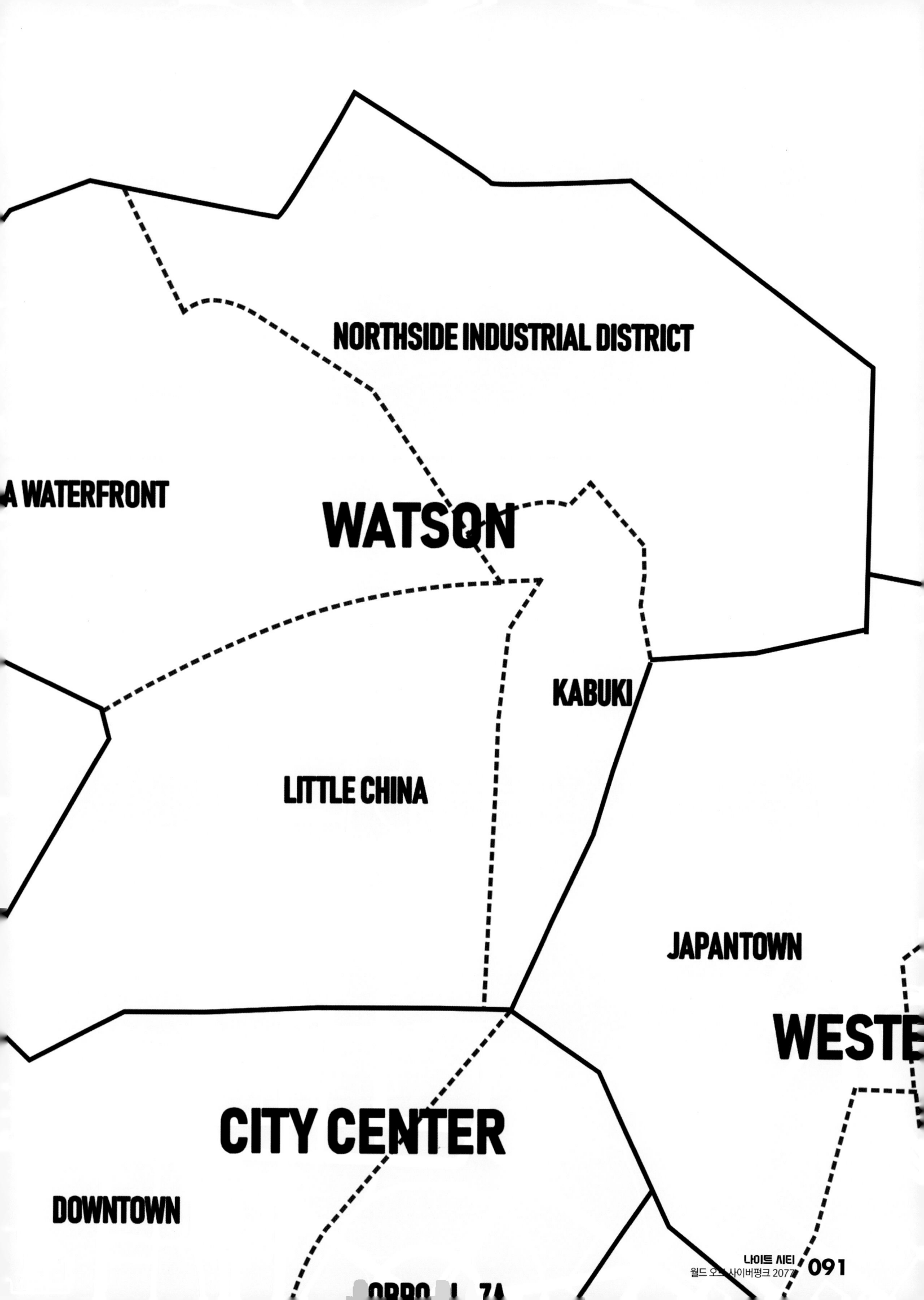

리틀 차이나

우리는 애프터라이프를 나서서 리틀 차이나에 들어섰다. 가이드는 그 일대에 빠삭한 듯했다. 왓슨 구획의 일부인 리틀 차이나는 원래 다운타운의 연장선이자 2040년대의 대재건 당시 제2의 도심으로 거듭날 계획이었던 곳이다. 기업들은 곳곳에 초고층 건물을 세우고 의료 센터라는 첨단 병원을 지었다. 나이트 시티에서 합법적으로 신체강화를 하고 싶다면 이곳이 최고의 선택이었다. 2040년대 후반부터 이곳으로 아시아계 이민자들이 구름처럼 몰려들었는데, 중국발 디아스포라로 인한 이민자가 대다수였기 때문에 리틀 차이나는 이름이 붙었다. 이후 수십 년간 리틀 차이나의 인구는 폭증했고 배타적인 풍토가 정착되면서 민족적 색채를 띠는 지역으로 변모했다.

현재 리틀 차이나 중심가는 나이트 시티 내의 여느 빈민가와 다름없는 곳이 되었다. 다만 음식, 가게, 네온사인, 외국어와 분위기만큼은 확연히 중국풍이다. 계층 구분도 뒤죽박죽이라 일반 거주 구역 옆에 호화 콘도가 들어서 있고, 합법적으로 운영되는 사업체와 불법 도박장이 맞붙어 있는가 하면, 쓴맛에 재미를 보려고 근방의 카지노와 스트립 클럽을 찾아온 말단 기업 직원들은 길거리의 빈민이나 노숙자들과 어울리기까지 한다. 가이드 말로는 리틀 차이나를 실질적으로 장악한 갱단은 없지만 타이거 클로가 심심하면 어슬렁거린다고 한다. "눈 밖에 나지 않는 편이 좋을 걸요?" 가이드는 씩 웃으며 말했다. "카타나나 단도를 써먹으려고 잔뜩 벼르고 있거든요. 게다가 여기서는 사람 하나 쑤신들 뒤탈도 없고요." 겁먹은 표정이 얼굴에 빤히 쓰여 있었던지, 가이드는 그런 날 보고서 배를 잡고 웃었다.

리틀 차이나의 화창한 날.

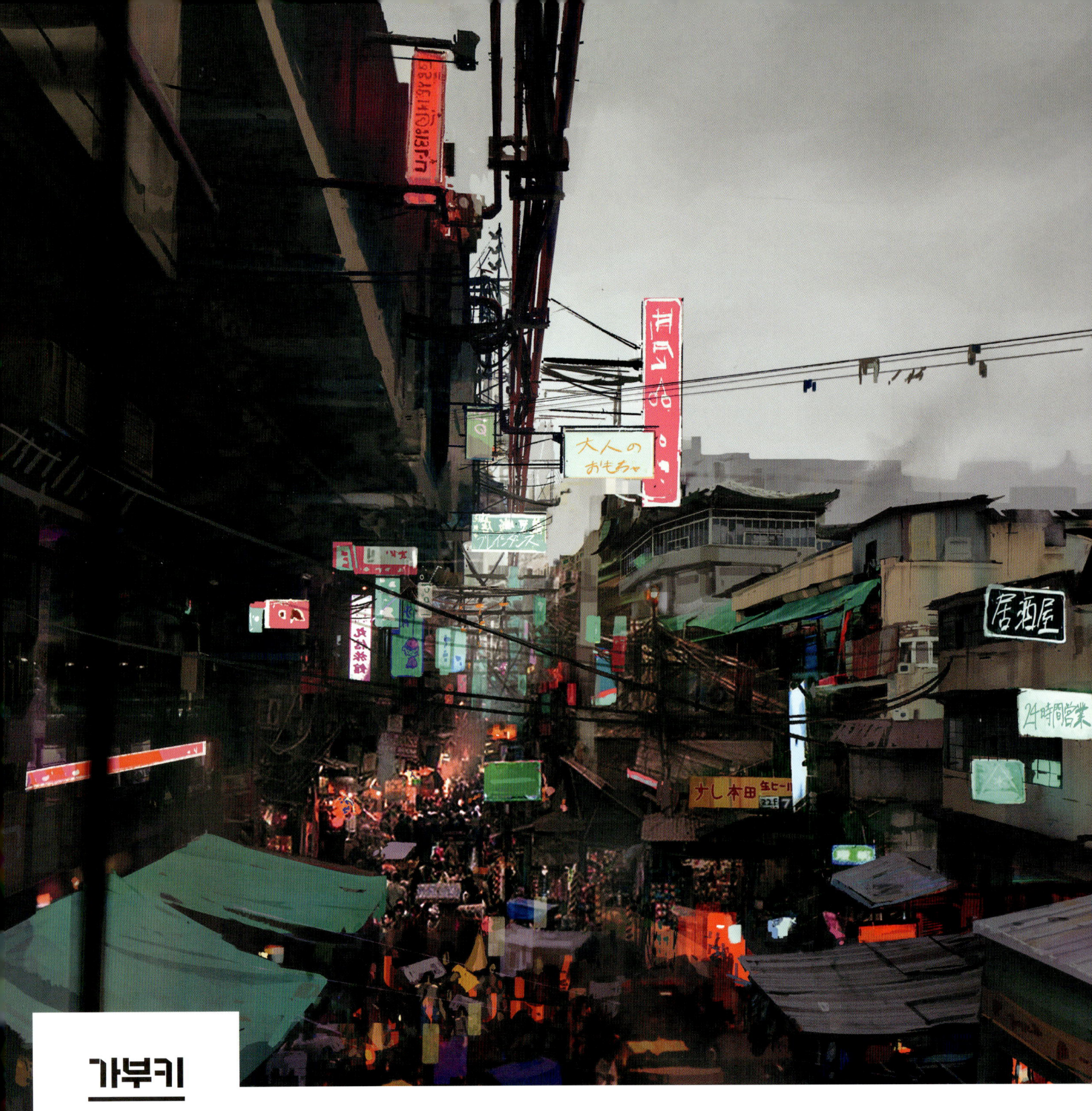

가부키

가부키는 원래 나이트 시티에 진출한 일본 의료기업의 자랑이었다. 유명한 의료 센터와 인접한 입지 조건 덕분에 일대 전체가 번창하며 전성기를 구가했다. 다른 기업들이 아라사카의 등쌀에 쫓겨나거나 만 반대편으로 부지를 이전한 현재, 가부키는 도시를 통틀어 가장 빈곤한 소구획으로 남아 있다(나중에 언급할 퍼시피카는 제외).

그러나 나이트 시티는 공백을 허용하지 않는 곳이다. 가부키는 중국발 디아스포라로 다시금 사람으로 북적이는 곳이 되었고, 급기야 괴상망측한 시장통으로 변했다. 일전에 이곳을 찾았을 때는 낮이었다. 그때 가장 먼저 눈에 들어온 광경은 가부키의 좁고 굽이진 골목길 사이로 빽빽이 들어선 중식당과 초라한 화장품 가게, 싸구려 고물상,

일대를 촘촘히 장식한 등불과 깜박이는 네온사인이었다. 하지만 으슥한 밤중에 찾아온 지금은 전혀 다른 얼굴이 드러났다. 해가 지면 가부키는 온갖 암거래가 성행하는 나이트 시티 최대의 암시장으로 탈바꿈한다. 임플란트, 장기, 전투 자극제, 프로토타입 사이버웨어, 스테로이드, 합성 바이러스, 스너프 브레인댄스 기록까지 없는 게 없어서, 요령만 있다면 뭐든지 구할 수 있다. 풍문으로는 으슥한 밀실이나 지하실에서 블랙 클리닉도 성업 중이라고 한다. 리퍼닥들 말로는 치바 시의 연구실이나 스칸디나비아의 최첨단 바이오 클리닉에서 빼돌린 군용 혹은 프로토타입 사이버웨어도 몰래 설치해준다나 뭐라나. 가이드는 출처를 모르는 물건은 가급적 사지 말라고 경고했다. 이곳 상인들 가운데는 스캐빈저를 공급책으로 쓰는 경우도 있다는 것이다. 그 비열한 놈들은

가부키 노점 시장이 내려다보이는 아파트에서 바라본 광경.

갱단 중에서도 악질로, 멋모르고 두리번거리는 행인이 보이면 어딘지 모를 지하실로 끌고 가 임플란트를 뜯어내서는, 물품의 출처를 따지지 않는 비양심적인 가부키 리퍼닥들한테 중고로 팔아넘긴다.

"도시라는 정글에서 펼쳐지는 자연의 섭리라고나 할까요." 가이드는 대수롭잖다는 듯이 대꾸했다. "스캐빈저들이 그러는데도 말리는 사람조차 없죠. 여기는 경찰이 단속 나오지도 않거든요. 이 근방에서 보이는 경찰이라고는 도난당한 기업 물품이나 실종자를 찾아 기웃대면서 픽서나 기업에서 고용한 탐정들을 상대로 밥그릇 싸움이나 하는 형사뿐이죠."

가부키는 인구 밀도가 매우 높으나 창고나 버려진 공장과 인접한 북부는 예외로, 그곳은 각종 갱단 및 부랑자와 마약 중독자들이 점거하고 있다. 타이거 클로와 NID에서 흘러든 멜스트롬이 일대에 상주하고 있지만 가부키를 실질적으로 차지한 갱단은 없다. 그런 공백 때문에 다른 지역 갱단인 목스가 이곳에 발판을 마련했다. 가부키에서 가장 인기 있는 브레인댄스 클럽이자 사창가인 리지스 바가 목스의 구역이다.

북부 산업 구획(NID)

우리는 낮이 되기를 기다렸다 북부 산업 구획으로 발길을 돌렸다. NID(지역 주민들이 쓰는 말)는 한때 왓슨에서 번창하던 공장 지대였다. 그러나 지진 피해와 투자 실패로 방치된 지금은 버려진 시설이 태반에 가동되는 공장도 거의 없는 실정이다.

"NID는 눈엣가시 같은 곳이죠." 가이드가 입을 열었다. "다운타운에 계신 돈깨나 있는 양반들은 '자기네' 동네에서 안 보이게 하려고 아예 구획 변두리에 칸막이삼아 아파트 단지를 올렸다니까요. 이제는 아직도 NID에서 돌아가는 공장에서 근무하는 중간급 기업 직원들의 거처가 됐죠. 나도 그런 기업 아파트에 살아봤으면 소원이 없겠어요. 정작 본인들은 지저분하고 냄새나는 데서 귀양살이 하는 기분이겠지만."

그러나 여기서도 사람들은 살아간다. 새 출발의 기회를 잡으려고 이곳을 찾는 이들도 있다. 큰 꿈을 안고 공장에 들어오지만 이내 팍팍한 현실의 굴레에 빠진다. 눈뜨자마자 후줄근한 직장에 출근해서 밤늦도록 일하고, 집으로 돌아오면 쓰러져 자기 바쁘다. 앞으로 형편이 나아지리란 희망 따위는 없다. "NID에서 태어나면 NID에 뼈를 묻는다"는 말은 괜한 소리가 아니다.

하지만 그것도 일반적인 주민들의 경우다. NID 주민 가운데는 이보다 훨씬 열악한 환경에 노출된 이들도 있다. 가이드는 멜스트롬 갱단이라고 들어봤는지 물었다. 실은 이번 취재를 나서면서 총을 챙겨온 것도 그래서였다. 물론 소문이 사실이라면 실제로 놈들을 맞닥뜨릴 경우 총이 있다고 해봤자 별반 달라질 것도 없겠지만. 가이드의 말을 빌리자면 "또라이 사이보그들"인 멜스트롬은 NID를 차지한 갱단이다. 놈들은 방치된 건물을 은신처로 삼아 활동하며 기업 수송대에서 강탈한 전리품을 공장이나 불법 브레인댄스 스튜디오에 은닉한다.

"그런 데 발을 들였다가는 죽은 목숨이에요." 그렇게 말하는 가이드는 정색하고 있었다.

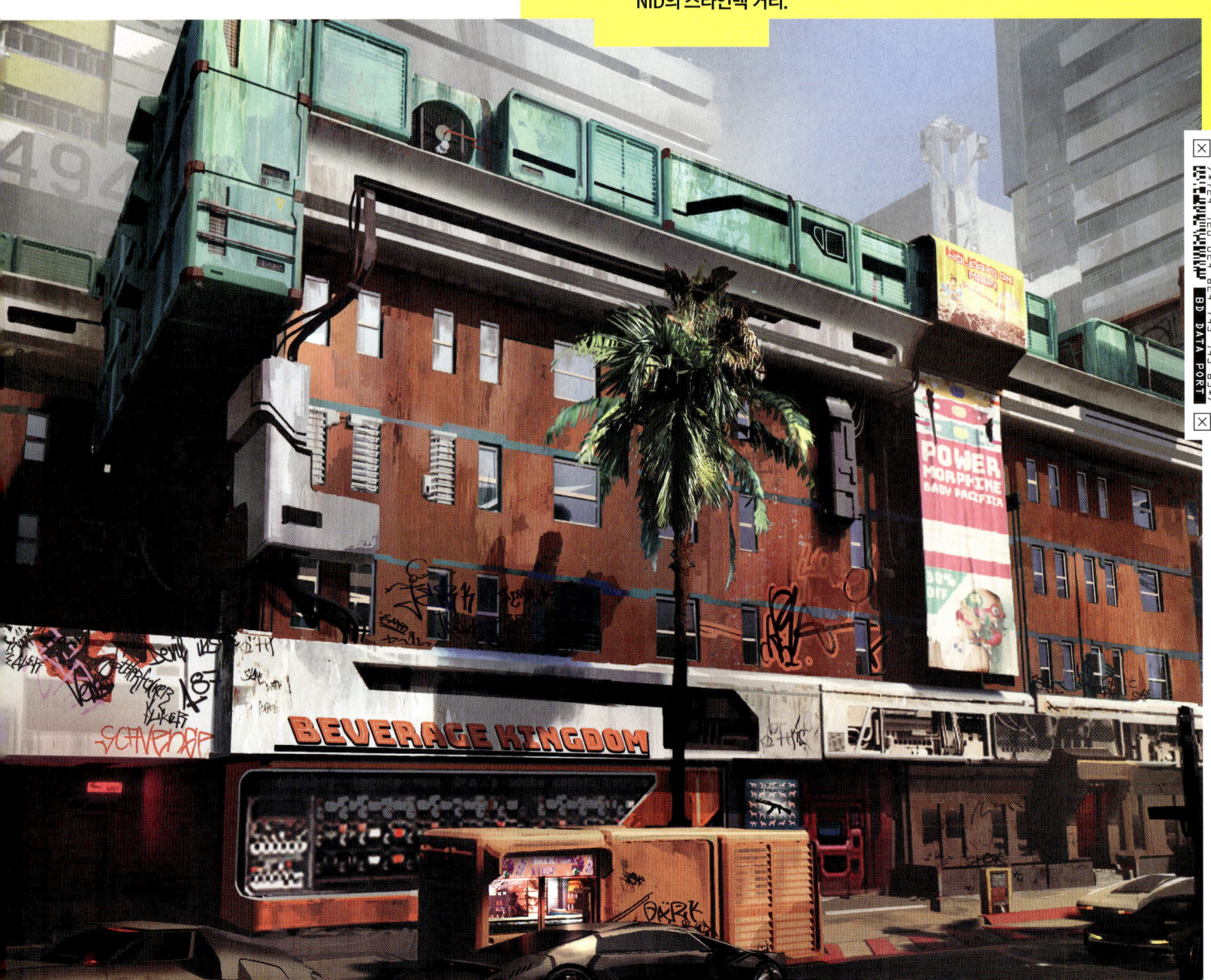

NID의 스타인백 거리.

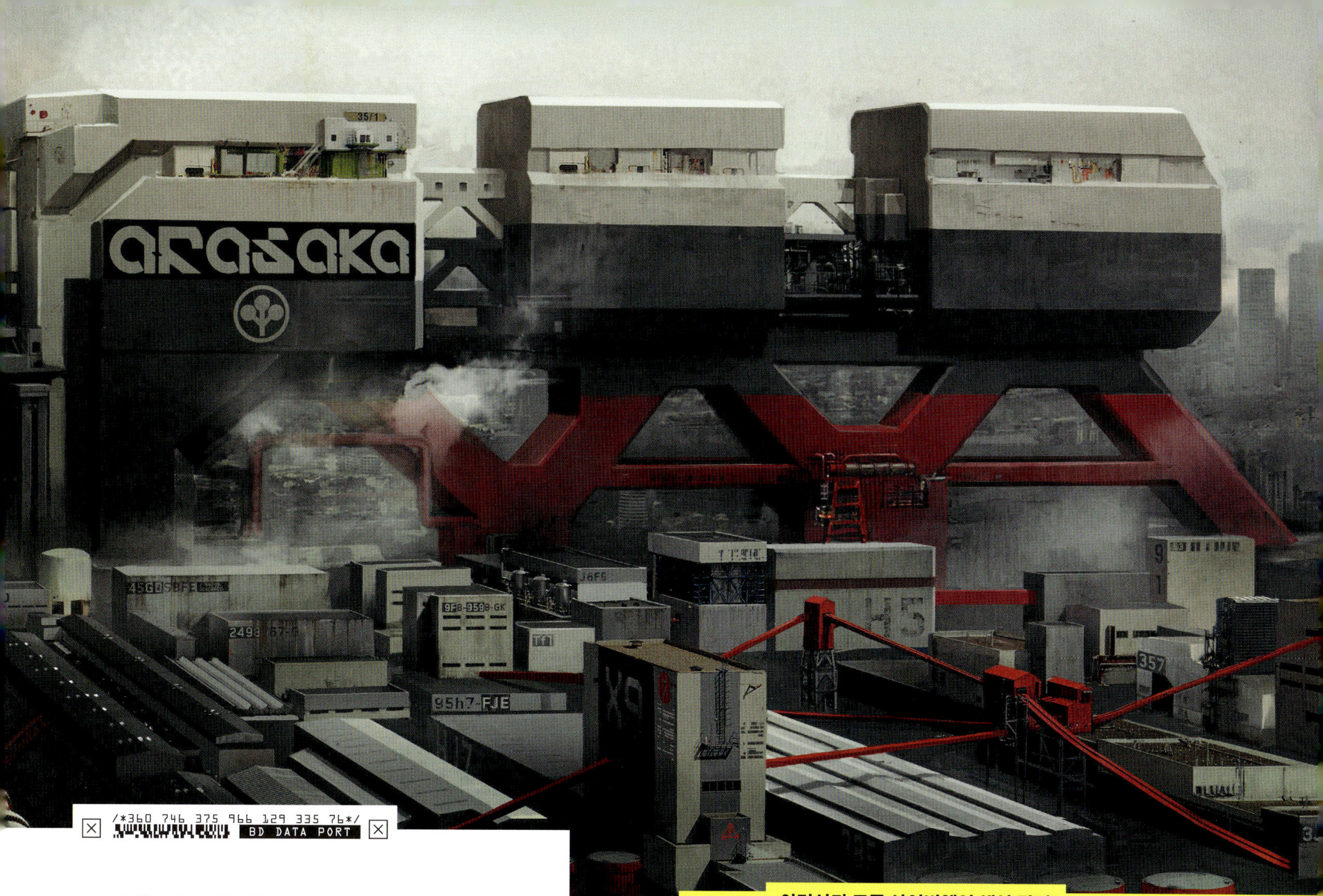

/*360 746 375 966 129 335 76*/ BD DATA PORT

아라사카 고급 사이버웨어 생산 단지

아라사카 워터프론트

아라사카 워터프론트는 왓슨의 무법천지 연안에 위치한 기업 소유의 방벽으로 둘러싸인 섬이다. 아라사카 관계자가 아닌 이상에야 기웃거릴 이유가 없는 곳이지만…… "뭔가 훔칠 속셈이라면 얘기가 다르죠." 가이드가 덧붙였다. "그럴 요량이면 나도 끼워줘요." 척 봐도 아라사카에 좋은 감정은 없는 눈치였다.

아라사카 워터프론트는 기업 공급망의 동맥과도 같은 곳이다. 공식 자료에 따르면 매달 수백 척에 달하는 화물선이 입항하며, 화물은 자동화 로봇들이 포장하고 분류하여 기타 기업 소유의 물류 창고나 지부로 출하한다. 다만 구경거리는 별로 없었다. 일본 재벌이 일대를 장악하자마자 왓슨 주민들이 얼씬도 못하게 부두에 장벽을 둘렀기 때문이다. 갱단이나 폐품수집가 또는 나처럼 성가신 기자를 원천 차단하려고 말이다. 동작 탐지기와 전기 철조망과 무인 포탑까지 겹겹이 두른 장벽이 불청객이나 무단침입자를 가로막고 아라사카 자산을 철통 보호하고 있었다. 가이드도 장벽 입구까지 안내해주기는 어렵다고 했다. "허가 없이 가면 멜스트롬 은신처에 제 발로 걸어드는 셈이나 다름없어요. 뼈도 못 추리게 된다는 점에서 결과는 똑같거든요." ⊠

ADVERTISEMENT LINK
↗ SERIAL/ G53-FW57-63RU-131I /

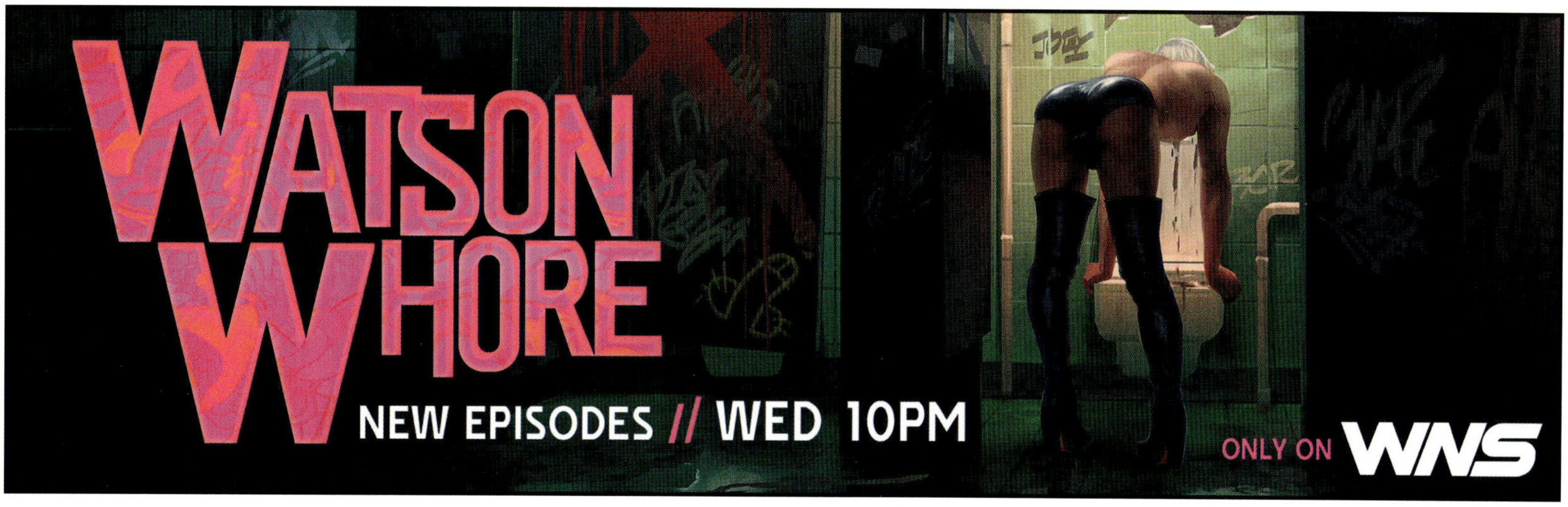

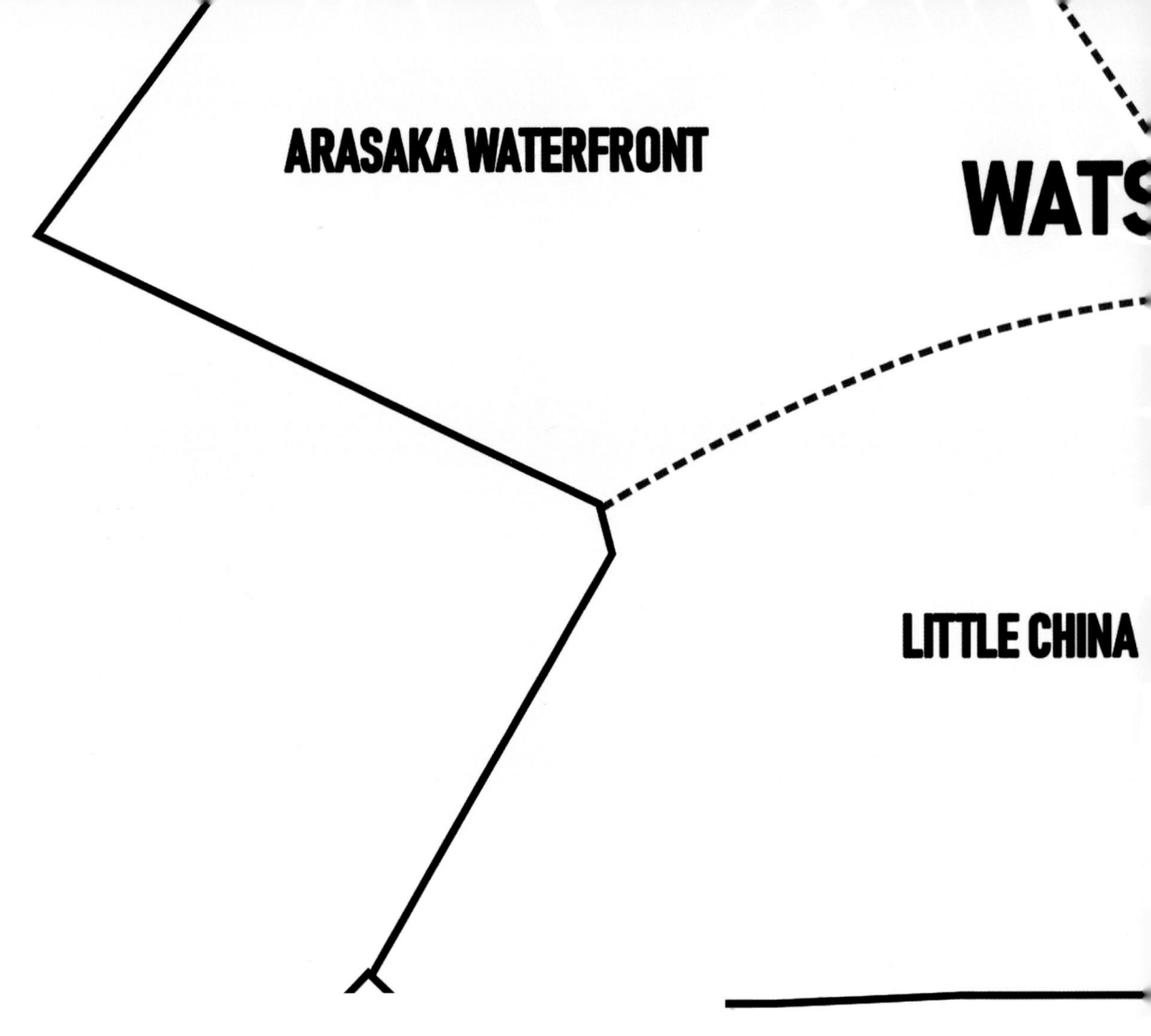

웨스트브룩

나이트 시티를 통틀어 웨스트브룩은 가장 살기 좋은 곳으로 꼽힌다. 노스 오크 중턱의 도심 속 전원은 부유한 권력층의 거주지이자 도시에서 가장 경치가 아름다운 소구획이다. 이에 버금가는 곳은 야심찬 중간급 기업 직원들이 거주하는 약속의 땅인 차터 힐, 그리고 마지막은 나이트 시티의 엔터테인먼트 중심지인 재팬타운으로, 관광객은 물론 직원들의 발길이 끊이지 않는 곳이다. 그러나 50년 전만 해도 이곳의 상황은 지금과 사뭇 달랐다.

웨스트브룩에서 도심과 인접한 일부 구획은 2023년의 핵폭발 사건으로 상당한 피해를 입었다. 핵폭발의 충격파는 재팬타운의 고층 건물들을 강타했고, 앙상한 뼈대만 남은 채로 다 무너져가는 마천루는 향후 20년간 한때 북적였던 웨스트브룩의 경관을 해치는 흉물로 남았다. 도시 난민들이 차터 힐로 몰려들면서 노스 오크의 언덕은 삽시간에 천막촌과 판자촌으로 뒤덮였다.

그러다 2040년부터 대재건이 시작되면서 나이트 시티는 차츰 원래의 모습을 되찾기 시작했는데, 이로써 가장 말끔하게 복구된 곳이 웨스트브룩이었다. 낡은 건물들은 모조리 철거되어 도심의 분화구를 메우는 데 사용됐고, 아시아계 회사들은 새로운 메가빌딩과 마천루 건설에 열을 올리며 재팬타운의 영광을 되찾고자 30년에 걸친 대장정에 들어갔다. 차터 힐의 판자촌이 철거되고 주민들은 도시의 다른 구획으로 이주된 끝에, 일대 전체가 기업 직원들을 위한 주택 단지로 재개발됐다. 반면 노스 오크의 임시 난민촌은 판자촌이 철거된 뒤로도 끈질기게 버티며 나이트 시티 도시 경관을 해치는 흠으로 남았다. 이후 그곳은 "범죄다발 지역" 및 "최악의 우범지대"라는 불명예스러운 호칭을 놓고 전투 구역과 경쟁하던 끝에 기업 용병들에 의해 강제 철거됐고, 웨스트브룩은 나이트 시티 최고의 엄선된 주거 구획으로 자리매김했다.

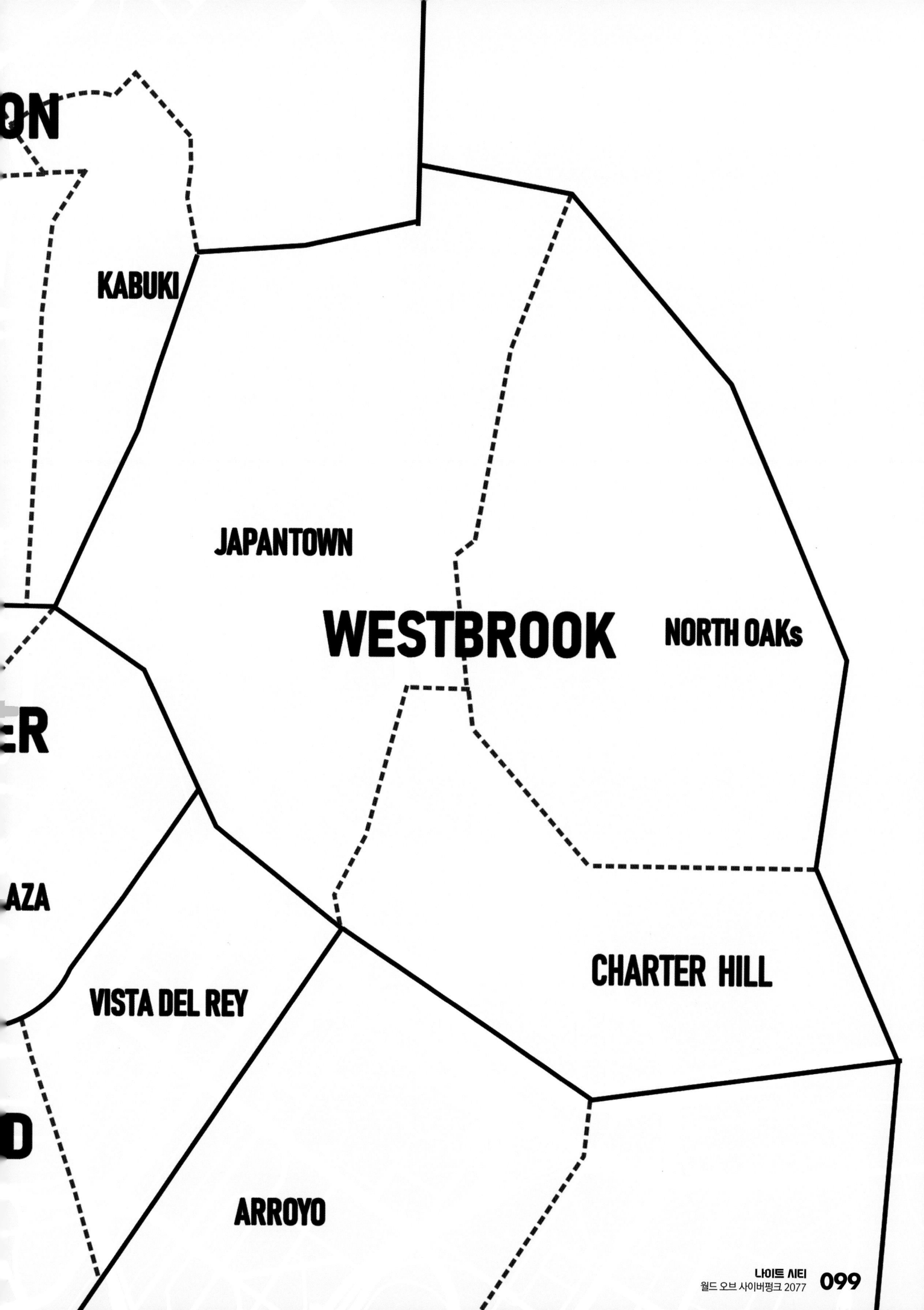

재팬타운

재팬타운은 주로 일본계 시민들이 거주하는 곳으로, 낮 시간에는 나이트 시티의 필수 관광 코스로 꼽히는 바, 고급 식당, 오락실, 체리 블러섬 마켓과 신사를 찾는 관광객들로 붐빈다. 전반적으로 청결하고 낮에는 안전하기 때문에 관광하기에 더할 나위 없는 장소인 데다, 다리만 건너면 유명한 기업 플라자가 있어서 그곳의 호텔 중에서 숙소를 잡기에도 용이하다.

하지만 재팬타운에는 또 다른 면이 있다. 이곳을 방문한 이유도 그 이면을 직접 보기 위해서였다. 이번에는 필자의 대학 동기인 마크를 만났다. 중간급 기업 직원인 마크는 재팬타운의 지리에 훤했는데, 너무 빠삭해서 오히려 걱정스러울 정도였다. 그렇게 우리는 함께 금요일 저녁의 재팬타운 탐방에 나섰다. 술값은 마크가 쏘기로 했고.

해가 지면 재팬타운은 기업 직원과 관광객 너나할 것 없이 부유층을 위한 유흥가로 변한다. 기업 직원들은 오늘도 무한경쟁에 지쳐 스트레스를 풀러 오는 반면, 관광객들은 빽적지근하게 놀며 나이트 시티에서 광란의 밤을 보내고자 이곳을 찾는다. 양쪽 모두 같은 고급 홍등가를 들리고, 카지노에서 돈을 잃고, 필름이 끊어지도록 죽어라 퍼마신다. 밤이 되면 재팬타운을 주름잡는 갱단인 타이거 클로의 심기를 건드리지 않으려고 몸을 사리는 것까지 둘 다 똑같다.

"돈만 내면 손님 대접 제대로 해주는 곳이야." 마크는 그렇게 말했다. "어딘가 찜찜한 업소들이기는 하지만. 이를테면 클라우드 클럽에서는 NC에서 제일가는 에로틱 돌을 선보이지. 그나저나 배짱 튕길 요량이라면 뒷배부터 챙겨두는 편이 좋을걸. 비빌 언덕도 없이 까불었다가는 좋은 꼴 못 보거든. '좋은 꼴 못 본다'는 말인즉 '팔다리 잘린다'는 소리니까 밤에는 알아서 처신해."

일요일 오후의 재팬타운 거리.

탄탄대로를 달리는 이들의 터전인 차터 힐의 마천루.

차터 힐과 노스 오크

차터 힐은 대재건 당시 새롭게 조성된 곳으로, 다른 구획에 비해 역사가 짧지만 잘 닦인 기업 구획이다. 덕분에 나이트 시티 상류층의 인기를 독차지하기도 잠시, 20년쯤 전부터는 노스 오크가 더욱 인기몰이를 하는 중이다. 그럼에도 웨스트브룩이나 도심에서 일출에서 일몰까지 죽어라 일하고, 그날의 업무가 끝나면 재팬타운에서 진탕 놀고 마시는 중간급 기업 직원들은 대부분 차터 힐의 아파트에서 곯아떨어져 숙취를 떨쳐낸다. 저마다 기업의 CEO가 되어 노스 오크로 이사하는 날만을 남몰래 꿈꾸지만, 원대한 목표를 성취하려는 열망에 사로잡혀 서로 속고 속이는 것이 현실이다. 여기서 행색이 기업 근로자와는 거리가 멀어 보이는 사람이 있다면 십중팔구는 리틀 차이나나 웰스프링스는 거들떠보지 않을 정도로 전도유망한 뮤지션이나 아티스트 또는 벌이가 삼삼한 프리랜서라 보면 된다.

노스 오크는 나이트 시티에서 가장 최근에 조성된 구획으로, 빈민과 갱단은 발도 못 들이는 외부인 출입제한 주택지다.

50년 전만 해도 나이트 시티의 북동쪽 변두리를 끼고 펼쳐진 메마른 언덕은 허허벌판이었다. 핵폭발 사건과 아라사카 쌍둥이 타워 붕괴 이후 이곳에는 임시 난민촌이 형성됐고, 그렇게 빈민가로 전락한 이후 25년간 줄곧 방치됐다. 그러다 50년대 초에 메가코프를 등에 업은 NC 당국에서 강제 철거를 단행하면서부터 상황은 급변했다. 기업 소유의 매체에서는 이를 "범죄와의 전쟁"으로 포장했으나 실상은 기업의 횡포였다. 그렇게

Introducing the new *Aerondight*

SUBSTANCE AND STYLE

RAYFIELD

ADVERTISEMENT LINK
SERIAL/ G84-H47S-KF74-13JK /

노스 오크 빈민가는 기업 개발사들에 의해 진압 및 소탕이 완료됐고, 몇 년 뒤에는 나이트 시티의 노른자위 땅으로 변모했다. 몇 년에 걸친 기업의 여론몰이 끝에 노스 오크 재개발을 둘러싼 구설수는 세간에서 잊혀가다 결국 묻혀버렸다. 이는 부정적 인식을 무마하는 동시에 땅값을 올리기 위한 수작이었다. 초기에는 더러운 노숙자들이 살던 땅을 사기 꺼린 부자들이 상당수였기 때문이다.

그날의 진상은 잊혀진 지 오래인 지금, 노스 오크는 최상류층의 전유물이 되었다. 기업 CEO, 헤지 펀드 매니저, 투자 은행가는 물론 BD 프로듀서나 스타 또는 뮤지션 같은 연예계의 거물들도 이곳에 살고 있다. 외부인은 발을 들이기조차 어려우며 사설 경비 역시 삼엄하다. 취재를 위해 에어로다인까지 렌트한 뒤에야 말로만 듣던 부자 동네를 구경할 수 있었다. 구획 상공을 무단 비행하지 못하도록 보안 업체에서 엄중히 감시하는 데다, 운전사 역시 고작 기본요금 벌자고 법을 어겼다가 면허―최악의 경우 목숨―를 잃는 불상사는 피하고픈 눈치였던지라, 노스 오크 변두리를 따라서만 날았다. 그럼에도 그곳의 풍경은 실로 장관이었다. 일대 전체가 방대한 사유지로 구성되어 있었으며 소규모 생태계는 물론 인공폭포를 조성한 곳도 있었다. 아라사카 맨션과 케리 유로다인의 빌라 모두 이곳에 있었다. 억만장자 기업주건 반항아 로커보이건 여기서는 재력과 명성만 받쳐준다면 신분은 상관없다는 명백한 증거였다. 노스 오크야말로 나이트 시티의 시민이라면 누구나 꿈에 그려 마지않을 장소였다.

동쪽으로 바라본 노스 오크 힐즈의 전경.

도심

기업 플라자 한복판에 서서 메가빌딩, 사옥, 바, 펍, 스트립 클럽, 네온사인으로 가득한 지금의 도심을 바라보자니, 50년 전까지만 하더라도 이곳이 연기만 피어오르는 전쟁터였다는 사실이 도무지 믿기지 않았다. 신원미상의 일당이 아라사카 타워 120층에서 핵을 터뜨려 4차 기업 전쟁의 종지부를 찍었던 사건이 여기서 일어났었다니! 수십 년에 걸친 복구와 재건 끝에, 오늘날 도심은 나이트 시티의 경제 및 금융 중심지라는 과거의 영광을 되찾았다.

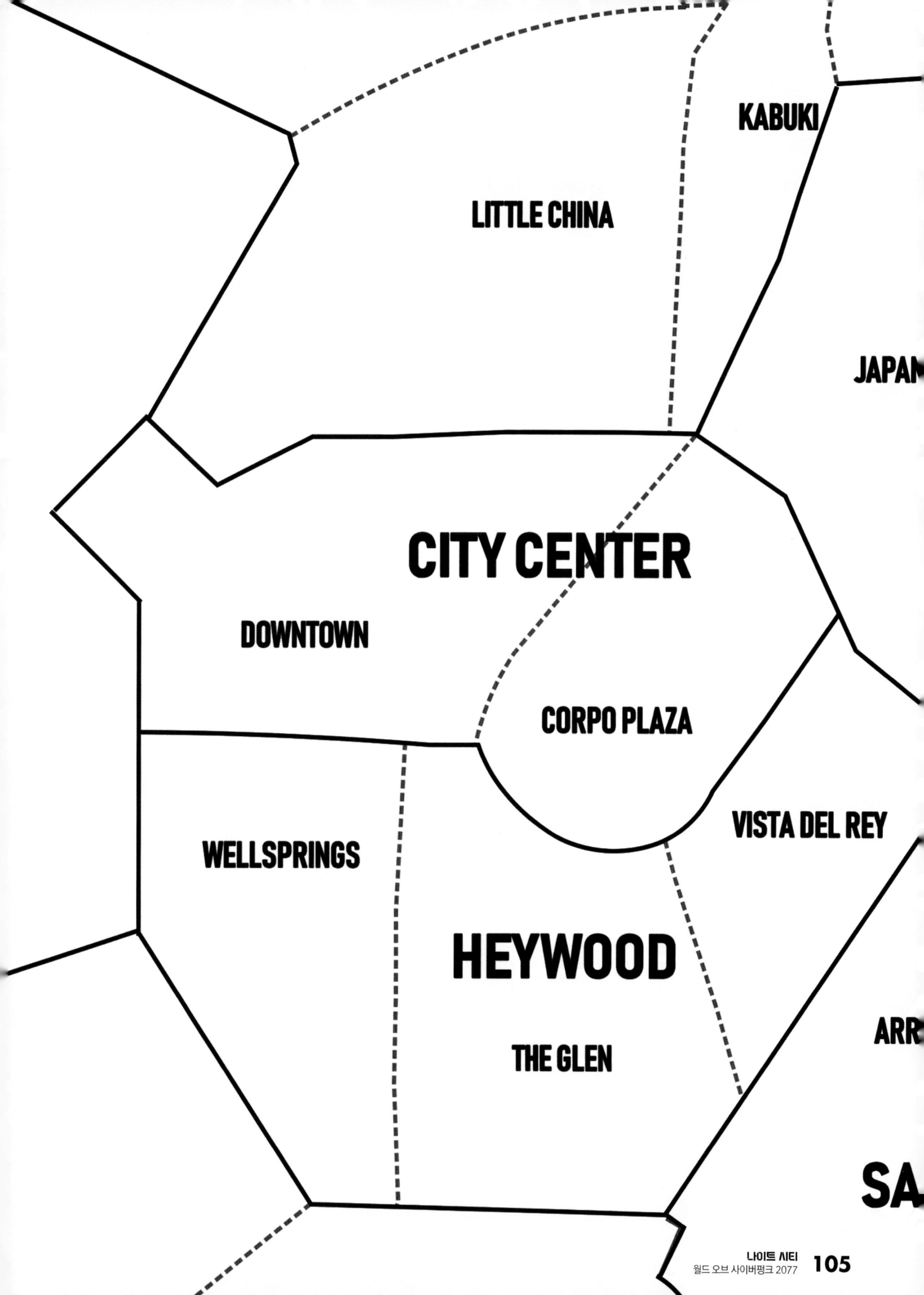

기업 플라자

전후에 재건된 기업 플라자는 이제 나이트 시티의 명실상부한 랜드마크이자 기업들이 오랜 수모와 모멸의 세월 끝에 재집권했음을 알리는 상징과도 같은 곳이다. 플라자에 우뚝 솟은 거대한 마천루와 드높은 메가빌딩에는 다시금 아라사카와 밀리테크의 지사가 들어섰다. 정작 그 양대 기업의 경쟁 때문에 반세기 전에 도시가 박살났던 것을 생각하면 참으로 아이러니한 일이다만.

플라자에서 눈여겨볼 곳은 메모리얼 파크다. 이곳은 기업 본사 건물들 사이에 들어선 넓은 원형 교차로로, 4차 기업 전쟁의 전몰자를 기리는 장소이다. 플라자는 회의 일정에 맞춰 분주한 걸음을 옮기는 각종 기업의 중간 및 말단 직원들로 항상 북적인다. 상공에서는 고위급 경영진을 태운 장갑 에어로다인이 머리 위를 가로지르며 착륙장을 뜨고 내리기를 반복한다. 일대 전체가 마치 거대한 벌집처럼 느껴졌다.

평온한 분위기 속에서도 NCPD 경찰과 기업 무장 경비들은 긴장을 유지하고 순찰을 돌며 이곳의 치안 담당자가 누구인지를 주위에 각인시켰다. 장소를 불문하고 플라자 내의 건물에 출입하려면 누구나 이중 삼중으로 설치된 보안 검문소부터 통과해야 한다. 전부터 기업 활동을 노골적으로 비판해온 데다 지난주에는 주차 딱지를 떼이고도 아직 벌금을 내지 않은 터라 출입을 제한당하면 어떡하나 싶기도 잠시, 굳이 긁어 부스럼 만들지 않기로 했다. 그렇게 필자는 다음 약속 장소인 다운타운으로 걸음을 옮겼다.

기업 플라자의 네오밀리터리즘 건축양식.   대기환경지수: 286.

점심 시간대의 다운타운 거리.

다운타운

다운타운도 핵폭발 사건 이후 새롭게 조성된 나이트 시티의 신축 구획 가운데 하나이다. 구 다운타운의 흔적은 충격파와 함께 깨끗이 사라진 지금, 거대한 신사옥과 아파트, 기업 호텔 및 식당이 독특하고 고급스러운 분위기를 자아내고 있었다. 필자는 이곳을 저녁 시간대에 들렀는데, 불야성을 이루며 북적이는 거리는 인파와 차들로 발 디딜 틈이 없었다. 주위로는 펍, 바, 스트립 클럽, 패스트 푸드점과 러브호텔을 광고하는 휘황찬란한 네온사인이 사방에 도배되어 있었다. 다운타운은 상류 구획이자 나이트 시티의 사교 중심지 역할을 톡톡히 해내고 있었다.

마크는 근처의 바에서 기다리고 있었다. 이번에는 일몰 이후의 다운타운을 보여주겠다고 했지만, 오늘 계산은 각자 하기로 했다.

그렇게 같이 술을 걸치는 가운데 마크는 다운타운과 재팬타운, 왓슨의 환락가 사이의 차이를 설명하기 시작했다. 사실 차이점이라면 1차로 갔던 나이트클럽에 입장할 때 지갑으로 느꼈지만, 다운타운이 확실히 다른 데보다 비싸기는 비싸더라.

나이트 시티의 여느 구획과 마찬가지로 다운타운 역시 밤이 되면 낮에는 보이지 않던 숨겨진 얼굴이 드러난다. 이곳에도 마약 거래가 벌어지고 블랙 브레인댄스가 제작되는 어두운 골목과 수상한 장소와 너저분한 호텔이 있었다. 다른 구획에서 흘러든 갱단들은 이런 곳에서 저만의 재미를 보며, 바운서나 경호원으로 일하는 경우도 있다. ◼

ADVERTISEMENT LINK
SERIAL/ LI4-F526-H64G-T356 /

REAL MAN'S SMELL

kh
KT HENRY

헤이우드

헤이우드는 극과 극을 보여주는 구획이다. 도심과 경계가 맞닿은 북부는 마천루와 멋진 공원에 각종 공공시설을 갖추고 있어 현대적이고 정비가 잘 되어 있다. 반면 남쪽과 동쪽으로 가면 갈수록 빈곤한 우범지대로 변하는데, 건물도 교외에나 있을 법한 저층 주택만 길게 늘어서 있다. 바로 이런 곳에서 발렌티노나 식스 스트리트 같은 갱단들이 합법 또는 불법 사업을 벌인다.

헤이우드는 통칭 "나이트 시티 최대의 베드타운"으로 통한다. 기업 직원이 아닌데도 헤이우드의 부자 동네에 아파트를 갖고 있다면 주거의 계층 사다리에서 복권 맞은 셈이나 다름없다. 거기서 몇 칸만 더 미끄러지면 안락한 생활과는 거리가 먼 왓슨의 하층민 주거지나 퍼시피카의 슬럼행이지만.

헤이우드의 주요 인종 집단은 라티노(주로 멕시코계)지만 다른 민족도 이곳에서 살아간다. 우범지대를 돌아다닐 시의 안전 문제에 대비해 길을 안내해줄 현지 가이드를 고용했다. 전화 몇 통을 돌린 끝에 현지 발렌티노 갱단에서 "쿠치요"라는 별명으로 통하는 인물을 구했는데, 듣자하니 연줄이 되어준 필자의 지인한테 빚진 데가 있었다고.

쿠치요는 60대의 건장한 멕시코인으로, 거칠고 투박한 사이버암을 달고 교도소 문신을 하고 있었다. 나중에 듣기로는 산 쿠엔틴, 라 메사, 토포치코 교도소를 전전했다고. 그렇게 우리는 며칠 뒤에 만나 웰스프링스, 글렌, 비스타 델 레이를 방문하기로 일정을 잡았다. 처음에는 피차 서로 못미더워 했지만, 알고 보니 쿠치요는 의리 있는 남자였으며 헤이우드와 현지 주민들에 관해 그 누구보다도 훤했다.

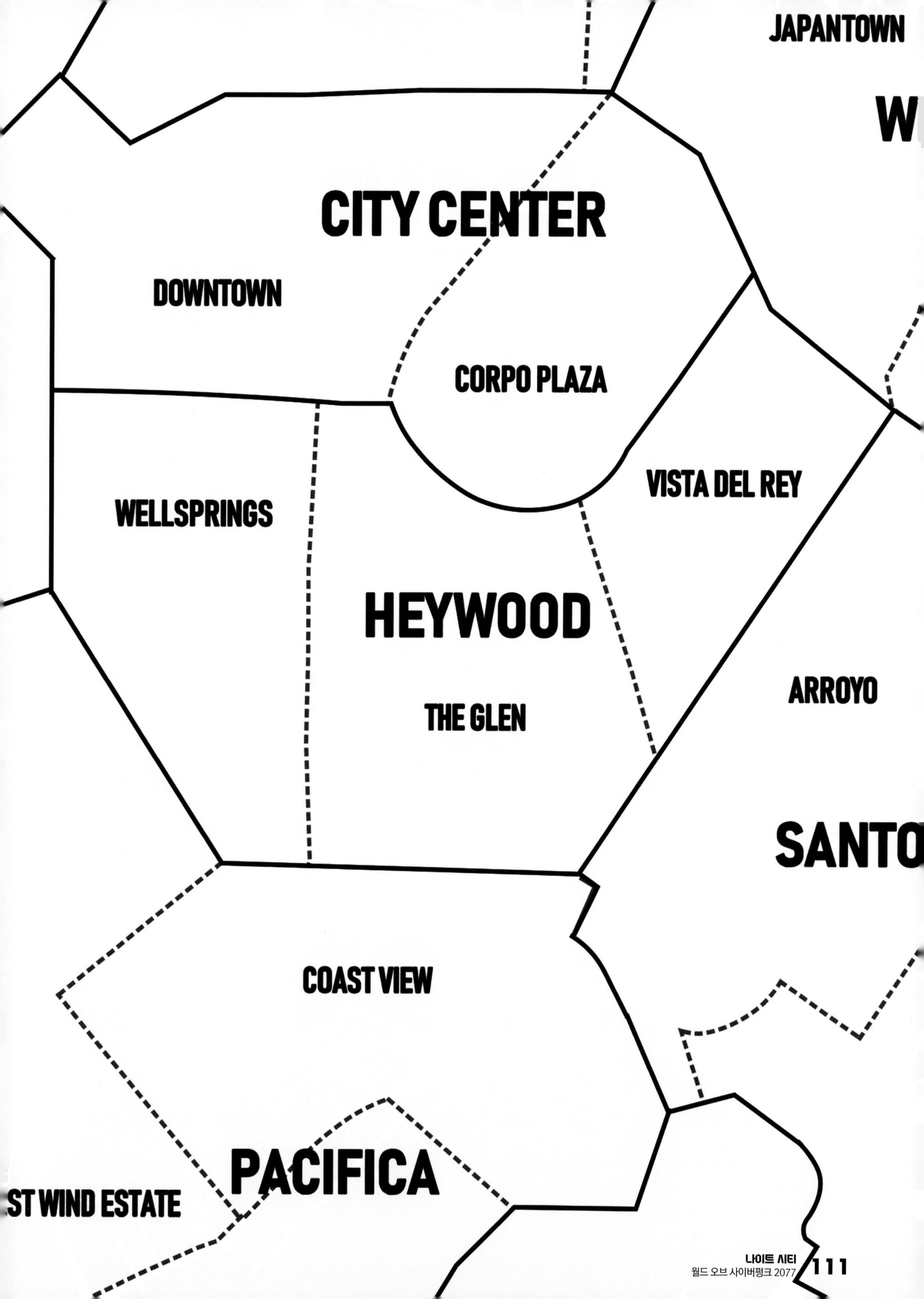

웰스프링스

헤이우드 탐방은 도심 서쪽의 비교적 안전한 소구획인 웰스프링스에서 시작됐다. 이곳의 건물들은 나이트 시티가 재건될 당시에 세워져 비교적 신축에 현대식이었다. 그러나 남동쪽으로 이동할수록 작고 낡은 건물들이 보였다. 비록 중저가 아파트뿐이었지만 아직까지 웰스프링스는 제법 번듯한 인상을 주었다. 이곳의 건물은 대부분 재건 후반기에 지어졌는데, 평범한 주민들이 이곳에서 산다.

거기서 동쪽으로 고개를 돌리면 마치 35년 전의 대재건 당시를 연상케 하는 허름한 집들이 즐비하다. 발렌티노 그라피티는 물론 단원들도 하나둘씩 눈에 띄었지만 다들 자기 볼일을 보고 있었던지라 주눅들 일은 없었다. 여기서 발렌티노가 밀수를 한다는 소문은 들었어도 낮에 무슨 작당들을 하는지는 아무도 모를 일이었다.

오늘은 이쯤 하고 글렌은 이튿날 가보기로 했다.

/*635 735 952 256 735 835 74*/ BD DATA PORT

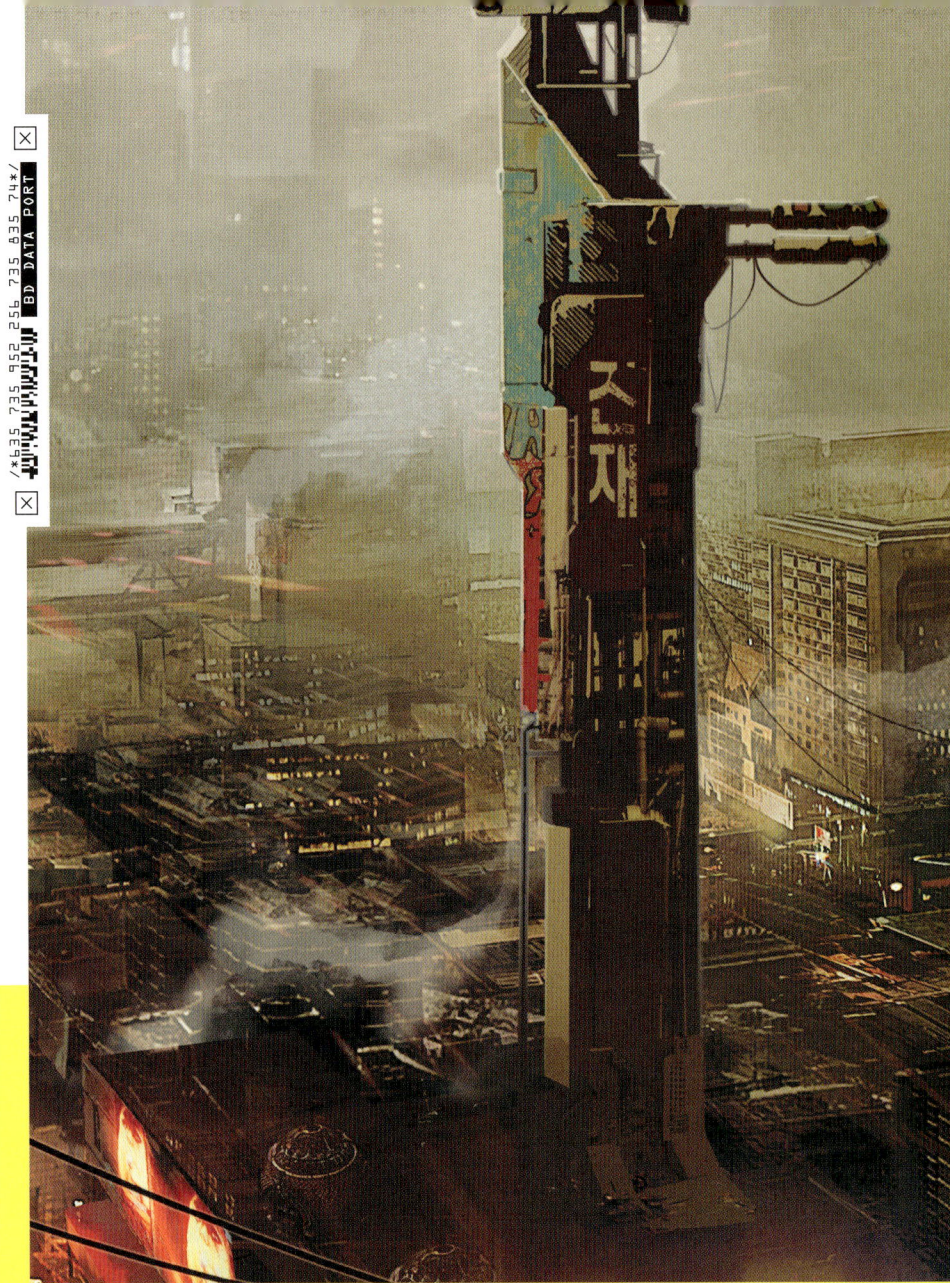

웰스프링스 노천 시장.

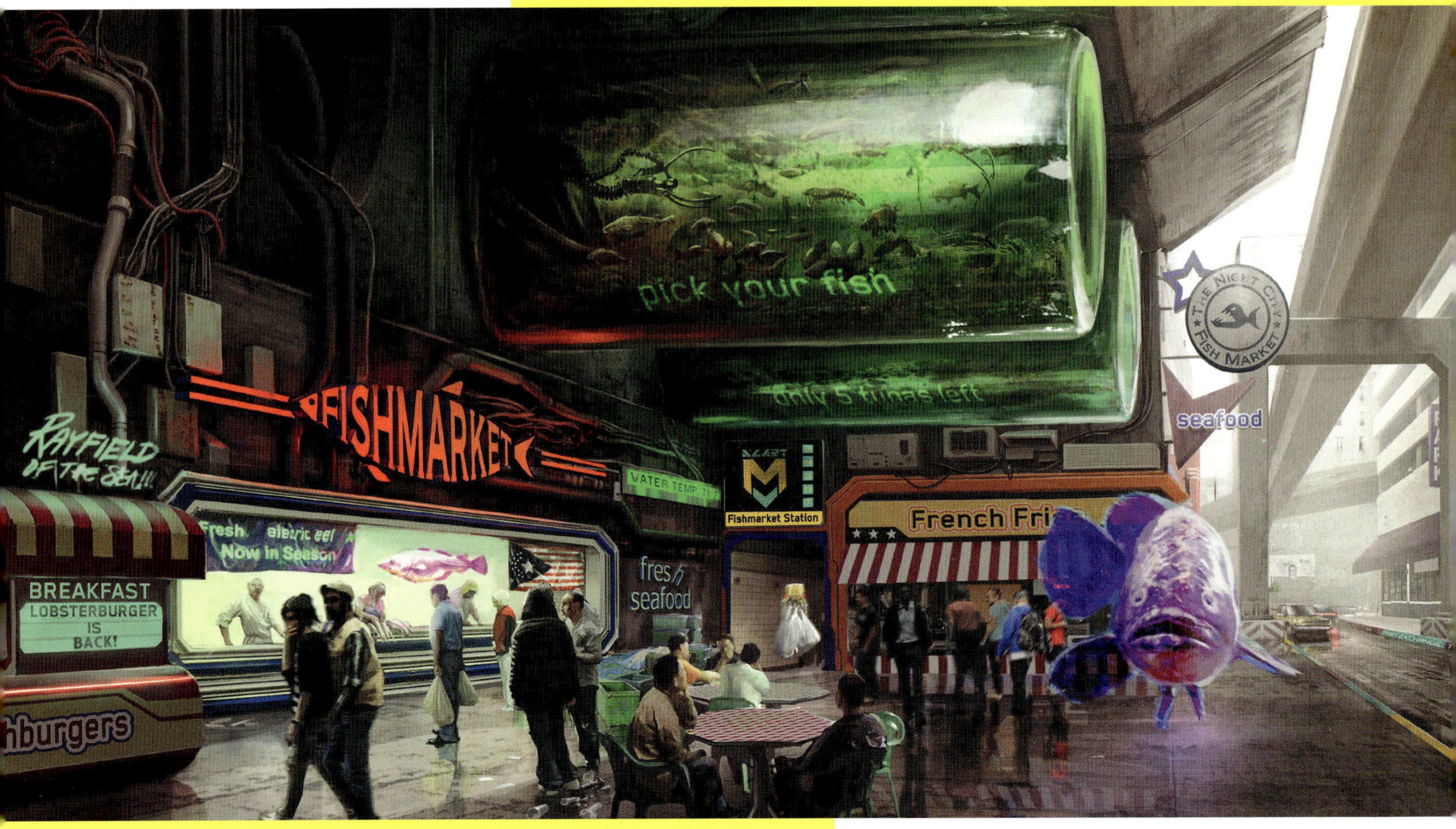

남쪽을 바라본 글렌 전경. 대기환경지수: 252.

글렌

대재건 당시 도시 재건축을 놓고 나이트 시티에서 기업들의 지원을 수락하면서, 글렌은 NC 당국의 신청사 소재지로 예정됐던 곳이다. 기업 플라자에서 처음 발을 들였을 때만 해도 글렌은 괜찮은 곳처럼 보였다. 당국에서 관리하는 소구획은 대개 부유하고 청결하며 범죄와도 거리가 멀기 마련이니까. 화해의 공원은 깔끔하고 쾌적했으며 주위를 둘러싼 세련된 건물들 너머로 현직 시장인 루시우스 라인이 있는 새 시청이 눈에 들어왔다. 필자는 전부터 시청의 부패를 폭로하는 기사를 여럿 냈었고 가이드인 쿠치요는 전과가 화려했기 때문에, 군이 청사에 가까이 가지는 않기로 했다. 가봤자 문전박대당할 것이 뻔하고.

시청에서 얼마 가지도 않았는데 벌써부터 심상찮은 조짐이 보였다. 점점 보기 흉하고 변변찮은 건물들이 나타나더니, 이윽고 우리는 갱단이 장악한 지역에 들어섰다. 그곳은 발렌티노와 식스 스트리트 두 갱단의 구역이었다. 나이트 시티 공식 관광 코스에서 여기는 건너뛰는 것이 분명했다. 시청 건물에서 고작 몇 블록 떨어진 곳에 이런 빈민가가 버젓이 있다는 사실이 알려진다면 시당국으로서는 망신살 뻗치는 일이니까. 갈수록 허름한 건물들이 우후죽순처럼 나타남에 따라 전자와 후자의 질적 차이는 물론 사회의 부와 계층차도 적나라하게 드러났다. 여기서는 어디를 가나 발렌티노 천지였다. "어지간하면 외지인은 안 건들지만 재수 없으면 말썽 터지는 거요." 그렇게 말하는 쿠치요는 여기가 집처럼 아늑한 듯했다. 발렌티노 가운데는 쿠치요를 보고 목례하고 지나가는 단원도 있었다. 점심은 엘 핀체 포요라는 식당에서 케사디야로 해결했다. 다른 손님은 대부분 발렌티노 단원이었고 독일인으로 보이는 유럽 관광객도 조금 보였다. 관광객 일행은 길이라도 잃었는지 억양이 짙게 묻어나는 말투로 길을 물었다. 쿠치요가 도심으로 돌아가는 길을 알려준 뒤, 우리는 다시 답사에 나섰다.

비스타 델 레이

이튿날은 비스타 델 레이를 탐방할 차례였다. 이곳은 헤이우드에서도 제일 가난한 곳으로, 빈곤과 범죄에 시달리는 우범지대였다.

"전부터 살던 주민들은 줄줄이 이사 가고 있수다." 쿠치요의 말을 들어보니 이유를 알 것 같았다. 갱단이 일대를 장악했으니 그럴 수밖에. 거리도 꽤 한산했다. 허물어져가는 건물 벽면에 휘갈긴 그라피티를 보아하니 이곳은 발렌티노가 꽉 잡고 있는 모양이었지만, 쿠치요 말로는 식스 스트리트 갱단의 구역이 아직 남아 있다고 해서 그곳은 가급적이면 피하기로 했다. 메가빌딩과 아파트 단지는 낡은 채로 방치되어 있었다. 이런 와중에도 주민들은 꿋꿋이 생계를 꾸려나가지만, 일대 전체가 서서히 고통스럽게 죽어가고 있다는 인상을 떨치기 어려웠다.

사람들은 미심쩍은 눈초리로 날 쳐다봤지만 쿠치요가 동행하는 것을 보고 의심을 거두었다. "댁이 기업 끄나풀인가 싶어 저러는 거요." 쿠치요가 사정을 설명했다. "기업에서 이 구획에 눈독을 들이고 있으니 말 다했지. 조만간 놈들이 들이닥칠 거요. 우리라고 순순히 물러서진 않겠지만."

쿠치요는 씩 웃으며 사이버암을 쭉 뻗어보였다. 무슨 말인지는 필자도 알고 있었다. 일전에 기업 개발사에 관한 기사를 몇 건 써본 적이 있었던 까닭이다. 비스타 델 레이는 기업의 입김이 강한 기업 플라자 및 노스 오크와 맞닿아 있다. 빈민과 갱단으로 가득한 쇠락 구획에서 옆집의 기업 떨거지들을 반길 리 만무하다. 기업에서도 대외적인 이미지 실추를 의식하지만 않았어도 진작 일대를 무력으로 짓밟고도 남았을 테고. 비록 비스타 델 레이가 가난한 동네일지언정 전투 지역 같은 무법천지는 아니다. 물론 그런들 우범지대라는 사실은 변치 않지만.

오전 5시 경의 비스타 델 레이 거리.

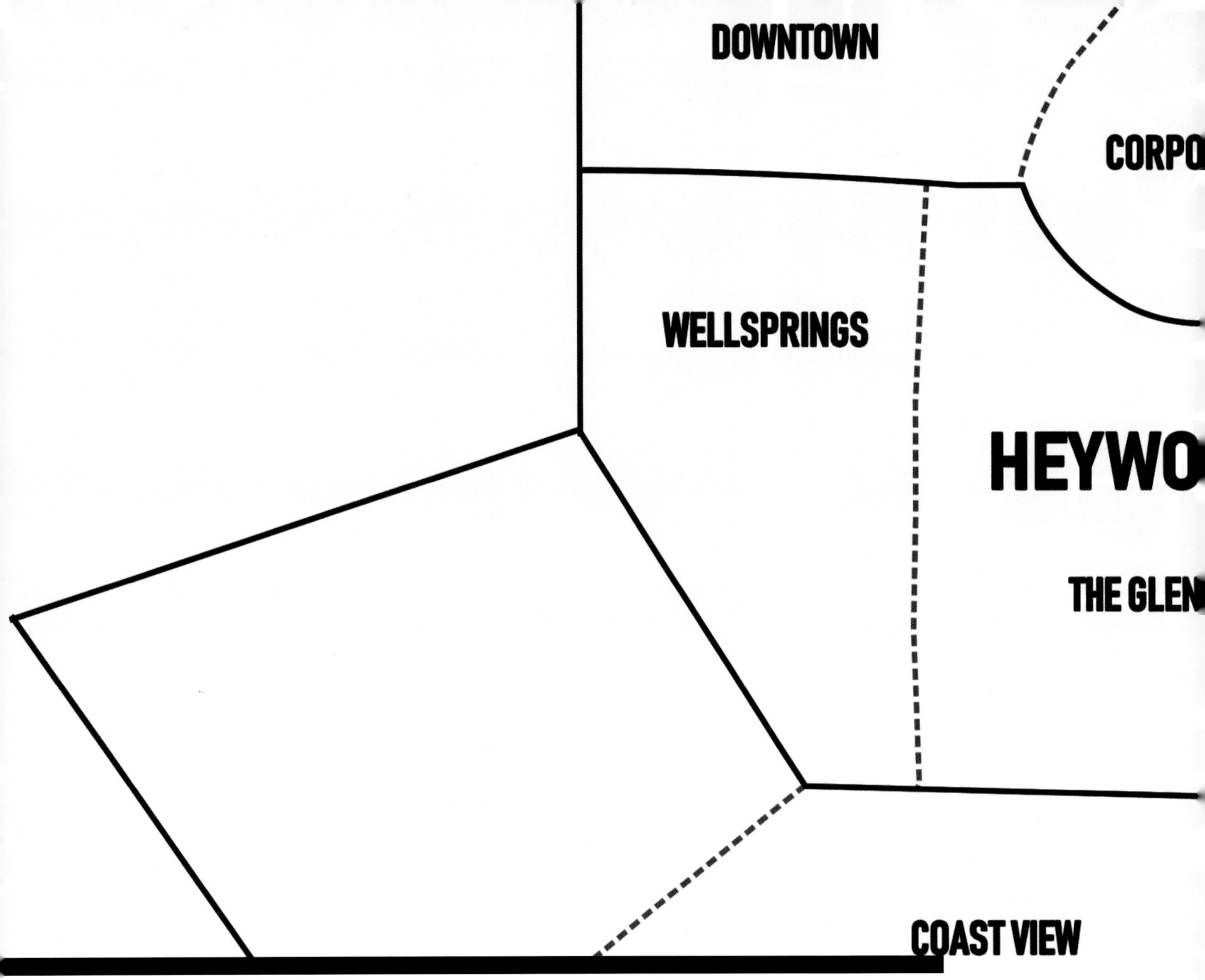

DOWNTOWN

CORPO

WELLSPRINGS

HEYWO

THE GLEN

COAST VIEW

산토 도밍고

북쪽으로 웨스트브룩, 서쪽으로 헤이우드와 퍼시피카, 동쪽으로는 척박한 배드랜드와 맞닿은 산토 도밍고는 나이트 시티에서 가장 오래된 구획이라 해도 과언이 아니다. 특이한 입지 조건 덕분에 4차 기업 전쟁의 전화를 피했고, 전후에는 10여년이 넘도록 수만에 달하는 난민들의 거처가 되어주었다. 난민들이 재건된 구획으로 이동하면서 난민촌도 사라진 지금, 산토 도밍고는 도시의 공업 단지이자 발전소로 되돌아왔다.

산토 도밍고는 아로요와 란초 코로나도라는 소구획으로 양분되며, 하루가 멀다 하고 변화하는 곳이다. 각종 기업에서 신규 투자의 일환으로 부지를 소규모로 사고파는가 하면 신규 사업용 부지를 확보하고자 수시로 기존의 공장과 창고를 철거하기 때문이다. 건설 현장은 기업 보안 부대가 드론 지원까지 받으며 지키고 있었다. 워낙 기업간 경쟁이 치열한 곳이다 보니, 가끔 파산하는 기업이 나올 경우 란초 코로나도에서 노동자들이 몰려와 소란을 일으킬 소지가 있기 때문이다.

아로요

아로요는 자나 깨나 공사가 한창인 구획이지만 현재는 구식 핵발전소와 로봇 공장, 물류 센터, 거대한 폐기장이 들어서 있다. 기업이 투자한다고 해서 항상 흑자를 보는 법은 아니다 보니, 이곳 건물 중 상당수는 짓다 말았거나 무너져가는 폐허로 남아 있다. 어느 노동자에게 가이드 비용을 주고 일대를 구경시켜 달라고 했지만 딱히 볼거리는 없었다. 현재 가동 중인 첨단 시설—아라사카 공장이나 페트로켐-베터라이프 소유의 발전소—은 자체 보안 인력까지 대동한 통제 구역인 데다, 무단침입자는 일단 쏘고 보는 것이 불문율로 통한다. 하기야 주변 일대가 식스 스트리트 갱단의 구역이니 그럴 만도 하지만. 가이드 말이 식스 스트리트가 아로요 일대의 버려진 공장과 중장비 창고를 점거하고 있다고 했다. 여기서 어슬렁대다가는 갱단의 눈에 띄는 것은 시간문제일 테니, 괜한 시비에 휘말리기 전에 자리를 뜨기로 했다.

나름 몸을 사린다고는 했지만 한발 늦었던 모양이다. 그날 늦게 웬 두 덩치—행색으로는 공장 노동자 같았는데—가 찾아와서는 필자를 보자는 사람이 있으니 대뜸 따라와 달라지 뭔가. 거절한들 소용없을 분위기라 잠자코 따라가 봤더니, 검은 머리에 능글맞은 인상을 주는 40대 초반의 사내가 담배를 피며 작업장에서 기다리고 있었다. 사내는 자신을 "엘 카피탄"이라 소개하고는 아로요에는 무슨 볼일이냐고 물었다. 필자는 인콰이어러 소속 기자임을 밝히고 나이트 시티의 여러 구획에 관한 특집을 쓰는 중이라고 밝혔다. 처음에는 못 믿는 눈치였지만 기자증을 확인하고는 재미있다는 반응을 보였다. "오늘 운 좋은 줄 아쇼, 아미고." 사내는 웃으며 말했다. "이제 썩 꺼지쇼. 취재에 응해줄 시간 따윈 없으니. 워낙 바쁜 몸이라."

아라사카 아로요 폐기물 처리시설 외부의 거리 풍경.

북서쪽을 바라본 란초 코로나도 전경.   대기환경지수: 174.

란초 코로나도

란초 코로나도는 나이트 시티의 내부에 딴살림을 차린 자급자족 가능한 소도시 같은 곳이다. 아로요에 있는 공장을 소유한 기업들은 자사 노동자들을 대상으로 이곳을 아메리칸 드림이 실현되는 장소로 기획하고 홍보했다. 란초 코로나도의 주택가에는 20세기 중반 미국 교외의 주택가를 연상케 하는 판박이 주택만 즐비하다. 이곳을 홍보하는 광고는 봤지만 실제로 가보기는 이번이 처음이었다.

구획에는 자체 바와 쇼핑몰, 학교, 공원, 식당가는 물론 지하철까지 있었다. NCPD로서도 이런 교외까지 배치를 확충하기에는 인력이 부족한 탓에, 일대의 치안은 식스 스트리트 갱단이 맡고 있었다. 란초 코로나도 주민들은 주로 중고위급 공장 노동자로, 개중에는 나이트 시티의 소음과 광공해에 지쳐 이사한 기업 직원들도 있다. 주민 대부분은 아로요에 직장을 두고 있으며 죽는 날까지 평생 산토 도밍고를 나설 일이 없다. 여기까지 들으면 유토피아 같은 곳이지만 실상은 다르다. 실제로 가보면 방치되어 후줄근한 느낌이 물씬 풍기는 데다 처음부터 고위급 노동자들을 등 따숩고 배부르게 하는 사육장으로 설계됐다는 인상을 떨치기 어렵다. 그래도 이곳 주민 정도면 일자리나 거처나 굶을 걱정을 하지 않아도 되는 행운아 축에 든다. ⌧

퍼시피카

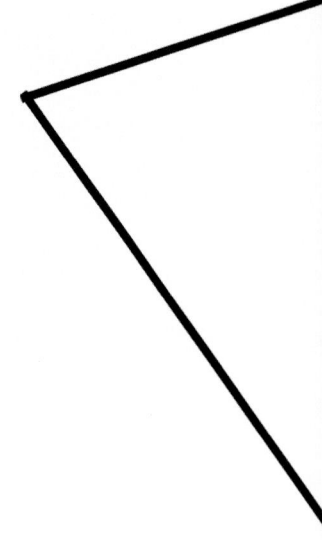

퍼시피카 프로젝트 참사라면 필자가 나이트 시티에 오기 한참 전에 들어본 적이 있다. 거기 투자된 수십억 달러가 날아갔다던가? 2060년대 중반, 경기가 회복되자 관광 사업으로 큰돈을 만지려는 투자자들이 등장한 것이 프로젝트의 발단이었다. 이들은 나이트 시티 남부의 가난한 교외 지역을 인기 관광지로 탈바꿈시키려고 프로젝트에 거액을 유치했다. 여기에는 노마드와 지역민—대부분은 섬이 수몰된 이후 이주한 아이티 난민—이 값싼 노동력으로 동원됐다.

그러던 중 2069년에 통일 전쟁이 터졌다. 남부 캘리포니아는 연방 정부 편에 붙어 NUSA 정부와 로잘린드 마이어스 대통령을 지지했다. 분쟁이 새로운 국면에 접어들면서 남쪽에서 NUSA 육군이 진군해오자, 대다수 투자자들은 자금을 회수하고 퍼시피카를 등졌다. 혹시라도 전쟁의 불똥이 튈까봐 달아난 이들이 있는가 하면 돈 냄새를 맡고서 잽싸게 투자처를 전쟁으로 전회한 이들도 있었다. 그 결과 수천에 달하는 이재민들은 꼼짝없이 발이 묶이고 말았다.

그때 전례 없던 일이 벌어졌다. 부두 보이즈라는 지역 갱단이 발만 구르고 있던 주민들을 하나로 규합해 퍼시피카에 새로운 크리올 지역사회를 건설한 것이다.

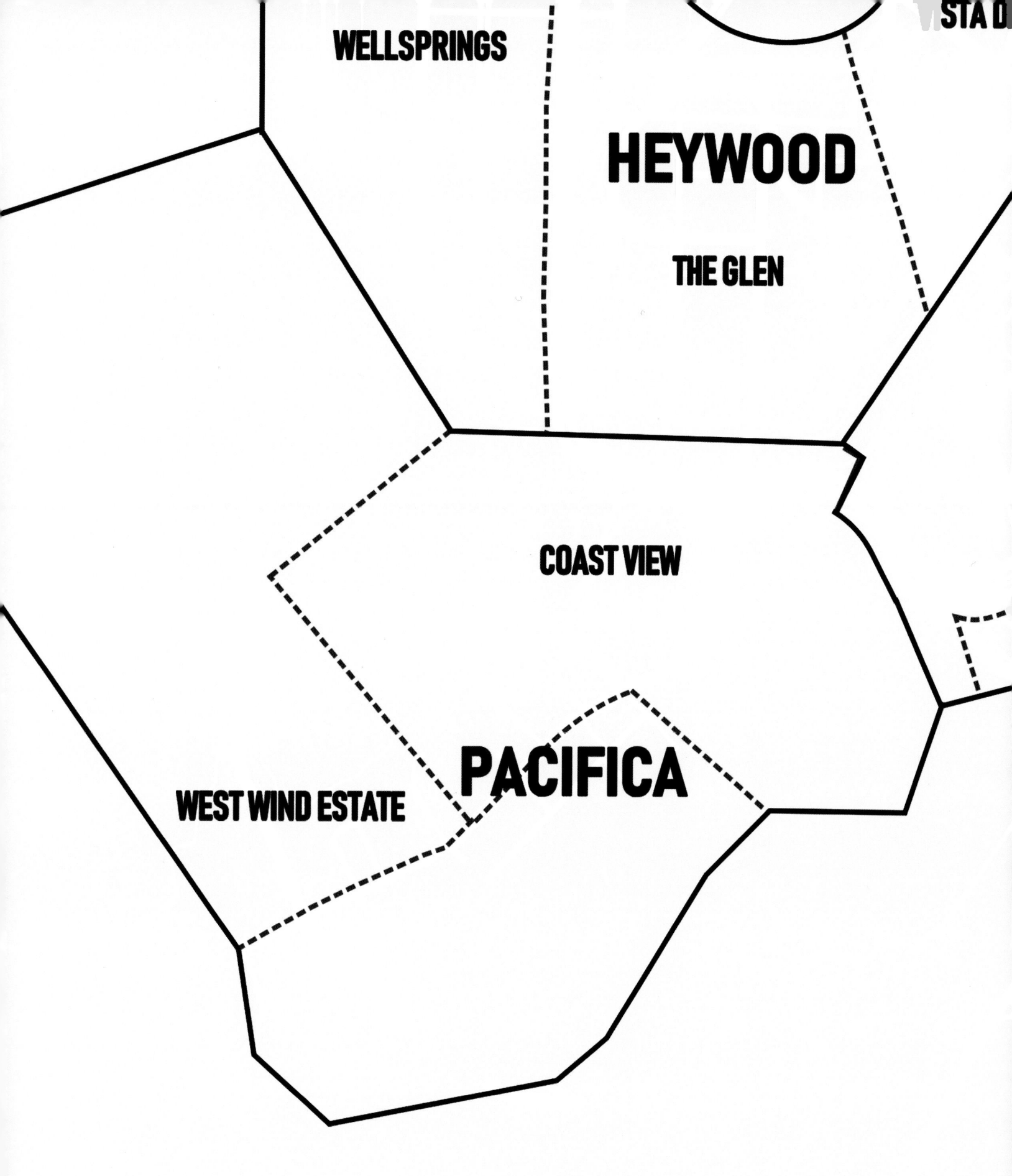

서부 윈드 에스테이트와 코스트 뷰

2070년, 통일 전쟁이 끝나자 기존의 투자자 중 일부는 퍼시피카 프로젝트를 재개하고자 했다. 그러나 퍼시피카의 두 구획을 이미 슬럼가로 삼은 지역사회의 반응은 싸늘했다. 기업 노동자들은 건설 현장을 불법 점거한 주민들을 내쫓으려 했지만 부두 보이즈의 반발에 부딪쳤다. 추후 NCPD가 가세하자 반발은 대규모 폭동으로 비화됐고, 충돌은 몇 주간 계속됐다. 끝내 NCPD 청장은 이대로 퇴거 조치를 강행할 시 유혈사태가 벌어질 것을 우려해 일대에서 경찰력을 철수시켰다. 시의회에서는 퍼시피카 내의 인프라를 전면 차단함으로써 부두 보이즈와 주민들이 제 발로 떠나게 하려고 했지만 별다른 소득은 없었다. 이후 서부 윈드 에스테이트와 코스트 뷰 구획은 서서히 나이트 시티의 전투 지역으로 변해갔다. 퍼시피카에서는 NCPD도 기업 병력도 아무런 실권을 행사하지 못한다. 날마다 갱단간 구역 다툼과 마약 거래가 성행하지만 주민들에게는 익숙한 일상일 뿐이며, 외지인은 환영받지 못한다. 퍼시피카에 출입하려면 부두 보이즈나 지역 내 다른 갱단의 신뢰부터 얻어야 한다.

지금으로서는 나이트 시티 당국이나 퍼시피카에 터를 잡은 난민들이나 현재 상황에 만족하는 듯하다. 시로서는 굳이 구획의 문제를 해결하기보다는 봉쇄해두는 편이 수월하고, 전투 지역의 주민들로서는 자기네가 알아서 하게 내버려두는 편이 속편하니까.

퍼시피카 해변과 코스트 뷰 해안 산책로.

ADVERTISEMENT LINK
SERIAL/ H64-3D6J-G678-T1S3

Pacifica
YOUR PLACE ON EARTH.

제 4장

2077년 나이트 시티 단면도

[131] **부유층과 권력층**

기업
정부관료
연예인

[143] **위기의 중산층**

[146] **무일푼 빈민층**

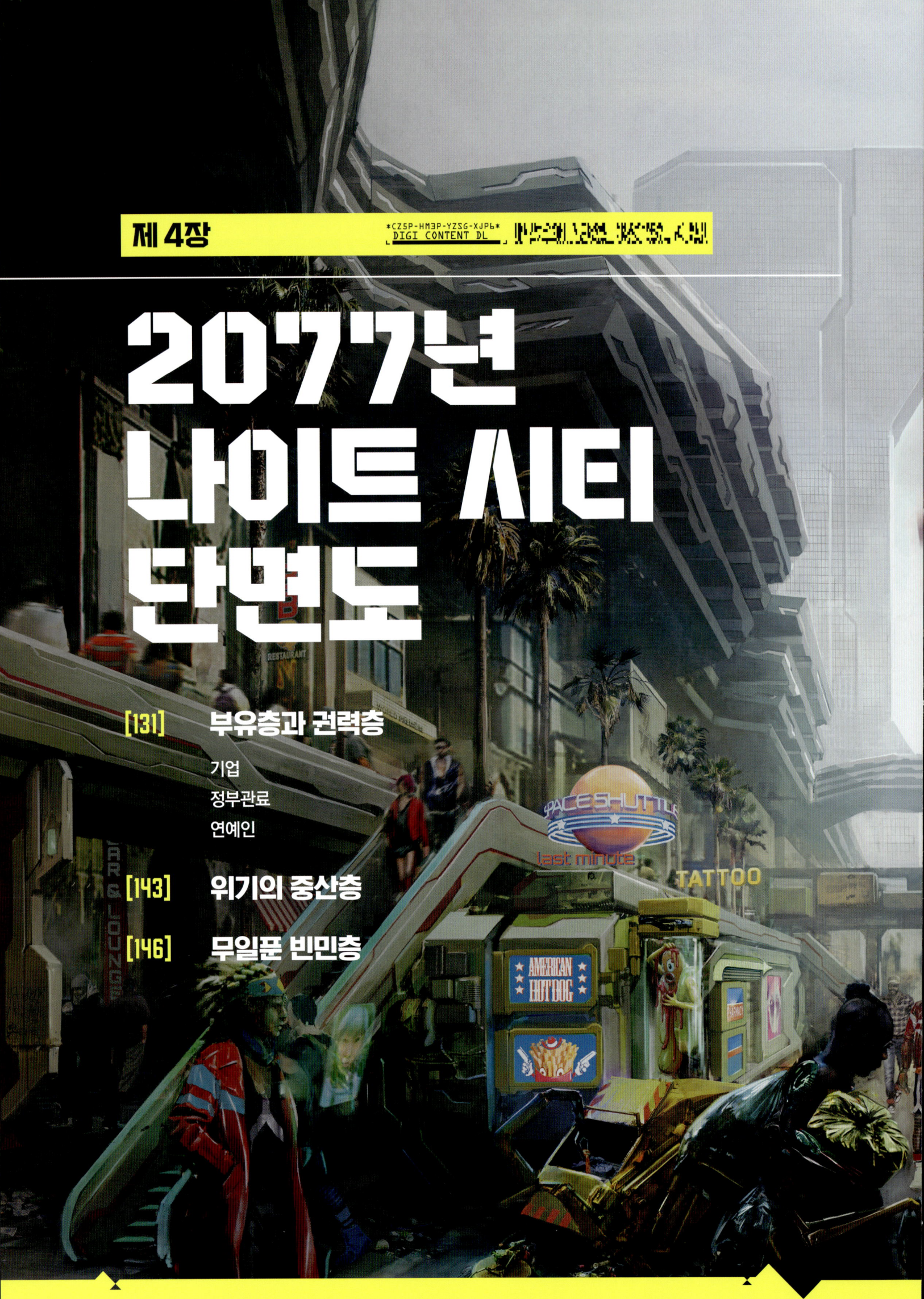

> 오늘 나이트 시티 인콰이어러에서는 '나이트 시티의 계층 실태 점검'이라는 화제의 시사 문제를 다룬 에세이를 전해드리고자 한다. 필자는 '톰슨'이라는 필명으로 활동하는 독립 언론업계의 전설. 이번 주제가 민감하고 불편하다는 이유로 나이트 시티의 주요 신문사들이

언급을 꺼리자, 본지는
미스터 톰슨을 만나 에세이를
게재할 판권을 구했다.
본지는 독자 여러분이 보다
쉽게 이해할 수 있도록 주요
기업에 관한 기본적인 정보만
배경 설명으로 덧붙였다.
여러분도 이번 기사를
흥미롭게 읽어주셨으면 한다.
그럼 재미있게 읽으시길
바라며 프리 넷 만세, 친구들!"

-편집장

톰슨의 신랄한 논평

" 현대 사회는 엄격한 계급 제도 위에서 돌아간다. 부유층, 중산층, 빈곤층 삼단계로 나누는 20세기 초의 고릿적 계급론은 옛말이다. 이제는 부유층과 빈곤층 두 계급만 존재하며, 여기서 다시 각각 지배계급, 중간계급, 피지배계급이라는 소집단으로 나뉜다. 부르디외가 예측한 계급론이 적중한 셈이다. 무슨 말인지 도통 모르겠다고? 가서 책도 좀 다운로드하고 그래라."

- 2077년, 톰슨

부유층과 권력층

뭐, 너무 나간 말일지도 모르겠다. 지금도 중산층은 있으며 대부분은 말단 기업 직원 아니면 공무원이거나 자기 사업을 하는 자영업자다. 더구나 아시아, 유럽, 남아메리카별로 상황은 조금씩 다르다. 그러나 과거와 거리가 먼 오늘날의 미국에서는 계층 고착화가 극에 달한 상태이며 그 정점에는 메가코프가 군림하고 있다. 메가코프처럼 세계적인 기업들이야말로 현대 사회의 실세라 해도 과언이 아니다. 이들은 대다수 정부를 능가하는 재력과 영향력을 거머쥐고 있으며, 아예 자체적인 문화와 법률과 사회체계를 만들어낼 정도도. 여기에는 문화적 차이도 존재한다. 이를테면 아라사카의 사내 정책은 일본의 전통에서 영향을 받은 반면, 밀리테크의 총기판매 전략은 뼛속까지 미국식이다. 다만 사칙 준수, 위계질서, 충성심을 중시하며 무엇보다 권력을 최고로 친다는 점에서 모든 기업의 가치관은 상동하다.

요즘은 기업 밑에서 일하거나 혼자서 벌어먹고 살거나 양자택일의 시대다. 말인즉 어렵사리 자영업을 꾸리거나, 프리랜서로 뛰거나, 아니면 실업자라는 소리다. 기업의 중간 및 말단 직원들은 소모품이며 필요하다면 언제라도 교체된다. 실직자는 기업 직원들의 자리를 넘보는 선수 대기석—기업을 위한 예비군—이나 마찬가지다. 능력이 없으면 즉석에서 잘린다. 시키는 대로 안 해도 잘린다. 기업에 위협이 된다면 죽은 목숨이다. 이래서 기업 세계에서 먹고 살기가 그토록 힘들다. 난데없이 건물 옥상에서 몸을 던지는 사람들이 괜히 나오겠는가?

[01] 기업의 중간급 직원으로 출세하려면 항상 동료들보다 한발 빨라야 한다.

메가코프의 구조

기업 위계질서의 밑바닥은 "피지배계급"에 속한다. 청소부, 운전사, 경비, 말단 직원이 여기에 들어간다. 이들은 노동의 대가로 기본적인 의료보험과 기업 자금으로 돌아가는 동네에 있는 메가빌딩의 직원 숙소를 제공받는다. 그런 시시한 일자리에 만족하며 근근이 먹고 사는 이들도 있지만, 대부분은 언젠가 승진해 기업계의 중산층인 "중간계급"의 반열에 오르는 날을 꿈꾼다. 이들은 소망을 실현하기 위해 하루 16시간 근무도 마다 않고, 삼시 세끼 각성제를 거르지 않으며 디저트로는 이완제를 챙긴다. 그러나 현실은 희망고문의 나날이다. 매일같이 쳇바퀴 도는 일상을 반복하며 "그날"이 오기만을 손꼽아 기다릴 뿐.

다만 본인이 악착같고 영악하고 야멸차다면 정말로 언젠가 그날이 와서 기업의 계층 사다리를 올라갈 기회가 주어진다. 이때부터 기업 소유의 근사한 아파트나 작은 콘도를 얻게 되며 기업에서 자가용도 제공한다. 연봉도 오르고 가끔은 외식으로 신선한 음식—그래봤자 유전자 조작 식품이지만—도 맛볼 여유가 생긴다. 무엇보다 앞으로는 승진을 통해 큰물에서 놀아볼 자격이 생긴다. 그렇담 언젠가 승진 복권을 맞을 것 같지?

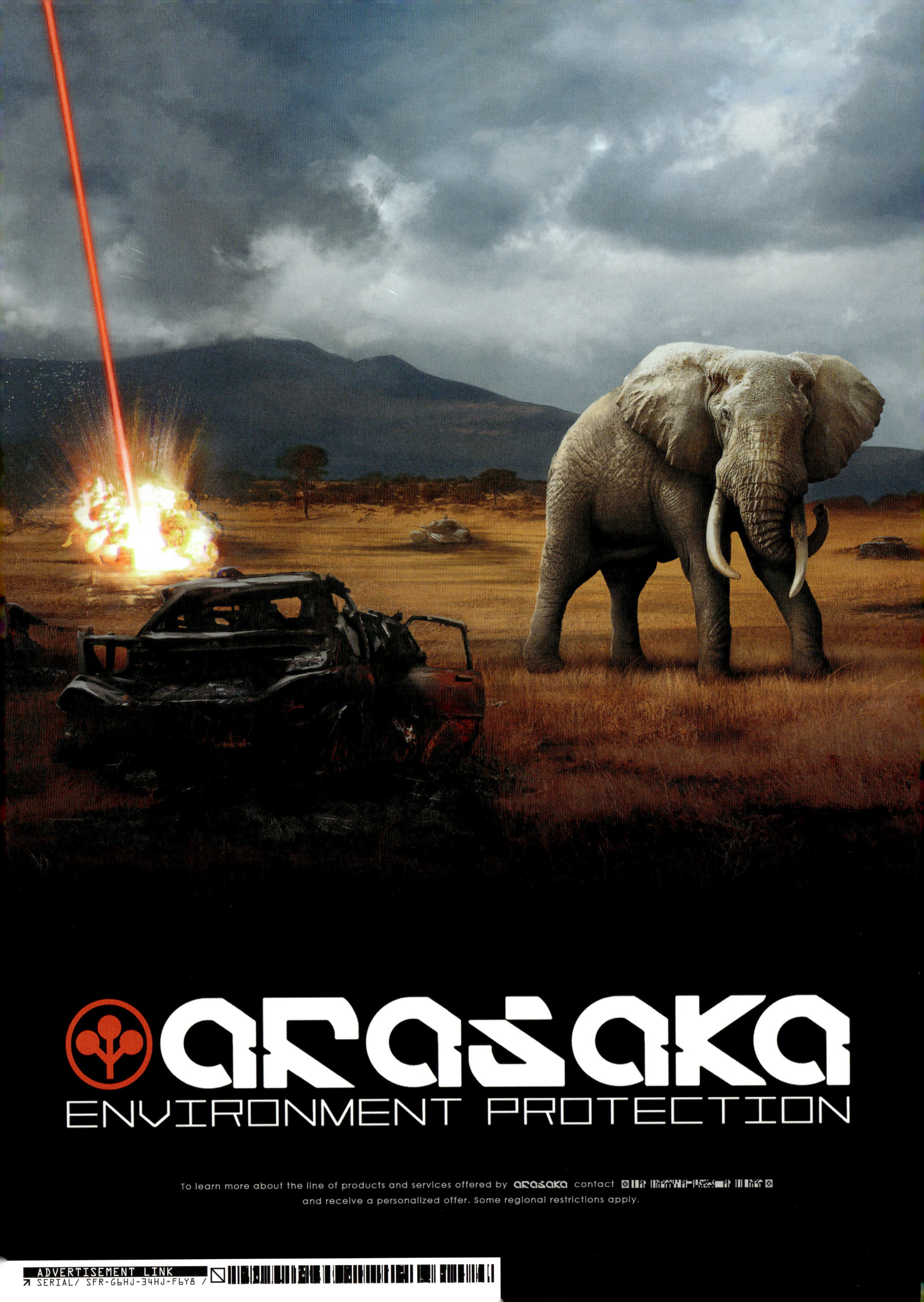

arasaka
ENVIRONMENT PROTECTION
To learn more about the line of products and services offered by arasaka contact
and receive a personalized offer. Some regional restrictions apply.
ADVERTISEMENT LINK
SERIAL/ SFR-G6HJ-34HJ-F6Y8 /

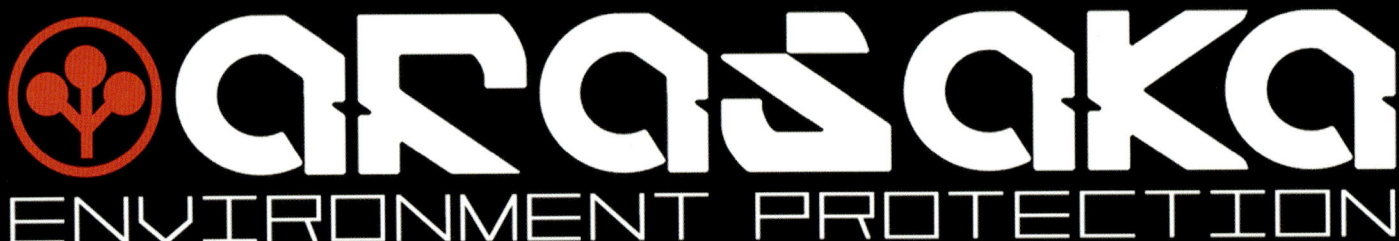

오늘날의 사회 실태

[02] 관리직은 정상에 남기 위해서라면 어떤 대가라도 치를 각오가 되어 있는 교활한 냉혈한들이 차지한다.

동료들보다 악착같고 야멸차고 계산적이어야 한다. 당장 날 죽여서라도 끌어내리고 온기가 채 가시지 않은 자리를 꿰차려는 인간들이 주위에 득실거리기 때문. 바로 여기서 일반 직원들은 소름끼치는 진실을 깨닫게 된다. "다들 내 자리를 노리는구나!" 그래서 이제부터는 언제 등에 칼침 맞을지 모른다는 두려움에 평생 전전긍긍하며 살아간다.

정상에 서려면 남보다 한발 앞서야 하므로 중간급 직원들은 목적 달성을 위해서라면 수단 방법을 가리지 않는다. 말단 직원들이 대체로 업무 외에는 관심을 끊고 사는 반면, 출세욕에 불타는 이들은 업무 외적인 요소를 십분 활용하는 이유가 여기에 있다. 그래서 외부인을 쓰는 데도 거리낌이 없다. 픽서를 통해 정보를 사고, 궂은일을 대신해줄 솔로나 넷러너를 고용하고, 부패 경찰한테 뇌물을 먹이는가 하면, 기자를 붙여서 사내 경쟁자의 약점을 잡아낸다. 유능한 직원에게는 세상 만물이 목적 달성을 위한 도구이자 수단일 뿐이다. 이처럼 중간급 직원들은 고위험 고소득의 삶을 살아간다. 결국에는 스트레스나 촉진제 과다복용 때문에 폐인이 되거나, 아니면 자기보다 크고 굶주린 물고기한테 잡아먹히는 최후를 맞는 것이 보통이지만. 이것이 기업이란 정글의 단면이다.

기업 피라미드의 꼭대기에는 "지배계급"이라 불리는 괴물들이 버티고 있다. 경영진 임원, CEO, 기업주, 그리고 그 일가이자 도시귀족으로 통하는 인물들까지, 이들이 오늘날의 세상을 다스린다고 봐도 무방하다. 보통 지위를 상속받은 경우가 대부분이지만, 수십 년에 걸친 노력과 계략과 암투로 세력을 키우고 권력을 쟁취해 이 자리까지 올라오는 악바리도 간혹 있다. 이들은 보다 안정적인 지위를 누리나 안전한 삶과는 거리가 멀다. 출세가도를

천만의 말씀. 피나는 노력을 했든 나름의 연출을 썼든, 죽어라 공부했건 잔뼈를 굵게 키웠건, 여기서부터 요행수는 통하지 않는 진짜 살벌한 생존경쟁이 벌어지니까. 이 바닥은 상어 떼로 붐비는 수조나 마찬가지다. 여기서 더 올라가려면 더더욱

톰슨의 신랄한 논평

오늘날의 사회 실태

[03] 대부분의 중간급 기업 직원들은 "열심히 일하고 열심히 놀자"를 신조로 살아간다. 업무 시간에는 생산성을 극대화하고자 각성제를 달고 살며, 짧은 휴식 시간에는 진정제에 탐닉한다.

달리는 젊고 야심찬 직원들은 이들이 사소한 실수라도 저지르기를 호시탐탐 노리기 때문이다.

다만 기업 피라미드의 꼭대기에서 쿠데타가 일어나는 일은 드물다. 이쯤 되면 판돈이 워낙 커서 그럴 엄두도 못 낸다. 섣불리 전복을 꾀했다가는 기업의 세력만 약화시킬 뿐이며, 이는 자멸로 가는 지름길이나 다름없다. 평생을 바쳐 키운 목숨보다 소중한 기업이 공중분해되는 것이야말로 기업의 높으신 분들이 가장 두려워하는 시나리오다. 회사의 발전을 위해서라면 어떠한 희생도 불사하는 부류가 CEO들이니 어련하겠냐마는.

메가코프의 주적은 메가코프다. 기업들이 4차 기업 전쟁으로 막대한 타격을 입기는 했어도 세계각지에서 부활하는 데는 오랜 시간이 걸리지 않았고, 다시 먹이사슬의 정점을 차지하려고 몸부림칠 적만 해도 국내외의 반대여론에 맞서 서로 손을 잡았다. 그러나 나이트 시티처럼 강력한 정부가 없는 곳에서 살벌한 경쟁을 벌이던 끝에 금세 철천지원수로 되돌아섰다. 무기, 제약, 사이버네틱, 생체공학, 자동차, 건설, 식품업 등 거의 전 분야가 강자만 살아남는 끝없는 전쟁터와 같다.

이 전쟁터에서는 모든 것이 허용된다. 기업 특유의 가혹하고 무자비한 정책은 안팎을 가리지 않는다. 자사의 지위를 지키고 경쟁 기업을 굴복시키기 위해서라면 뇌물, 협박, 납치, 시세 조작, 반란 선동 같은 비열한 수법도 서슴지 않는다.

경쟁자를 사적으로 응징하고 싶으면 용병을 고용해 뒷일을 맡긴다. 상당한 실력을 갖췄지만 언제든 쓰고 버려지는 용병들은 온갖 극비 작전을 맡는다. 암살, 방해공작, 산업 스파이, 기업 임원 및 전문가 납치 등등 못하는 일이 없다. 세상 물정 모르거나, 간이 배밖에 나왔거나, 오늘 하루만 사는 사람만이 기업의 심기를 건드리는 이유가 바로 여기에 있다.

[142쪽으로 이어짐]

[기업명]: 아라사카
[사업 분야]: 기업 보안, 금융업, 제조업
[설립 연도]: 1800년대 후반에서 1900년대 초반 사이
[설립자]: 아라사카 사사이
[본사 위치]: 도쿄
[미국 지사 위치]: 나이트 시티 기업 플라자
[핵심 인물]: 아라사카 사부로, 아라사카 하나코, 아라사카 미치코, 아라사카 요리노부
[직원 규모]: 595,000명 이상으로 추정
[기업 가치]: 8,900억 유로달러

정보 번호.07231336

[기업 개괄]:
아라사카 코퍼레이션은 오늘날 가장 영향력 있는 메가코프의 반열에 드는 기업으로, 기업 보안 및 최고의 금융 서비스를 제공한다. 미국과 유럽 시장 최대의 일본 상품 수입사이기도 하며, 아라사카제 무기와 군용 차량은 경찰과 보안 부대에서 애용한다.

[역사]:
20세기 초엽 도쿄에서 제조업체로 출발한 아라사카는 일본의 전전 및 전시 경제에 편승해 성장한 기업이다. 이후 설립자인 아라사카 사사이의 선견지명과 사업 수완 덕분에 아라사카는 전후의 위기를 견뎌내고 세계 각지에 자산을 보유한 대기업으로 거듭났다. 1960년, 아라사카 사사이의 사후에 기업을 물려받은 아들 아라사카 사부로는 대대적인 사내 혁신을 단행했다.
사부로는 사업 분야를 첨단 보안 및 금융업으로 확장해 아라사카 역사의 새로운 장을 열었고, 번창하던 기업을 세계 굴지의 기업으로 성장시켰다.
4차 기업 전쟁 끝에 아라사카는 경쟁사인 밀리테크를 상대로 참패하는 수모를 겪었다. 이로 인해 일본과 해외에 있던 자산의 상당 부분을 잃었고 향후 10년간 기업의 활동 범위는 일본으로 국한되었다. 이 시기에 아라사카는 세 파벌로 분열된다. 아라사카 하나코가 이끄는 키지, 아라사카 미치코가 이끄는 파벌이자 미국 정부와 동맹을 맺은 하토, 사부로의 막내아들인 요리노부가 이끄는 반란 파벌인 타카가 그것이다. 10년에 걸친 내분이 끝내 타결되면서 기업은 서서히 회복세에 들어섰다. NUSA와 자유주 사이의 통일 전쟁에서 아라사카는 나이트 시티를 지원함으로써 현지의 평판을 되찾았고, 2070년에는 지사를 재건하게 된다.

[논란]:
다른 메가코프와 마찬가지로 아라사카 역시 숱한 협박, 뇌물, 착취 혐의를 받고 있으며, 용병을 이용한 은밀한 불법 공작으로는 합법 시위 탄압, 고위급 기업 전문가와 관계자 암살 및 납치가 있다. 아라사카 코퍼레이션은 2023년 나이트 시티 기업 플라자에서 발생한 핵폭발 사건을 놓고 런디 장군 위원회의 판결로 유죄를 공식 선고받았으나, 이후 이에 대한 의문 제기가 끊이지 않았다.

[기업명]:	밀리테크 인터내셔널 아마먼트
[사업 분야]:	무기 및 차량 제조업, 용병 계약
[설립 연도]:	1996년, 2000년경에 구조 조정
[설립자]:	안토니오 루체시
[본사 위치]:	워싱턴
[미국 지사 위치]:	뉴욕, 시카고, 피닉스, 필라델피아, 잭슨빌, 덴버, 포틀랜드
[핵심 인물]:	도널드 "딕시" 런디 주니어, 게일 깁스, 멜리사 크루즈
[직원 규모]:	647,500명(NUSA 정부부문 포함)
[기업 가치]:	1.2조 유로달러(NUSA 정부자산 포함)

오류#02:
파일손상_

정보 번호.07231401

오류#00:
접근거부_

[기업 개괄]:

밀리테크는 세계 최대급 무기 및 군용 차량 제조사로 꼽히는 기업이다. 전세계에 거느린 시설을 통해 수백에 달하는 국가와 민간 및 정부 단체에 물품을 공급하고 있으며, 주요 납품처는 미국 군경이다. 납품하는 장비로는 개인용 소화기, 드론, 전차, 항공기, 선박 및 전투원 보조 방어구가 있으며 그밖에도 다양하다.
파생 사업으로는 방위용 민간 군사력 원조, 평화 유지, 국가 건설업이 있다.

[역사]:

이탈리아계 무기 설계자인 안토니오 루체시가 1996년에 설립한 아르마테크-루체시 인터내셔널에서 시작하여 미육군 신형 보병 돌격소총 사업 경합에 참여하는 기업으로 성장했다. 퇴역 미육군 장성인 도널드 런디의 주도로 2004년 미육군 제식소총 및 권총 계약을 성사시켰고, 자사의 효자 상품인 로닌 경량 돌격소총을 납품하면서 그 두각을 드러내기 시작한다. 이후 밀리테크는 사업을 확장해 정치적 소속과 기존의 관례를 불문하고 현대적이면서도 합리적인 가격대의 장비를 세계 각지에 판매하고 있다.
4차 기업 전쟁의 주요 참전자였던 밀리테크는 당시 경쟁사인 아라사카와 치열하게 대립했었다. 아라사카의 나이트 시티 지사에서 일어난 핵폭발 이후 엘리자베스 크레스 대통령은 밀리테크를 국유화하여 무너져가던 미군의 전력을 보충했다. 추후 밀리테크는 부분적으로 독립했으나 경영진의 일부는 여전히 국방부의 요직에 남아 있다.

[논란]:

밀리테크는 흔히 비윤리적이거나 불법적인 극비 작전을 벌인다는 비난을 받고 있으며, 이에는 군사 용역을 통한 반란 선동, 군사 쿠데타, 암살, 테러 공격 및 인종 청소가 있다. 또한 2023년 아라사카의 나이트 시티 지사에 핵폭탄을 설치 및 폭파했다는 혐의를 받고 있으나, 이를 뒷받침할 근거는 없는 실정이다.

康陶 Kang Tao
──── 智 能 电 子 解 决 方 案 ────

[기업명]: 캉 타오
[사업 분야]: 무기 제조업
[설립 연도]: 2050년
[설립자]: 쉬스밍
[본사 위치]: 선양
[미국 지사 위치]: 나이트 시티 기업 플라자
[핵심 인물]: 쉬스밍, 훠위안, 링샤오한
[직원 규모]: 1,000,000명(추정자)
[기업 가치]: 5,250억 유로달러.

정보 번호.07231450

[기업 개괄]:

캉 타오는 오늘날의 신예 기업 가운데 하나이다. 비록 역사는 짧지만 과감한 선택과 대담한 전략 및 정부 지원이라는 삼박자로 급성장한 중국계 기업이다. 총기 제조, 그중에서도 일명 "스마트건"—자이로젯 기술로 무탄피 유도탄을 발사하는 화기—으로 불리는 차세대 화기를 생산하는 것으로 유명하지만, 용병 및 보안 시장에도 진출하고 있다.

[역사]:

아시아에서는 지난 50년간 지속된 전쟁과 소요로 피폐해진 국가가 속출했다. 내분을 딛고 일어서려 애쓰던 중국 역시 예외는 아니었으나 위기는 곧 절호의 기회이기도 했다. 그러한 기회를 발판으로 세워진 기업이 바로 캉 타오 코퍼레이션이다. 40년대 말, 퇴역 중국군 대령인 쉬스밍은 정부 보조금으로 버티던 한물간 방위산업체의 관리직으로 임명된다. 쉬 대령의 주도로 4년 만에 현대화를 마치고 채무를 청산한 끝에 캉 타오로 개명한 이 업체는 2050년, A-22B 차오 "스마트" 권총으로 시장에 공식 데뷔했다. 캉 타오는 정부 연줄에 힘입어 연구개발에 집중 투자함으로써 "스마트 무기" 시장에서 급성장을 이루었다. 지난 20년 사이 노코타나 테크트로니카 같은 기존의 경쟁사들은 아득히 제쳤으며, 지금은 아라사카나 쓰나미 디펜스 시스템 같은 거물급 기업의 자리를 위협하는 수준에 이르렀다. 불과 5년 사이 주가가 세 배나 오른 캉 타오는 현재 무기 수출업의 떠오르는 선두주자이자 아시아 최대 규모의 무기 제조사 반열에 올랐다.

[논란]:

최근 항저우에서 캉 타오 제련소가 폭발하면서 화학물질이 유출되어 5만 명이 넘는 사망자가 발생한 사건이 있었다. 공식 발표로는 기업 과실로 인한 사고가 아닌 것으로 판명됐으나, 여전히 캉 타오를 사건의 원흉으로 보는 여론이 지배적이다.

36.019633, -86.429039

[기업명]: 나이트 코프
[사업 분야]: 공공사업, 개발업
[설립 연도]: 1999년
[설립자]: 미리엄 나이트
[본사 위치]: 나이트 시티 기업 플라자
[미국 지사 위치]: 샌프란시스코, 로스앤젤레스, 프레즈노, 뉴욕
[핵심 인물]: 불명
[직원 규모]: 불명. 8,000명에서 120,000명으로 추정
[기업 가치]: 불명. 2,500억에서 7,500억 유로달러로 추정

오류#13: 정보누락_

정보 번호.07231504

[기업 개괄]:

나이트 코프는 나이트 시티와 그 제반 업무에만 관여하는 특이한 기업이다. 도로, 교량, 터널, 지하철, 발전소, 넷 송신기, 상하수도 시설을 건설하고 관리하는 도시 최대 규모의 공공조달 계약업체로서, 도시의 극빈층 아동을 돕는 자선행사와 재능 있는 청년들을 지원하는 육영사업에도 관여하고 있다. 또한 나이트 코프는 생태환경 및 대체 에너지 연구에도 거액을 투자하고 있다.

오류#00: 접근거부_

[역사]:

살해된 억만장자이자 선구적인 건설업자였던 리처드 나이트의 아내인 미리엄 나이트가 설립한 나이트 재단에서 시작한 기업으로, 완벽한 도시를 꿈꿨던 리처드 나이트의 이상을 보호하고 증진하는 것을 이념으로 삼고 있다. 리처드 나이트의 사후 첫해에 벌어진 악명 높은 폭력단 전쟁 당시, 재단에서는 나이트 시티에 만연한 범죄를 근절하기 위해 메가코프의 지원을 받으려 했으나 별다른 소득을 얻지 못했다. 폭력단 전쟁 이후 나이트 재단은 구조조정을 단행하고 기업명을 나이트 코프로 개명했다. 나이트 시티에서 티끌만한 권력이라도 갖추기 위해서는 대기업들의 방식을 따라야 한다는 사실을 미리엄 나이트가 뼈저리게 깨달았기에 단행된 조치였다고 전해진다. 이후 나이트 코프는 나이트 시티의 터줏대감으로 자리매김하며 사업을 확장해 왔으나, 다른 대기업과의 마찰은 피하고 있다. 미리엄 나이트 본인은 CEO 자리에서 물러난 지가 오래지만 그녀의 피땀과 이상은 후임자들을 통해 표면적으로는 계속 유지되고 있다.

[논란]:

알려진 바 없음.

> **❗참고:** 나이트 코프의 과묵하다 못해 은밀한 정책 기조를 놓고 오랫동안 추측만 무성한 실정이다. 잊을 만하면 다시 회자됐다 세간의 관심이 식으면 도로 묻히기를 반복했는데, 그때마다 헛소문으로 드러나거나 기업 당국에서 일축시키기 일쑤다. 나이트 코프는 자체 위성을 소유하고 있는 것으로 추정되며 그밖에도 코로나도 베이에서 수중 공사를 벌인다던가, 시장 선거에 은밀히 개입한다거나, 궤도 정거장 프로젝트에 지분이 있다는 등의 소문이 파다하다. 언론이나 다른 기업에서 진실을 밝히려는 시도는 있었으나 지금까지 모두 허사로 돌아갔다. 또한 공공조달 계약업체로서 보안이 철통같기로 유명하며, 다른 기업들 역시 나이트 코프의 본진이나 마찬가지인 나이트 시티에서 이들을 상대로 마찰을 빚기 꺼리는 눈치다.

[트라우마 팀]:

트라우마 팀 인터내셔널—줄여서 TT—은 의료 서비스뿐 아니라 신속한 응급구조 체계로도 정평이 난 기업이다. 트라우마 팀 에어로다인에는 전투훈련을 받은 조종사와 보안 전문가 둘, 응급구조대원 둘로 구성된 5인조 전문 팀이 탑승한다. 이들은 발신기 카드나 칩을 통해 고객의 요청에 응답하며, 호출을 받을 경우 몇 분 내로 현장에 도착해 고객을 TT 시설 또는 지정된 기업 병원으로 이송한다. 대응 시간과 의료비는 고객이 가입한 의료 및 건강보험 등급에 따라 다르다. 트라우마 팀은 나이트 시티 최대 규모의 병원을 소유하고 있으며, 일반 개인은 물론 메가코프를 상대로도 의료 서비스를 제공하는 의료업계의 큰손이다.

KENDACHI

[켄다치]:

켄시리-아다치 아마먼트—보통 켄다치로 통하는—는 고품질 근접 무기 및 특수 목적용 칩웨어 제작을 전문으로 하는 일본 기업이다. 켄다치의 역사는 과거 16세기 에도(현재의 도쿄)의 중심지였던 주오구에 터를 잡았던 켄시리 가문의 대장간으로 거슬러 올라간다. 켄다치가 기업으로서 이름을 알리기 시작한 시점은 2000년에서 2020년 사이로, 이 시기에 아다치와 합병하여 다양한 품목의 첨단 모노웨폰과 화염방사기로 시장을 석권했다. 본사는 여전히 주오구에 있으나 현재는 오사카, 시애틀, 런던, 나이트 시티, 뉴욕, 브라질리아에 지사를 두고 있다.

[키로시]:

광학상비 설계 및 생산업계의 선두주자인 키로시는 보통 고품질 사이버옵틱 임플란트 및 스캐너 회사로 통하지만, 아시아와 미국에서 진행되는 궤도 프로그램에도 투자를 아끼지 않고 있다. 4차 기업 전쟁 당시 유럽의 차이스 사와 사소한 분쟁을 겪은 뒤로 두 경쟁사는 평화 조약을 맺음으로써 세력권을 나누었다. 이후로 두 회사는 계속 냉전 중이며, 서로 염탐하는 것은 물론 상대측 프로젝트에 방해공작을 벌이는 일도 있었던 것으로 보인다. 키로시는 자사의 상품 홍보에도 총력을 기울이는데, 유수의 연예인과 유별나게 독특한 안구 임플란트로 유명한 어스크랙스 같은 팝 아티스트들을 후원하고 있다.

[제타테크]:

캘리포니아 쿠퍼티노에서 출발한 중소기업이었던 제타테크는 예전부터 나이트 시티에 진출했던 기업이다. 원래는 컴퓨터 하드웨어, 소프트웨어 및 웻웨어 설계를 전문으로 하는 회사로, 미국 시장의 신경 프로세서, 마이크로칩, 로보틱스 주요 공급업체 가운데 하나였다. 그러던 가운데 대재건기에 정부 계약으로 상당한 수익을 올려 사업 규모를 확장했고, 지난 30년간 제품군을 다양화하고 항공전자공학 연구 및 제조에 집중 투자함으로써 운송 분야에서 굴지의 기업으로 거듭났다. 현재 제타테크의 주력 상품으로는 에어로다인 건십 및 보안, 전투, 작업용 드론이 있으며, 모든 메가코프에서 널리 사용된다.

PORT: CONNECTED...

오류#13:
정보누락_

톰슨의 신랄한 논평

→ [135쪽에서 이어짐]

> "…연예인들은 한동안 별처럼 빛나다 다른 신인이 뜨면 한물가거나, 그 전에 팬들의 죽 끓듯 하는 변덕에 버림받는다."

정부 관료

정경유착이 비단 어제오늘 일은 아니지만 오늘날에는 더더욱 공공연하게 이루어지고 있다. 막강한 기업에 비하면 한없이 초라하며 과거의 위상과 거리가 멀다고는 해도, 오늘날의 미국 정부와 국영 부문은 여전히 나름의 권력을 쥐고 있다. 엘리자베스 크레스 전 대통령이 밀리테크를 국유화해 통일 전쟁을 승리로 이끌었다고들 하는데, 실상은 밀리테크 경영진이 정부 고위직을 꿰차고 나라를 내부에서부터 "기업화"했다고 보는 편이 정확하다. 이제는 국가가 정부의 탈을 쓴 기업의 지배를 받는지, 아니면 정부에서 국가를 기업식으로 운영하는지 분간하기 어려울 지경이다. 둘 다 일리가 있는 해석일 테니 지금 우리는 신체제의 탄생을 목격하는 중이라 해도 과언이 아닐 것이다.

이러한 신체제 하에서 혜택을 보는 자들은 고위급 기업 관계자나 기업 직원들과 같은 특권을 누린다. 권력 피라미드 꼭대기의 관료들은 거대 기업 CEO들과 맞먹는 무소불위의 권력을 휘두르며 자산 역시 수백억 유로달러에 달한다. 정치인과 관료들은 세상의 주인이나 마찬가지이며, 평범한 공무원도 가족과 친인척의 안락과 안전을 얼마간 보장받는다. 그런 안정된 삶의 대가는 체제에 대한 절대적 복종과 충성이지만.

연예인

미디어의 영향력이 절대적이며 대중이 사방에 만연한 말초적인 엔터테인먼트와 대중문화에 탐닉하는 오늘날, 연예인들은 사회의 꼭대기에 마련된 드높은 상석에 앉아 있다.

연예계는 음악, 텔레비전, 브레인댄스 등의 분야를 막론하고 저마다 유행과 여론과 취향을 좌지우지하는 스타를 하나씩 갖추고 있다. 이들의 라이브 콘서트와 신작 발매는 세계적인 행사로 자리매김했고, 세계 수천만 팬들의 주목과 찬사를 받는다.

간혹 재능을 타고나 그 잠재력을 알아본 매니저의 도움으로 성장하는 연예인도 있지만, 어스 크랙스와 같은 대부분의 연예인들은 모두 최신 유행을 조장할 목적으로 기획된 예능업계의 산물이다. 출신을 불문하고 연예인들은 한동안 별처럼 빛나다 다른 신인이 뜨면 한물가거나, 그 전에 팬들의 죽 끓듯 하는 변덕에 버림받는다. 그때까지는 인기와 사랑을 한몸에 받으면서 으리으리한 저택에서 돈을 펑펑 쓰고, 기분에 따라 리무진, 전용기, 호화 요트를 갈아타는 등 대중의 꿈과 욕망의 결정체와도 같은 삶을 살아간다. 필멸자들 가운데 떨어진 반신이 따로 없다고나 할까.

[04] 어스 크랙스 같은 그룹은 노골적인 기업 마케팅의 저열한 산물임에도 불구하고 이들의 콘서트에는 매번 수십만의 관객이 몰린다.

오늘날의 사회 실태

위기의 중산층

기업의 말단 근로자를 제외하면 미국 사회의 중산층은 21세기의 메가코프에 취직하지 못한 사람들로 구성된다. 이들은 대개 자영업에 종사하며 식당, 클럽, 정비소, 카페, 공방, 전당포, 브레인댄스 스튜디오 혹은 소규모 사이버클리닉 등을 운영한다. 이러한 자영업자들은 전지전능한 기업에 몸과 영혼을 팔지 않고 성실하게 밥벌이하는 평범한 준법시민이다. 얼마 못가기는 해도 나름 자수성가하는 사람도 있는 편이다. 기업들이 문어발식으로 사업을 확장하고 있음에도 자영업에 도전하는 사람은 꾸준히 나오고 있다. 기업 전쟁이 야기한 혼란으로 사회를 틀어쥐고 있던 기업들의 손아귀가 느슨해지면서 영세업자들은 다시금 번성하는 중이다.

자영업자들의 삶은 불안정할 때가 많다. 대부분 치안이 좋지 못한 빈곤 구획의 임대 주택에서 살고, 따라서 범죄에 노출될 확률도 그만큼 높기 때문이다. 또한 사회 및 의료 보험도 온전히 자비로 충당해야 한다. 별도로 기업에서 치안을 유지하지 않기 때문에 자영업자들은 일대의 갱단에 "보호비"를 내야 하는 경우도 적지 않다. 교외 지역의 주민들은 가끔 도시 밖의 떠돌이 무리에게 시달리기도 한다.

우리 사회 중산층의 밑바닥인 "신중산층"은 사실상 빈곤층에 가깝다. 교육 수준이 낮은 데다 대다수가 무직이다 보니 수상하거나 불법적인 사업으로 하루하루 입에 풀칠하며, 경찰이나 갱단과 멀찍이 거리를 두려고 애쓴다. 아이러니하게도 그런 일거리나마 있다면 행운아 축에 든다는 것이 2077년의 냉혹한 현실이다.

[05] 대부분의 중산층에게는 소소한 즐길 거리가 삶의 낙이다. 그렇게 좋은 친구와 독한 술로 오늘도 힘겨운 하루를 견뎌낸다.

"…전지전능한 기업에 몸과 영혼을 팔지 않고 성실하게 밥벌이하는 평범한 준법시민이다."

KHALIL ROUSSEAU pour homme

FERVID

톰슨의 신랄한 논평

[06] 2077년의 엔터테인먼트 시장은 브레인댄스, 가상현실, 구식 비디오까지 다양하다. 기술의 보편성에 힘입어 이러한 컨텐츠는 각계각층에 널리 보급되었으나, 이를 가장 적극적으로 소비하는 계층은 중산층과 빈곤층이다.

오늘날의 사회 실태

[07] 집이 없는 거리 공연가가 아끼는 재산인 버려진 소파에 누워 있다. 이러한 노숙 생활은 세계 각지에서 수억 인구의 일상으로 자리매김한 지 오래다.

무일푼 빈민층

"…갱단의 습격과 기업의 강제퇴거로 온가족을 잃은 사람들, 의욕을 잃고 삶을 포기한 사람들…"

언제나 밑바닥은 있는 법. 지난 50년간 일어난 급격한 사회 변혁으로 빈곤층이 급증했다. 경제 불황, 세계적인 금융 위기, 빈곤율 증가, 약물 및 브레인댄스 중독으로 인해 각지의 도시에서 사회의 낙오자들이 범람했다. 오늘날 대도시의 길거리에서 살아가는 실직자와 노숙자들의 모습은 흔한 광경이다. 시가지 어디를 가나 판자촌이나 천막촌 또는 슬럼가로 변한 구획을 찾아볼 수 있으며, 수만 명에 달하는 사람들이 그런 열악한 환경에서 하루하루를 나고 있다. 질병, 약물 남용 및 사이코 갱으로 인한 사망률이 매우 높음에도 이들의 수는 하루가 다르게 증가하고 있다. 기업 전쟁으로 직장과 저축한 돈을 잃은 사람들, 갱단의 습격과 기업의 강제퇴거로 온가족을 잃은 사람들, 의욕을 잃고 삶을 포기한 사람들이 끝내 낙오자의 대열에 동참하고 있다.

브레인댄스 중독의 폐해도 상당하다. 요즘 브레인댄스 중독자는 어딜 가나 있다. 이들은 판잣집이나 어두운 골목길에서 자기 오줌 위에 퍼질러 앉은 채, 연예인의 일상을 담은 저화질 기록을 보고 또 본다. 가끔은 조작된 환상과 기억을 담은 몇 분짜리 기록 하나 때문에 살인마저 벌어진다.

빈민들은 경찰 및 기업 보안이 철저한 부유한 구획을 멸시하는 경향이 있지만, 가난한 동네에서는 야음을 틈타 소매치기나 절도는 물론 강도나 살인도 마다하지 않는다.

몇 년마다 시 당국이나 기업에서는 슬럼 구획과 지역 주민 문제를 해결하겠다고 나선다. 그 과정에서 주민들을 다른 구획이나 임시 수용소로 강제 이주시키는가 하면 무력으로 퇴거시키기도 한다. 어느 해결책을 동원하건 항상 대규모 폭동과 충격전이 수반되며, 여기에 지역 갱단까지 재미삼아 가세하기 때문에 매번 어마어마한 사상자가 발생한다. 이러한 까닭에 빈곤층은 대체로 방치되고 있는 실정이다. 굳이 머리를 싸매고 해결책을 강구하느니 신경 끄는 편이 싸게 먹히니까. ✕

[08] 멋모르고 목스한테 시비를 걸었다 늘씬하게 얻어맞는 펑크족. 이처럼 빈곤 구획에서는 도시라는 정글의 법칙이 더욱 적나라하게 펼쳐진다.

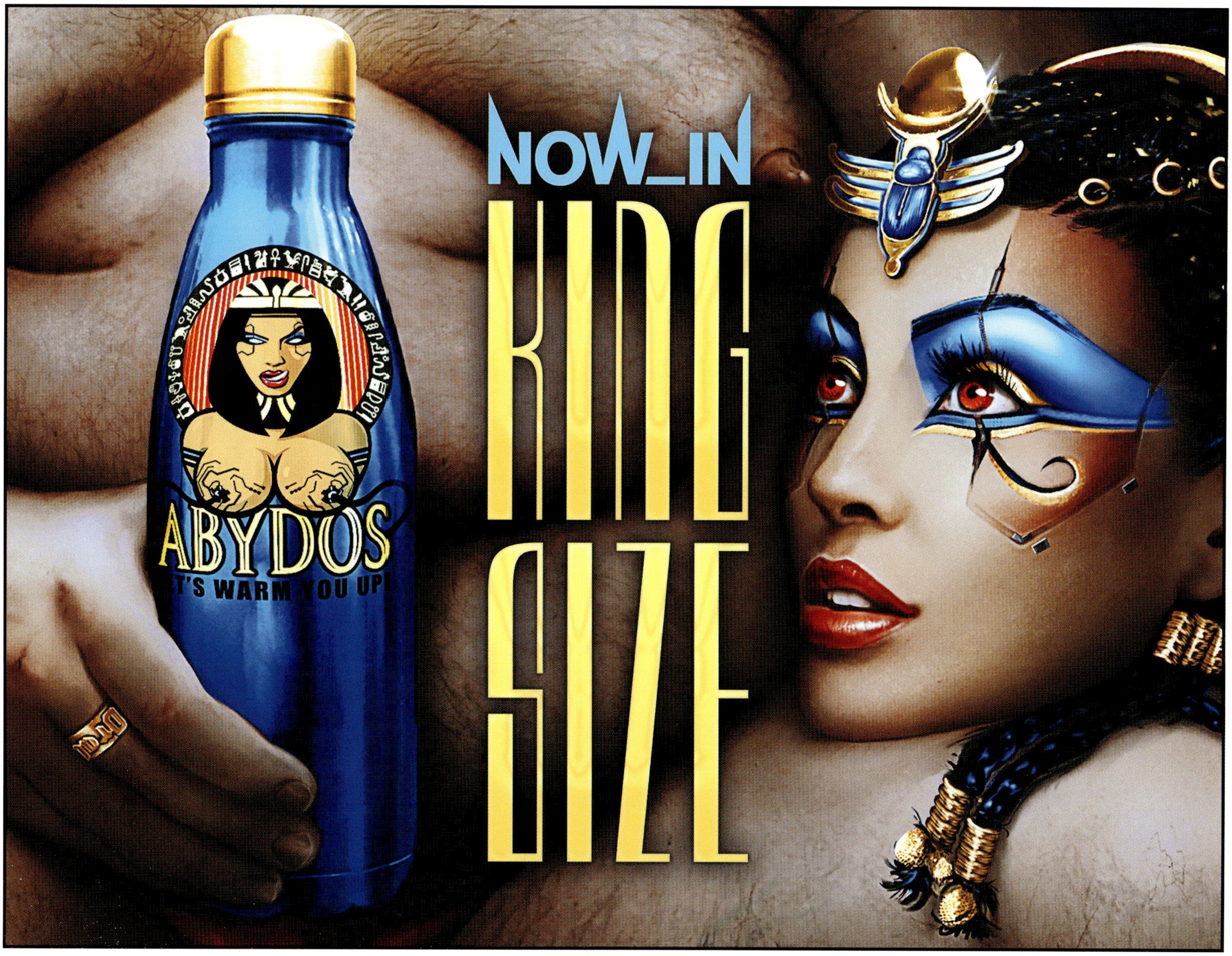

오늘날의 사회 실태

[09] 나이트 시티 빈곤 구획의 삶은 파란만장하다. 재수 없게 말썽에 휘말리면 생사가 오가는 경우도 심심찮게 벌어진다. 사회 계층 사다리의 밑바닥에 있는 사람들은 가진 것은 얼마 없어도 자기 것을 지키기 위해서라면 살인까지도 무릅쓴다.

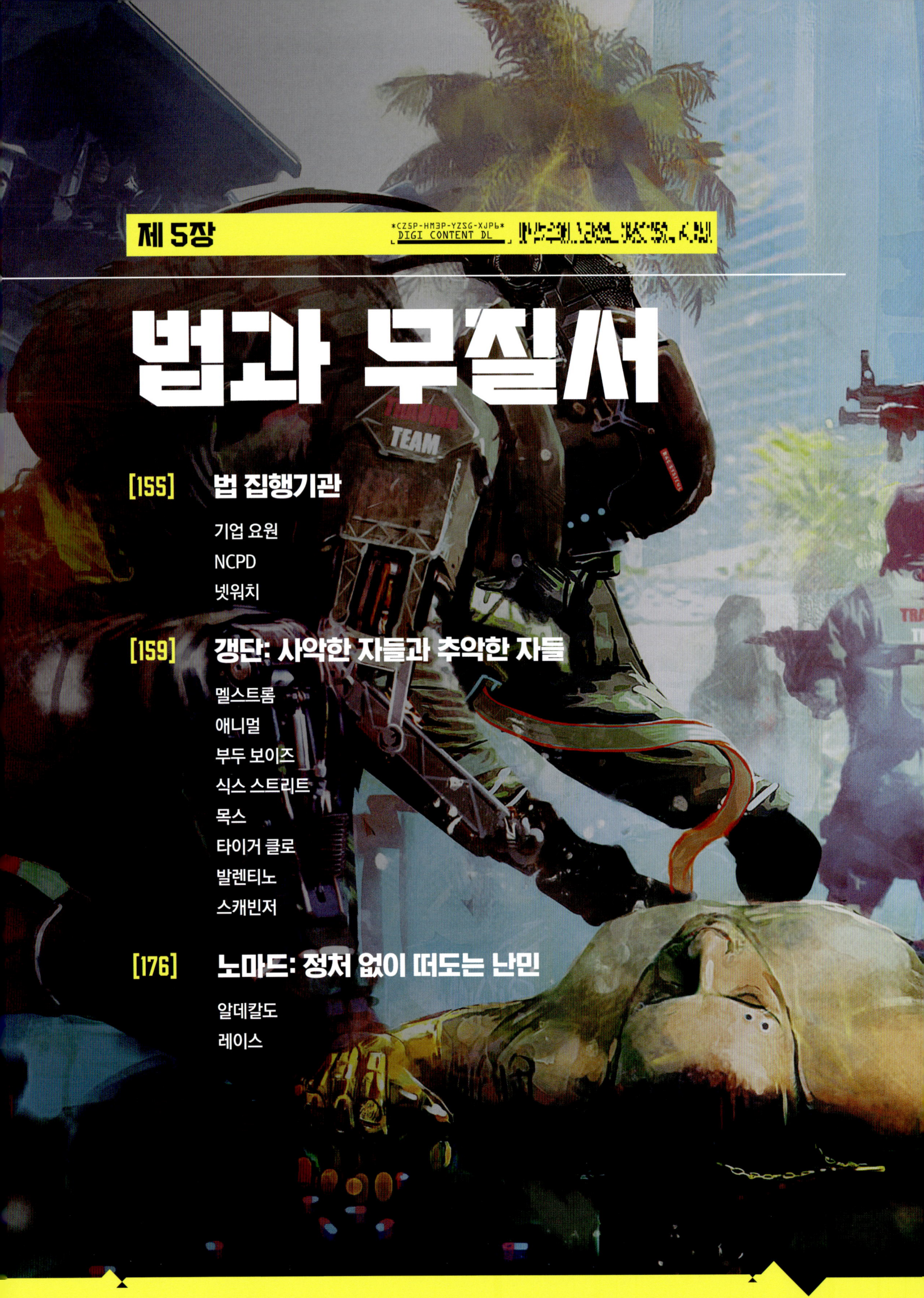

제 5장
법과 무질서

[155] 법 집행기관

기업 요원
NCPD
넷워치

[159] 갱단: 사악한 자들과 추악한 자들

멜스트롬
애니멀
부두 보이즈
식스 스트리트
목스
타이거 클로
발렌티노
스캐빈저

[176] 노마드: 정처 없이 떠도는 난민

알데칼도
레이스

 다음 기사 두 편은 본지의 기고 작가인 올리비아 에르난데즈가 보내드린다. 본지의 애독자라면 나이트 시티의 여러 행정기관 및 아라사카 워터프론트 구획의 기업 경영을 다룬 기사는 물론, 노마드와 함께 여행하며 악명 높은 자유시인 시카고와 피닉스를 답사한 대작 탐방기인 '산전수전 크라임 시티 기행'을

통해 그녀를 알고 계실 것이다.
그런 그녀가 이번에는
나이트 시티의 다양한 법
집행기관과 도시에서 유명한
갱단을 요약 정리해드린다.
덧붙여서 전국의 도로와
황무지를 누비며
누구에게도 기대지 않고
살아가는 수수께끼의
유랑민인 노마드에 관한
정보도 실었다.

-편집장

올리비아 에르난데스의 취재 일지

"사회 붕괴와 기업 전쟁, 그리고 그밖에 지난 반세기 사이의 풍파를 견디고 살아남은 미국 도시들은 이제 무법천지 바다 위에서 그나마 법과 질서가 유지되는 외딴섬이 되었다. 그러나 그런 도시 속에서도 법 집행기관과 여러 범죄조직 사이의 주도권을 차지하기 위한 전쟁이 치열하다.

==나이트 시티도 예외는 아니다.== 이런 분쟁 때문에 민간인과 경찰 사상자는 날이 갈수록 증가하는 추세다. 경찰과의 대치로 인해 매달 200명이 넘는 사람이 목숨을 잃고 있으며, 갱단 간의 충돌이나 기업 사설 군대의 비공식 소탕 작전으로 매일 발생하는 사망자의 수는 집계조차 못하는 실정이다. ==범죄자 10명이 사망할 때마다 NCPD 경찰관 1명이 순직하지만, 경찰의 희생과 헌신에도 불구하고 상황은 개선될 기미를 보이지 않고 있다.== 살인, 폭행, 강도, 마약 거래, 인신매매, 빈집털이는 일상이며, 중무장은 기본이고 사이버웨어로 온몸을 강화한 갱단들은 서로 못 잡아먹어 안달이다. 거기에 수없이 발생하는 경범죄까지 더하면 나이트 시티의 거리가 얼마나 위험천만한지 감이 잡힐 것이다. 단지 범죄율이 매우 높다는 말은 약과에 불과하며, 극심한 빈곤율 역시 상황을 악화시키는 데 일조한다. ==2077년 현재, 나이트 시티는 '미국에서 가장 살기 힘든 곳'이라는 타이틀을 차지했다. 쟁쟁한 도전자가 나타나지 않는 한 당분간 타이틀의 주인이 바뀔 일은 없을 것이다.=="

— 2077년, 올리비아 에르난데스

법 집행기관

거대 기업에 비하면 머릿수가 한참은 밀리고 권한도 다소 초라하지만, 그렇다 해도 오늘날의 법과 질서를 담당하는 경찰력은 결코 우습게 볼 집단이 아니다.

시작 →

오늘날 지역 경찰은 과로에 시달리고 가혹행위를 일삼으며 뼛속까지 부패한 경우가 부지기수이다. 그것도 모자라 사기업에서 후원하는 준군사 조직인 기업 요원 또는 "기업 경찰"과 업무를 분담하고 있다. 다만 여기서 후자는 태생이 태생인 만큼 주인에게 충성한다.

기업 요원

건물이나 블록 또는 구획을 비롯한 기업 소유의 재산은 전적으로 기업 관할이다. 대부분의 중소기업은 밀리테크나 아라사카 또는 라자루스 같은 해당 업계의 선두주자들에게 용역을 맡겨 외부 보안을 해결한다. 내부 보안의 경우는 보통 규모는 작아도 회사에 충성하는 자체 보안 인력에 의존한다.

그러한 내부 인력은 범인의 신분을 막론하고 사내에서 벌어지는 모든 범죄를 전담한다. 기업 경찰이 범죄를 해결하는 방식은 신속하며 가혹하다. 범인을 체포하기보다 쏘고 보는 것이 불문율로 통하기 때문이다.

NCPD

기업 관할 구역을 제외한 나머지 시내는 예나 지금이나 경찰이 치안을 담당한다. 일반 경찰은 과로에 시달리고 임금도 박봉이며, 예외가 있기도 하지만 기업 경찰보다 장비 수준도 떨어진다. 반대로 기업 경찰처럼 일단 쏘고 보지는 않기 때문에(간혹 아닐 때도 있지만) 순직율도 상대적으로 높다. 이처럼 살

올리비아 에르난데스의 취재 일지

넷워치 요원들은 넷상의 경찰로 활동하기 때문에 고유의 장비를 갖추고 있으며, 전 요원이 최첨단 사이버웨어를 착용한다

인적인 근로조건에서 비롯되는 불만과 무력감 때문에 경찰 내부에는 가혹행위와 부패가 만연한데, 그러다 보니 경찰에 대한 여론도 부정적인 편이다.

원칙상 NCPD 청장은 시장과 시의회 직속이다. 그러나 기업으로부터 뒷돈을 받는 의원들이 의석의 대부분을 차지하기 때문에 실제로 어느 쪽에 충성하는지는 불을 보듯 뻔하다. 기업의 불미스러운 사업과 연루된 범죄는 경찰의 사법권에서 슬쩍 빠져나가고, 결국 경찰 몫으로 남는 것은 각종 경범죄, 참혹한 살인사건, 폭동진압, 갱단 범죄뿐이다. 정말이지 정말 꿈의 직장 따로 없다. 이런 직장을 다닌다고 부모님께 떳떳하게 말씀드리지는 못하겠지만.

더구나 말이 좋아서 경찰이지 범인한테 변변한 저항도 못하며 무장이라고는 물총뿐이지만, 맥스택이라면 사정이 다르다. 원래 나이트 시티에서 붙인 정식 명칭은 사이보그 진압대인 맥스택은 신체강화를 받고 중무장을 갖춘 엘리트 경찰부대로, 경찰 역사를 통틀어 가장 무시무시한 경찰력이라 불리기에 손색이 없다. 이들의 주된 임무는 사이버 사이코 처리지만, 법의 허술한 테두리 안에서 압도적인 화력과 무력이 필요한 위급한 현장에도 투입된다. 맥스택은 임무 수행 도중 주위의 민간인이 피해를 입건 말건 눈 하나 깜짝하지 않으므로 이들을 보거든 멀찍이 거리를 두기 바란다.

넷워치

넷워치는 넷의 개발 이후 증가한 컴퓨터 관련 범죄에 맞서 조직된 단체다. 원래 유럽 연합에서 사설 기업으로 출발했으나 점차 영향력을 넓힌 결과 현재는 가장 강력하고도 비밀스러운 조직의 반열에 들어섰다. 넷워치의 사명은 넷을 사이버 범죄로부터 보호해 안전한 사업과 통신의 장으로 유지하는 것이다. 넷워치는 무허가 또는 폭주하는 지능 시스템 색출/제거 및 법률을 위반한 넷러너 체포를 담당한다. 이들의 지사는 정부나 기타 기업의 막대한 후원을 받으며, 고도의 독립성을 보장받는 것은 물론 최첨단 장비를 운용할 여력을 갖추고 있다. 소문으로 넷워치 요원들은 사이버전은 물론 통상적인 전투에도 능하며 일반적으로 사용이 제한되는 대인 및 추적용 소프트웨어에도 접근권을 갖고 있는데, 여기에는 악명 높은 블랙 아이스도 포함된다고 한다.

넷워치가 거머쥔 권한은 상당하지만 지역별로 편차가 있다. 자유로운 활동을 보장받는 미국에서는 사이버펑크와 기업들에게 일명 넷 헬하운드라 불리며 공포의 대상으로 통한다. 반면 태평양 지역, 그중에서도 특히 오스트레일리아와 뉴질랜드에서는 지역 규제로 인해 활동을 다소 제약받고 있다.

나이트 시티 경찰의 대다수는 일상적인 근무 중에 맞닥뜨리는 위험에 대응할 장비를 충분히 지급받지 못하는 실정이다. 반면 기업 경찰은 대체로 월등한 무장과 방어구를 갖추고 있다.

Serve&Protect

Now Recruiting

MEET YOUR NEIGHBORS

Be part of the elite.

NIGHT CITY
POLICE DEPARTMENT

ADVERTISEMENT LINK
SERIAL/ FRD-143G-MI34-H112

"오늘날에는 미국 각지의 도시마다 갱단이 실세로 군림하는 구역이 있으며…"

갱단: 사악한 자들과 추악한 자들

오늘날에는 어느 도시를 가나 갱단이 있다 보니 없으면 도리어 허전할 지경이다. 특히 빈곤한 구획으로 갈수록 더더욱 그렇다.

시작 →

오늘날 도시 곳곳의 구획을 장악하기에 이른 범죄 조직에 사람이 그토록 몰린 이유는 뭘까?

이러한 현상은 20년대 초반, 경기침체로 기업들이 전국 각지의 공단을 폐쇄한 데서 비롯되었다. 실직자가 속출하면서 공단 외에는 변변한 일자리가 없는 작은 마을이나 소도시가 직격탄을 맞았다. 하루아침에 실직자로 전락한 사람들은 직장을 구하려는 일념으로 도심지로 대거 이주했으나, 상황은 여의치 않았다.

노동시장이 수많은 실직자를 전부 받아들일 만한 여건이 되지 않았던 것이다. 결국 빈민으로 전락해 가난한 교외 지역의 값싼 주택으로 내몰린 사람들로 이루어진 지역사회는 갱단이 형성되는 토양이 되었다. 갱단은 정부 인프라와 사회제도가 붕괴되는 와중에 새롭게 형성된 빈민층을 흡수하며 급속히 세력을 불려나갔다. 오늘날에는 미국 각지의 도시마다 갱단이 실세로 군림하는 구역이 있으며, 정부나 기업에서 해당 지역을 되찾으려들 때마다 끈질기게 저항하고 있다. ◼

[갱단 명칭]: 멜스트롬
[추정 규모]: 1,300명
[주요 단원]: 데클란 "브릭" 그리핀, 시몬 "로이스" 랜달, "덤덤," 브랜든 프로스트
[근거지]: 버려진 "올 푸드" 공장, 토텐탄츠 클럽, 팩토리 홀, 헤븐메드 클리닉
[구역]: 왓슨 구획(북부 산업 구획), 가부키 북부
[상징]:

[위험도]: 매우 높음
[사이버웨어]: 고통 조절기, 사이버옵틱, 반사 신경 부스터

PORT: CONNECTED...

> ❗ **주의:** 아래 도표에 기재된 수치와 데이터는 나이트 시티 시청에 전달된 비공식 문건에서 유출된 자료를 토대로 한다. 본지에서 살펴본 바 부정확하거나 모순되는 부분이 있으며 비교적 피상적인 내용을 담고 있다. 주요 단원이나 근거지 같은 정보는 실제로 일치하지 않을 가능성이 있고, 추정 규모 역시 분명 과소평가한 측면이 보이며, "사이버웨어" 및 "구역" 같은 항목도 곧이곧대로 받아들이기 힘들다. "위험도" 항목은 갱단의 교리 및 "무작위적 폭력행위"를 일으킬 경향을 단계별로 분류한 것이지, 성미가 불같고 사이버웨어로 온몸을 강화한 데다 전투 자극제에 절어 사는 개별 단원의 위험도 평가가 아닌 것으로 보인다. 그러니 "위험도: 낮음"으로 표기되어 있다고 목스의 코털을 건드릴 요량이라면 필히 재고하기 바란다.

정보 번호.07231836

[진영 개괄]:

나이트 시티의 산업 지대에서 조직된 위험하고 폭력적인 갱단. 멜스트롬 단원들은 넷과 사이버 기술에 집착하며, 수시로 대대적인 불법 신체개조를 받는다. 단원의 상당수는 사이버 사이코시스를 일으키기 직전이거나 이미 증상을 겪는 상태다. 외견상의 특징은 인간이 아니라 기계로 보일 정도로 과도한 신체강화 및 주술적인 형태의 블랙 메탈 문신이다. 사이버웨어는 사이버옵틱 임플란트, 전투용 개조를 탑재한 사이버림 및 피하 장갑판 이식이 주를 이룬다.

[교리 및 구조]:

멜스트롬의 교리는 사이버 기술에 대한 집착과 "나약한 육신"을 개조하려는 욕구, 주술적 맹신, 초월적인 감각 추구로 요약되며, 이러한 사상은 모두 하나로 연결된다. 사이버임플란트 과잉 이식이 사이버 사이코시스나 기타 정신병을 일으킬 가능성이 높다는 것이 일반적인 통념이나, 멜스트롬은 정상과 비정상의 경계를 밥먹듯이 넘나들기 때문에 조금도 개의치 않는다.

왓슨 구획의 산업 단지를 본거지로 삼고 있는 멜스트롬은 소규모 조직으로 나뉘어 각기 다른 범죄 활동을 맡는다. 습격, 살인청부, 중요화물 보호와 같은 활동의 종류에 따라 30명을 거느린 큰 조직도 있는가 하면 구역 순찰만 담당하는 조직은 4~5명 정도로 구성된다.

[범죄 활동 및 수입원]:

멜스트롬의 주요 수입원은 트라이-펫 같은 불법 의약품 및 마약 밀수지만 살인청부도 받는 것으로 알려져 있는데, 그 방식이 실로 잔혹하고 엽기적이다. 멜스트롬의 희생자들은 팔다리가 잘리거나, 산채로 가죽이 벗겨지거나, 혹은 굳지 않은 콘크리트에 빠져 죽는다. 또한 이들은 철두철미한 계획으로 중무장한 기업 수송대마저 번번이 강탈한 전례가 있다.

멜스트롬의 다른 주요 수입원은 토텐탄츠 클럽으로, 가장 유명한 갱단 클럽이자 나이트 시티판 "광란의 클럽"으로 통한다. 버려진 공장에 들어선 토텐탄츠는 멜스트롬의 권한과 관습만 따른다면 다른 갱단도 찾아와 파티를 즐기며 네오 데스메탈을 들을 수 있는 클럽이다. 여기서는 사망자가 하룻밤에 10명 이하로 나올 경우 물이 안 좋은 날로 통한다. 또한 암시장에서 거래되는 브레인댄스 기록 제작에도 관여하며, 특히 엽기적이고 충격적이며 극도로 폭력적인 BD를 전문으로 한다는 소문도 있지만 확인된 바는 없다. 소문에 따르면 멜스트롬의 효자 상품은 일명 "불감증"이란 BD 기록으로, 사용자의 정신을 기묘한 무감각 상태로 인도하기 때문에 감각 과잉에 시달린 BD 사용자들 사이에서 상당한 인기를 끈다고 한다. 항간에 떠도는 소문과 달리 NCPD에서는 멜스트롬 갱단이 암시장에서 거래되는 브레인댄스 기록을 제작 및 유통한다는 증거를 찾지 못했다.

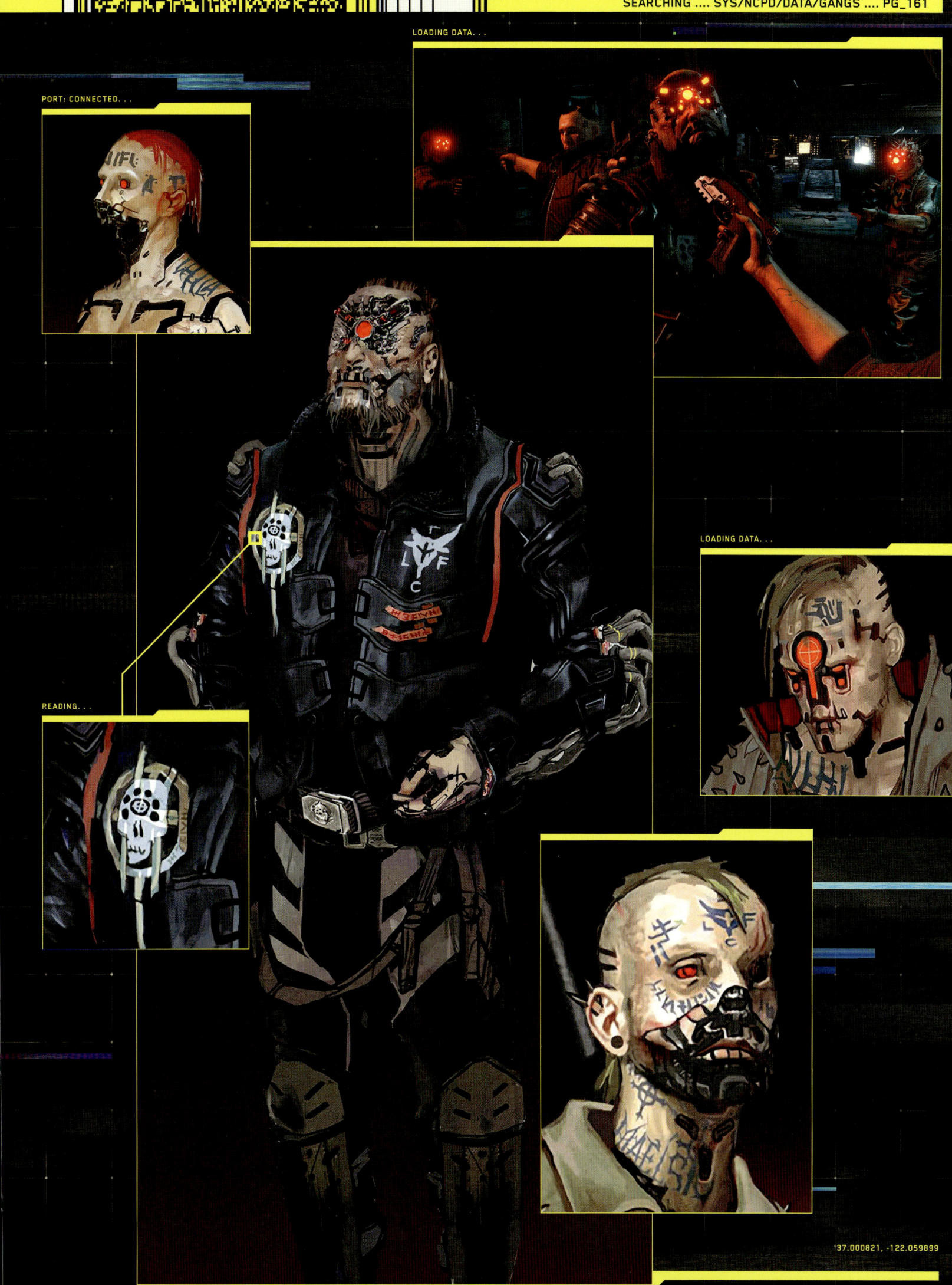

ANIMALS

[갱단 명칭]: 애니멀
[추정 규모]: 2,500~3,000명. 소규모 "패거리" 단위로 활동
[주요 단원]: 사스콰치, 발데마르 "불리,"
 마르타 "어보미네이션" 링
[근거지]: 페인트 공장, 무너진 퍼시피카 지하철,
 트리플 익스트림 체육관
[구역]: 특정한 구역 없음. 나이트 시티 각지에서 바운서나
 경호원으로 활동. 최근 퍼시피카 남부에서 활동 증가.
[상징]:

[위험도]: 높음
[사이버웨어]: 고통 조절기, 전투 자극제 주입기, 강화 사이버림

정보 번호.07240932

[진영 개괄]:

애니멀은 구체적인 활동 구역이 없는 호전적인 갱단이다. 애니멀 단원들은 평범한 전자 임플란트 대신 직접 신체를 강화하고 개조하는데, 울트라테스토스테론이나 말의 성장 호르몬을 비롯한 동물성 보충제를 사용해 체격과 근육을 키운다. 각종 무술을 익힌 숙련된 싸움꾼인 애니멀은 케이지 격투기, 일대일 대결, 그밖에 온몸으로 치고받는 활동에 골몰한다. 이처럼 거칠고 괄괄한 성미 때문에 곧잘 바운서나 경호원으로 일한다.

애니멀은 주로 문신을 하고 후드티를 입으며 인공적인 방법으로 짐승의 모습을 모방한다. 피부에 점이나 줄무늬를 넣거나 피하 임플란트를 하는 등의 미용 시술에서부터, 비정상적인 성형수술과 사이버네틱 개조로 턱을 짐승처럼 만들거나 인공배양 근육을 이식받기도 한다.

[교리 및 구조]:

애니멀은 인간 본성의 야성적이고 원초적인 측면에 집착한다. 그러한 본성을 인간과 동물의 경계로 간주하며, 그 경계를 초월함으로써 우월한 신인류가 되고자 노력한다. 이를 위해 애니멀 단원들은 온갖 가혹하고 폭력적인 시험으로 끊임없이 역량을 다진다. 위험한 사이버임플란트를 이식받은 상대와 대결하는 것은 예사로, 다른 갱단이건 경찰이건 기업 부대건 그 대상을 가리지 않는다. 다만 이들이 격투기를 단련하는 것은 교리상의 이유가 아니라 전투력을 높이기 위해서다. 단원 간의 관계 역시 만만찮게 야만스럽다. 애니멀은 임시 구역에서 "패거리" 단위로 뭉치며, 남녀를 불문하고 그중에서 가장 크고 강한 단원이 대장을 맡는다. 분쟁은 어느 한쪽이 완패할 때까지 계속 싸우는 결투 재판으로 해결된다.

[범죄 활동 및 수입원]:

애니멀은 민간 주거지와 다른 갱단의 구역을 습격하여 박살내기로 악명이 높다. 또한 불법 투기장을 운영하며 자체 제작한 스테로이드를 유통한다. 개중에는 약국이나 화학물질 운반차량, 제약회사 및 다른 마약상을 상대로 절도를 일삼는 패거리도 있다. 개별 단원 가운데는 사창가나 스트립 클럽에서 바운서로 일하는 이들이 있는가 하면, 단순히 갈취와 폭행을 일삼는 이들도 있다.

PG_164 .... NIGHT_CITY_GANGS.exe

LOADING DATA...

PORT: CONNECTED...

LOADING DATA...

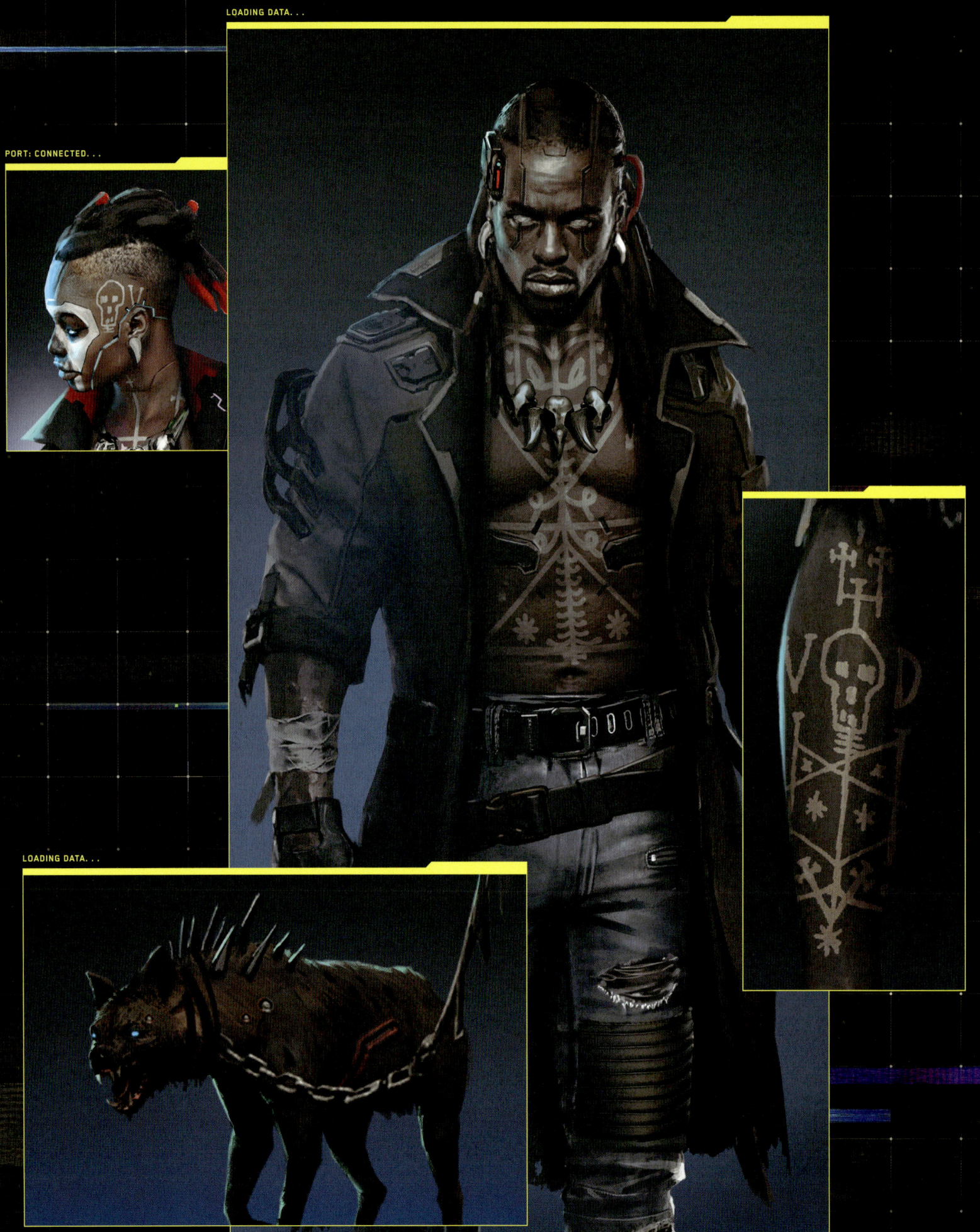

35.009421, 135.666757

[갱단 명칭]: 부두 보이즈
[추정 규모]: 불명, 50~250명으로 추정
[주요 단원]: 티 넵튠, 필리프 "아그웨" 오레스테, 플라시드, 브리짓
[근거지]: 예배당, J. 에드가 후버 초등학교, 오션뷰 I, 스키니 프랭크스 티티스 앤 비어
[구역]: 퍼시피카(코스트뷰), 넷 일부
[상징]:

[위험도]: 낮음(사이버 공간에서는 매우 높음)
[사이버웨어]: 사이버덱, 신경 링크

LOADING DATA...

정보 보관.07240932

[진영 개괄]:

퍼시피카에 터를 잡은 수수께끼의 갱단으로, 수준급 넷러닝 능력과 특유의 부두교 문화 때문에 평판이 좋지 않다. 아이티 출신으로만 구성된 것으로 추정되며 외부인을 불신하는 배타적이고 비밀스러운 갱단이다. 원래는 갱단 전원이 아이티발 디아스포라로 형성된 크리올 문화의 고위층인 부두교 사제로만 구성되어 있었다. 그러나 2062년, 기후변화가 일으킨 자연재해로 아이티가 수몰되면서 부두 보이즈는 전환점을 맞이했다. 단순한 갱단이 아니라 퍼시피카 전투 지역에 거주하는 아이티 난민의 권익과 안전을 책임지는 수호자를 자처하기 시작한 것이다. 부두 보이즈는 단원의 대부분이 넷러너이기 때문에 대체로 냉각복과 신경 임플란트를 착용하며, "부두교 특유의" 레게 머리, 문신, 작은 새나 설치류의 뼈로 만든 부적 같은 문화적 특징 또한 지니고 있다.

[교리와 구조]:

퍼시피카의 크리올 지역사회는 아이티 난민으로만 구성되며 여기에 구획 내의 경찰력 부재까지 겹쳐진 탓에, 부두 보이즈의 정확한 규모나 구조는커녕 갱단의 목적조차 파악하기 힘든 실정이다. 부두 보이즈가 올드 넷의 비밀을 밝히려 한다는 것은 공공연한 사실이며, 이들이 끊임없이 블랙월을 조사하는 이유도 장벽 너머의 폭주하는 인공 시스템과 접선하기 위함이라고 보는 견해가 일반적이다. 이러한 활동으로 인해 부두 보이즈는 고삐 풀린 넷러너나 독자적으로 활동하는 자가인식 IS를 추적하여 제거하는 넷워치와 반목하고 있다.
부두 보이즈가 퍼시피카 내 아이티 이주민 사회에 뿌리내린 부두교 관례와 어디까지 접점이 있는지는(혹은 아예 무관한지) 불명이다.

[수입원]:

부두 보이즈가 주로 저지르는 범죄는 극비 또는 특별취급 데이터를 검색하는 과정에서 일어나는 여러 기업의 데이터뱅크 및 계좌 해킹으로, IS와 접선한다는 명목으로 넷워치에서 제정한 법규와 규정을 수시로 위반하고 있다. 또한 게릴라식 넷러닝 작전이나 폐허만 남은 올드 넷 탐사를 계획하는 사설 계약업체에서 용병 넷러너로 일하기도 한다. 그밖에 다른 수입원은 확인하기 어려우나, 가상화폐 절도 및 정보검색 대행업도 벌이는 것으로 보인다.

[갱단 명칭]: 식스 스트리트
[갱단 규모]: 2,300명
[주요 단원]: 윌 거너, 릭 모튼, 와이어트 알켄, 루시우스 소란, 맷 다지스, 패트리샤 저빌
[근거지]: 워키드 타이어스 정비소, 피그 보이스 딜라이트 아이리시 펍, 올드 C-팀 HQ
[구역]: 산토 도밍고(아로요 및 란초 코로나도). 차터 힐과 글렌에도 다소 영향력이 있으나, 여기서는 다른 갱단의 구역을 침범하지 않으려고 주의
[상징]:

[위험도]: 중간
[사이버웨어]: 사이버옵틱, 고통 조절기, 체력 모니터

정보 번호.07241028

[진영 개괄]:
식스 스트리트는 과거 미국의 민병대와 같은 자경단에서 출발했다. 그러나 공익을 수호한다는 원래의 기치를 저버린 지 오래인 지금은 지역사회 내에서의 권력과 지위를 악용하는 여타 갱단과 다름없는 상태이다. 이들은 작은 동네나 영세업자들을 상대로 주기적으로 "보호비" 명목의 돈을 갈취하며, 각종 범죄에도 가담하는 것으로 알려져 있다.
식스 스트리트는 군복을 바탕으로 애국적 색체가 가미된 복장을 착용하며, 여기에는 군화, 전술 조끼, 무릎보호대, 카고 바지, 야구 모자, 구식 성조기, 독수리 문양이 주를 이룬다.

[교리와 구조]:
식스 스트리트는 대략 50년 전, 일대에서 활개치는 갱단과 무능한 NCPD를 견디다 못한 4차 기업 전쟁의 참전 용사들이 자력구제의 일환으로 결성한 갱단이다. 그렇게 이들은 장비를 챙기고 훈련받은 내용을 되새긴 다음 거리를 장악했다. 깡패와 폭력배들을 몰아내고자 갱단을 결성한 이들은 일대를 휘어잡으며 주민들에게 스스로 자신을 지키는 한편 갱단에게 복수할 길을 열어주었다. 오늘날 대부분의 식스 스트리트 단원은 근래에 있었던 분쟁의 경험자들로, 달리 직장을 구하지 못한 퇴역 군인 또는 해고된 기업 보안 관계자로 구성되어 있으며 그밖에는 갱단에 가입한 이후 군사 훈련을 받은 민간인으로 이루어진다. 현재도 표면적으로는 "시내 정의 구현"을 기치로 내걸고 있으나, 법률을 아전인수로 해석하는 경향이 있으며 갱단의 이익을 우선시한다. 식스 스트리트의 본거지는 아로요지만, 활동 범위로 삼은 다른 구획에도 지역별 근거지를 두고 해당 지역을 순찰하며 갱단 시설을 관리한다.

[자금원]:
식스 스트리트는 강도, 갈취, 총기 밀수로 자금을 조달하며 나이트 시티 외부의 노마드와도 연줄이 굵다. 기계 정비에도 소질이 있어서 차량을 절도해 개조하는가 하면 도시 곳곳에서 정비소와 작업장을 운영하기도 한다. 또한 이들 갱단에서 운영하는 전투 택시업은 엣지러너와 용병들이 애용한다.
본질적으로는 범죄 조직이지만, 기업과 경찰에서는 식스 스트리트 단원이 정해진 구역 외부에서 문제를 일으키지 않는 한도 내에서 이들의 존재를 묵인하고 있다. 이로써 군수업체에서는 자사의 고급 상품을 소비할 고객층을 확보하고, NCPD에서는 일부 구역의 치안을 자경단에 맡김으로써 수고를 던다.

SEARCHING .... SYS/NCPD/DATA/GANGS .... PG_167

LOADING DATA. . .

PORT: CONNECTED. . .

READING. . .

PORT: CONNECTED. . .

40.744798, 14.498317

CONNECTING NCPD (# # # # # #)   NETWORK STAT :: 10100000001

[갱단 명칭]: 목스
[추정 규모]: 200~250명
[주요 단원]: 수지 "Q." 돌리 "돌" 래드클리프, 제임스 모런
[근거지]: 리지스 바
[구역]: 없음, 주로 가부키와 리지스 바 인근에 상주
[상징]:

[위험도]: 낮음
[사이버웨어]: 광학 위장, 냉각 시스템, 강화 사이버림

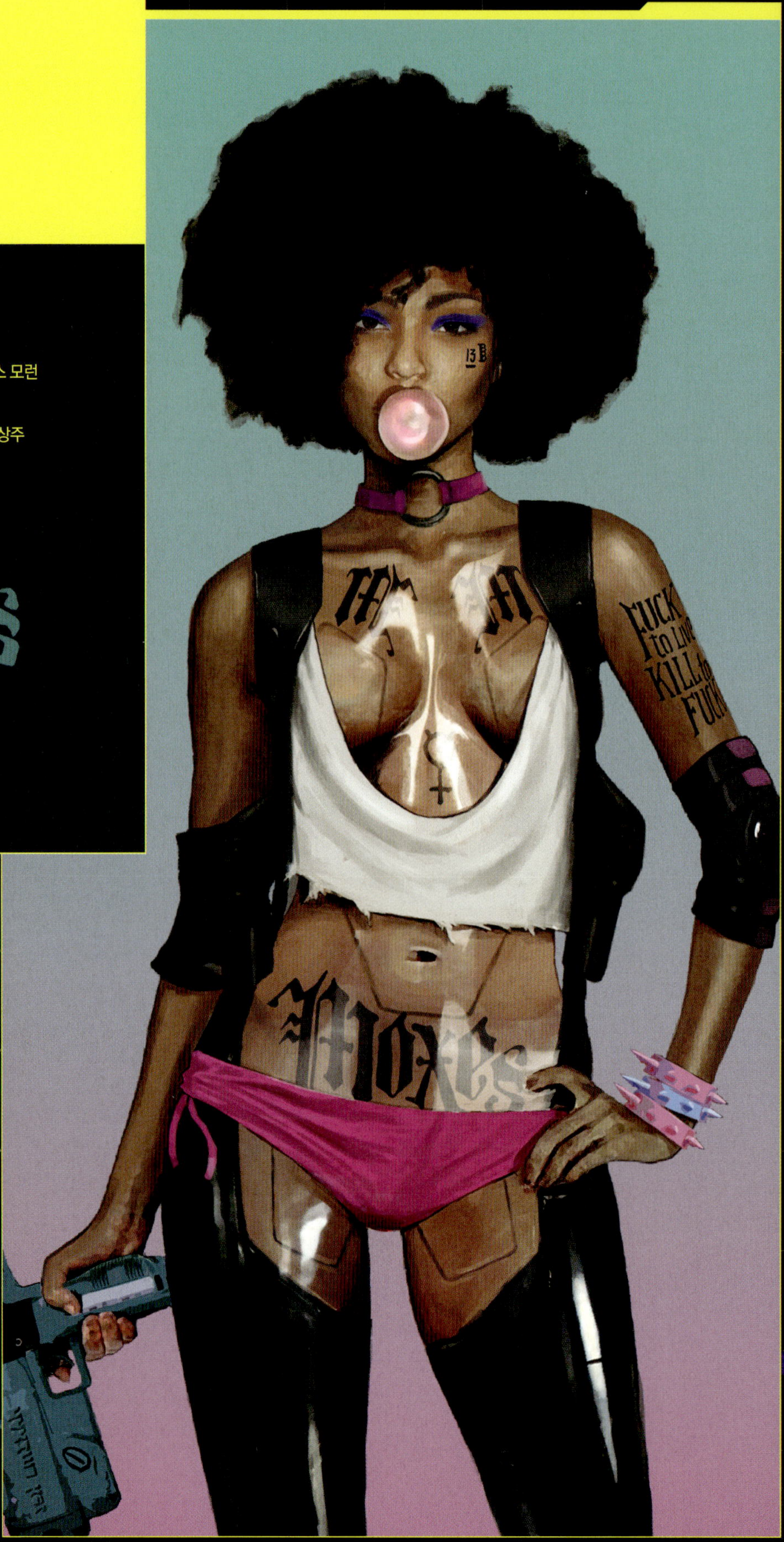

SEARCHING .... SYS/NCPD/DATA/GANGS .... PG_169

LOADING DATA...

READING...

정보 번호.07241113

[진영 개괄]:

목스는 구역 싸움에 관여하지 않는 소규모 갱단으로, 단원의 대부분이 성노동자, 무정부주의자, 펑크족, 성소수자로 구성된다. 서로간의 자기방어를 위해서 결성된 갱단으로, 억압에 맞선다는 의미로 배짱을 뜻하는 오래된 속어인 "목시"에서 명칭을 따왔다. 목스는 나이트 시티의 매춘부들에게서 흔히 보이는 싸구려 패션을 바탕으로 비행청소년 분위기가 가미된 복장을 착용한다. 그러나 조금이라도 움직임에 거슬리는 옷가지는 걸치지 않는 경향을 보이기 때문에, 성노동자보다는 갱단에 가까운 인상을 풍긴다. 특히 전투 담당 중에는 "플라스틱 돌" 스타일을 연상시킬 정도로 전신을 개조한 단원들도 있지만 리얼스킨 때문에 겉으로 드러나지 않을 때가 많다. 갱단을 상징하는 양날 도끼 기호는 벽이나 옷, 문신, 장신구에서 종종 목격된다.

[교리와 구조]:

목스는 엘리자베스 "리지" 보든 사후에 벌어진 폭동 속에서 결성됐다. 스트립클럽 주인이자 전직 매춘부인 리지는 종업원들을 잘 대해줬으며 손님들이 손찌검을 하지 못하도록 지켜주던 고용주였다. 2067년, 리지의 클럽에서 일하던 여성이 타이거 클로 갱단들에게 처참하게 강간 살해당하는 사건이 벌어졌다. 리지는 앙갚음으로 범인 셋을 도끼로 죽여 시체를 클럽 입구에 전시함으로써 자기 종업원을 해치는 사람은 똑같은 꼴을 당할 것임을 만천하에 경고했다. 그날 밤 타이거 클로가 습격해 바를 부수고 리지를 살해했는데, 그 결과 타이거 클로가 예치치 못했던 사태가 벌어졌다. 리지의 죽음이 불러일으킨 파장으로 나이트 시티 전역에서 장기 폭동이 일어나면서 타이거 클로 단원과 사업장이 그 표적이 된 것이다. 급기야 엘리자베스 보든이 폭력과 무법 행위를 일삼는 갱단에 맞서는 저항의 상징이 되면서 사건은 더욱 격화되었다. 리지의 뜻을 잇는 이들은 바를 재건하여 그녀의 죽음을 기리는 뜻에서 "리지스 바"로 개명한 뒤 힘없고 억눌린 자들을 규합해 갱단을 창설했는데, 성노동자 및 성소수자가 주를 이루었다.

목스에는 뚜렷한 서열이 없다. 명목상으로는 갱단이지만 단원들은 자신들을 가리켜 폭력과 학대로부터 "남녀 성노동자를 지키는 자들"로 칭하며, 그 대가로 상당한 금액을 요구한다. 또한 곳곳에서 소규모 사창가를 운영해 수익을 올리기 때문에 선량한 단체라 보기는 어렵다.

[수입원]:

목스는 현재 회원제 브레인댄스 클럽으로 업종을 변경한 리지스 바에서 대부분의 수익을 올리고 있다. 나이트 시티 내에서의 구역 다툼에는 관심이 없으며 갱단 시설과 단원 및 리지스 바 인근에서 활동하는 성노동자 보호에 전념한다. 자신들의 사업장이 침범당하는 일만 없으면 다른 갱단과 대립하는 경우는 좀처럼 없지만, 수시로 목스의 인내심과 전투력을 시험하는 타이거 클로와는 긴장 관계에 있다.

오류#02:
파일 손상_

19.979392, 72.719535

[진영 개괄]:

정보 번호.07241200

나이트 시티에서 상당한 규모를 자랑하는 범죄 조직 가운데 하나인 타이거 클로는 재팬타운에서 세력을 확장한 무자비한 갱단으로, 삼합회나 야쿠자 같은 아시아계 조직폭력단과 유사한 수법을 주로 쓴다. 단원의 대부분이 아시아인이며 구역을 유지하는 동시에 간혹 다른 갱단의 사업장을 강제로 인수하는 것이 주목적이다. 타이거 클로 행동대원은 화려한 동양식 문신을 하고 있으며 바이크를 타고 카타나와 단도로 무장한다.

[교리와 구조]:

타이거 클로의 사업 방식은 일본 야쿠자와 공통점을 보인다. 일개 말단 행동대원과 시비가 붙기라도 하면 곧장 조직 전체가 격분하지만, 조직이 소기의 목적만 달성한다면 문제는 원만하게 해결된다. 타이거 클로의 간부급은 전쟁보다 사업이 장기적으로 이득임을 알기 때문에 폭력만 앞세우기보다는 최소한의 원칙과 체면을 함께 내세운다. 반면 일반 단원의 대부분은 걸핏하면 싸움을 일삼는 악랄한 폭력배다. 납치, 고문, 성폭행 및 잔인하고 엽기적인 살인은 이들이 벌이는 잔혹상의 일각에 불과하다. 단원들이 객기를 부리느라 혹은 그냥 술에 취해 구역에서 권력을 남용하거나 외부인과 실랑이하거나 길거리에서 싸움을 벌여 조직의 교리를 어기는 경우는 흔하다. 타이거 클로의 고위 간부들은 이러한 행동을 수치스러운 짓으로 간주하지만, 정작 피해를 입은 외부인이 응수하면 가차 없이 응징하는 것이 보통이다. 타이거 클로 조직원이 아닌데 이들과 시비가 붙을 경우, 고위급 조직원과 연줄이 없는 한 맞상대를 피하는 것이 신상에 이롭다.

[수입원]:

타이거 클로는 나이트 시티 최고의 야간 유흥가인 재팬타운의 상당 부분을 장악하고 있으며 바, 식당, 브레인댄스 클럽, 홍등가, 카지노 등 나이트 시티의 어느 갱단보다도 많은 사업장을 거느리고 있다. 대부분 합법적으로 등록된 업소지만 실제로는 불법 사업과 돈세탁을 숨기기 위한 간판인 곳이 상당수다. 갱단의 주수입원은 매춘과 인신매매이나 마약(악명 높은 "글리터"가 대표적)도 제조 및 유통하며, 틈틈이 살인청부 의뢰를 받는 조직원도 있다.

또한 재미를 보거나 스트레스를 풀고자 사업장을 찾는 여러 기업 임원들과도 연줄이 있다. 특히 아라사카의 고위 경영진과 밀접한 관계를 맺고 있는데, 이들은 갱단에 자주 외주를 맡기고 그 대가로 각종 사이버 장비와 군용 자동화기를 지급한다.

[갱단 명칭]:	타이거 클로
[추정 규모]:	5,500명
[주요 단원]:	사토 히로미, 오바타 이신, 미야가와 히야메, 쇼보 조타로, 렌슈, 동우
[근거지]:	클라우드, 리틀 마카오, 데레바자 도장, 찻집과 신사, 탱크 걸스 클럽
[구역]:	웨스트브룩(재팬타운 및 차터 힐), 가부키(리틀 차이나)
[상징]:	

[위험도]:	중간~높음
[사이버웨어]:	반사 신경 부스터, 강화 사이버림, 고통 조절기, 문신으로 위장한 전자전 시스템

Valentinos

[갱단 명칭]: 발렌티노
[추정 규모]: 6,000명
[주요 단원]: 호세 루이스, 구스타보 오르타, 카밀라 마르티네즈, 훌리오 팔라시오
[근거지]: 엘 코요테 코호, 모토 시엘로, 누에스트라 세뇨라 데 로스 데삼파라도스 성당, 라 카트리나 장례식장, 슈거 스컬 플래닛
[구역]: 헤이우드(글렌, 웰스프링스, 비스타 델 레이)
[상징]:

[위험도]: 중간~높음
[사이버웨어]: 반사 신경 부스터, 자동장전기, 강화 사이버림

정보 번호.07241312

[진영 개괄]:
발렌티노는 나이트 시티 최대급 규모의 갱단이다. 지역색이 매우 강하며, 갱단이 깊게 뿌리내린 인근 지역사회가 위치한 헤이우드, 글렌, 비스타 델 레이의 라틴계 구획 내의 넓은 빈곤지역을 활동 구역으로 삼고 있다. 이들은 나이트 시티의 치카노 문화를 대표하며 그 전통을 100년이 넘게 지켜오고 있다.

발렌티노 단원들은 갱단 문신을 노골적으로 드러내며 종교적인 귀금속 장신구를 착용하는데, 가장 흔하게 보이는 것은 죽음의 성녀 및 헤수스 말베르데를 형상화한 것이다. 또한 알록달록한 옷을 즐겨 입고 로우라이더 스타일로 개조한 차를 타며 금은으로 도금한 커스텀 총기로 무장한다.

[교리와 구조]:
발렌티노 단원의 대다수는 멕시코계지만 기타 인종이나 민족도 가입을 허용한다. 단원들은 갱단에 신속히 동화되어 멕시코 기념일인 망자의 날, 킨세아녜라, 성주간 또는 과달루페의 성모 축일 같은 치카노 문화를 받아들인다.

이처럼 공통된 문화와 관습을 공유함으로써 발렌티노는 지역 주민들과 대가족처럼 뭉친다. 단원들은 지역사회의 비호를 받기 때문에 경찰이나 기업에서 발렌티노에 잠입하려는 시도는 번번이 실패로 끝나고 있으며, 그 보답으로 단원들은 지역 전체를 보호한다. 이러한 이유로 조직을 등지는 것은 발렌티노에서 가장 가증스러운 죄로 통하며, 배신에 대한 일반적인 처벌은 잔혹한 사형이다.

반면 다른 갱단이나 경찰 또는 기업 경찰과 싸우다 죽은 단원은 성인이나 순교자로 추대되어 벽화나 추모곡으로 남는다. 이처럼 추모로 승화된 거리미술은 종교적 성상의 성격을 띠며 성인의 공적을 기리는 설명도 빠지지 않는다.

[수입원]:
발렌티노는 식당, 자동차 정비소, 나이트클럽 같은 합법적인 사업장을 다수 소유하고 있으며 브레인댄스 녹화 스튜디오나 스포츠 도박장 또는 지역 건설사도 운영한다. 그러나 이들이 소유한 점포는 모두 접선 장소나 돈세탁 혹은 도난차량 분해 같은 범죄의 온상으로 활용될 소지가 있다.

주수입원으로는 총기 밀수, 차량 절도, 마약 밀거래, 강도, 빈집털이, 살인청부(단순 폭행 또는 살해), 매춘, 무기 및 차량 불법개조가 있다.

SEARCHING .... SYS/NCPD/DATA/GANGS .... PG_173

**오류#02:
파일 손상_**

[갱단 명칭]: 스캐빈저
[추정 규모]: 불명(데이터 부족)
[주요 단원]: 불명
[근거지]: 불명(데이터 부족)
[구역]: 도시 전역에서 활동하나 퍼시피카 북부와 웰스프링스 남부에 집중
[상징]: 데이터 없음
[위험도]: 중간
[사이버웨어]: 사이버옵틱, 고통 조절기, 체력 모니터, 케레즈니코프, K.E.R.S.

⚠ 경고: 데이터 불완전.

정보 번호.07241200

[진영 개괄]:

스캐빈저는 갱단은 물론 무고한 준법시민까지 노리는 피도 눈물도 없는 인간쓰레기들이자 신체강화 기술의 보편화가 빚어낸 부작용이다. 장기나 사이버웨어를 적출하는 것은 더럽지만 수지맞는 사업이기 때문에, 스캐빈저는 거리에서 사람들을 납치함으로써 이러한 틈새시장을 파고들었다. 이들은 잔악하기 그지없으며 인명의 소중함 따위는 안중에도 없다. 스캐빈저에게 사람이란 분해해서 암시장에 팔아넘길 상품에 지나지 않는다.

[교리와 구조]:

스캐빈저는 정해진 원칙도 없이 오로지 자신들의 이익만 챙긴다. 무자비하고 비윤리적이며, 범행 방식 역시 단순무식하고 궂은일도 개의치 않는다. 직접 손을 더럽히기보다는 비용을 치르고 장기나 중고 사이버웨어를 사려는 고객층이 있다 보니, 이들은 느슨한 조직 체제를 유지하며 장기매매 시장의 독점 공급자로 자리매김했다. 스캐빈저는 일정한 구역이 없으며, 도시 전역에 흩어져 기호나 그라피티로 구역을 표시할 뿐이다. 주로 내부 서열이나 구조조차 불분명한 소규모로 움직이는 편이지만, 대장 노릇을 하는 것은 언제나 가장 파렴치하고 잔인하며 영악한 단원들이다. 그러나 체계적인 구조가 없다고 해서 결코 무시하거나 얕잡아볼 갱단은 아니다. 살벌한 평판이 곧 무기임을 알기 때문에, 자신들의 심기를 건드리거나 사업을 방해하는 자가 있으면 끔찍한 본보기로 삼는 짓도 서슴지 않는다.

[수입원]:

폭행, 납치, 사지절단 및 인체분해가 스캐빈저의 주된 범죄 수법이다. 스캐빈저는 인간의 신체를 머리부터 발끝까지 처분하기 때문에 이들에게 당한 희생자—스캐빈저 은어로는 "기증자"—는 뼈도 추리지 못하는 경우가 다반사다. 적출한 장기나 사이버웨어는 곧장 암시장에 내다팔며, 신원을 식별하기 어려울 정도로 난도질된 나머지 신체 일부는 버리거나 태우거나 하수구에 쥐밥으로 던져버린다. 스캐빈저는 다른 갱단이나 잡범 또는 비양심적 리퍼닥들이 쓰는 저가 불법 사이버웨어의 주요 공급책이다. 또한 단순한 절도에서부터 살인청부, 납치에 이르기까지 고객이 직접 손대기를 기피하는 더럽고 불편한 일을 대신하는 용역으로도 활동한다. 이들은 보수만 쥐어준다면 그 어떤 꺼림칙한 일도 마다하지 않는다.

노마드:
정처 없이 떠도는 난민

노마드는 지난 세기 말의 대붕괴를 겪으면서 기존 사회에서 분리되어 나온 신생 계층이다.

시작 →

세계적인 금융 붕괴로 촉발된 전 지구적 위기로 인해 실업률은 하늘을 모르고 솟구쳤다. 세계 각지에서 수십만이 넘는 사람들이 집과 직장을 잃었으며, 구 미국의 경우 전체 인구 4분의 1이 노숙자로 전락했던 것으로 추정된다. 전국 곳곳에서 폭동이 일파만파 퍼졌으며 정부와 기업은 이를 무자비하게 진압했다.

일단의 난민들이 직장과 안전과 나은 삶을 찾아 무리지어 도시를 전전하기 시작한 것은 바로 그 무렵이었다. 대부분의 난민들은 전 재산을 챙겨 온가족을 자동차에 태우고 전국을 떠돌았다. 이러한 현상은 현대사의 대위기로 기록되었으나 대규모 이주가 시작되고 80년이란 세월이 흐르자, 공통된 역사와 생활 방식 및 가족관계로 묶인 새로운 사회 집단이 탄생했다. 그렇게 형성된 신생 계층이 바로 노마드다.

노마드는 어느 한곳에 정착하지 않고 이전 세대가 그러했듯 온가족과 함께 자동차로 전국을 누빈다. 경제적인 이유로 직장을 찾아 떠돌다 일거리를 구하면 잠시 정착하고, 일이 끝나면 도로 짐을 싸서 떠난다. 정착할 때면 주로 버려진 건물 주위에 차들을 주차한 다음 캠프를 치고 지낸다. 그렇게 머무르 나이트 시티의 "실세"

노마드는 대체로 멋보다 실용성 위주의 패션을 선호하며, 언제든 생필품을 꺼내 쓰도록 항상 배낭과 가방을 지니고 다닌다. 몸에는 소속 트라이브의 문신을 새기는 경우가 많다.

는 동안 폐건물은 모임 장소이고 숙소이자 병원인 동시에 학교가 되며, 그밖에 필요로 하는 시설의 기능을 겸한다.

노마드는 패밀리, 클랜, 트라이브, 네이션이라는 단위로 구성된다. 패밀리는 적게는 둘에서 많게는 백 명까지다. 클랜은 복수의 패밀리로 구성되며 인원은 수백에서 천 명까지다. 트라이브는 그보다 훨씬 규모가 커서 수만 명까지 포함된다. 네이션은 가장 큰 집단으로 인원만 수십만에 달하며, 최대 규모의 노마드 네이션은 대략 백만 명을 거느리고 있다. 단위별 인구는 다소 유동적이지만 분류 기준은 변함없이 적용된다. 노마드 패밀리, 클랜, 트라이브, 네이션 사이에 분란이나 반목이 생기기도 하지만, 대체로 표면적인 불화에 그치며 전면전으로 비화되는 경우는 없다. 노마드 네이션은 저마다 고유의 영토가 있으며, 상호 불간섭의 원칙을 따르는 동시에 밀접한 동맹 관계를 유지한다. 이러한 점에서 노마드는 대도시의 갱단과는 판이한 성격을 띤다.

ADVERTISEMENT LINK
SERIAL/ DE3-3DF2-WE2C-11IL /

노마드 교육

노마드는 유랑 생활을 영위함에도 불구하고 교육 수준이 높은 편이다. 자신들의 문화가 "원시화"되는 것을 원치 않기에 옛 미국 시골 지역의 전통인 재택학습을 따르는 까닭이다. 교사는 아동과 성인 모두 가르치며, 노마드 캠프에는 문명 세계와 유리되지 않게끔 이동식 도서관과 넷러닝 스테이션 및 통신 센터를 갖추는 경우가 많다. 대형 노마드 야영지의 경우 자체 이동식 극장과 영화관까지 완비한 곳도 있을 정도다. 수업은 기계학, 농업, 공학처럼 육체노동 현장에서 좋은 일감을 구하는 데 도움이 되는 실용 학문 위주이나, 철학이나 고전문학 같은 교양 학문을 배우기도 한다. 또한 노마드는 대도시 주민들에 비해 고상하고 현학적인 어휘를 구사하는 편이다.

오늘날의 노마드는 세븐 네이션과 라펜 쉬브로 양분된다. 명칭에서 드러나듯 세븐 네이션은 일곱 개의 서로 다른 노마드 집단으로 구성되며, 각 네이션은 인품 있고 존경받는 지도자를 구심점으로 삼고 있다. 라펜 쉬브는 노마드 사회의 무법자와 추방자들로, 노상강도로 살아가며 노마드의 규범을 따르지도 않는다.

노마드 구성원들은 저마다 속한 집단에서 고유한 역할을 맡으며, 여기에는 지도자, 운전사, 파수꾼, 폐품수집가, 의사, 교사, 일꾼이 포함된다. 이들 사회에서는 누구든 능력을 갖추고 공동체에 이바지하는 것이 불문율로 통한다. 노마드 집단은 이동 중에도 다양한 일을 한다. 사람이나 물자를 수송하거나(합법 또는 불법), 계절에 따라 농사도 지으며, 대형 공사현장에 단기 취직해 인력이나 장비를 제공하기도 한다. 전문 기술을 갖춘 노마드는 작업 현장에서 실력을 십분 발휘하고, 나머지는 캠프에 남아 차량을 점검하고 아이와 노인들을 돌본다. 일이 끝나면 짐을 싸서 다시 여행길에 오른다.

노마드는 법의 경계를 넘나들면서 활동하기 때문에 정부, 기업, 독립 공동체를 불문하고 지역 당국과 직접 대면하기를 꺼린다. 그러나 장물을 거래하거나, 도망자를 다른 주로 빼돌리거나, 버려진 마을이나 군사 기지 또는 캐러밴에서 쓸 만한 것을 뒤지는 일도 마다하지 않는다. 대부분의 노마드 집단은 기업 또는 정부 수송대를 대놓고 공격할 만큼 무모하거나 절박하지 않지만, 라펜 쉬브는 사정이 다르다.

라펜 쉬브

라펜 쉬브는 도적과 범죄자 및 추방자로 이루어진 집단이다. 노마드 네이션에서 추방된 자들로 구성된 라펜 쉬브는 도로와 도시 외곽을 어슬렁대며 먹잇감을 노리는 위험한 갱단이다. 애초에 "라펜 쉬브"라는 명칭부터가 노마드 욕설을 짜깁기한 조어이다. 일부 네이션에서는 장로가 라펜 쉬브로 공식 선고받은 일원을 노마드 공동체에서 영구 추방하는 의식을 행하기도 한다.

라펜 쉬브는 그 규모가 상당함에도 단일 네이션을 구성하기는커녕 조직적인 트라이브나 클랜을 이루지도 않는다. 이들은 패밀리도 없이 떠돌이 갱단처럼 이동하며, 구성원들 역시 하나같이 잔악하며 호전적이다. 노마드를 만나본 적이 없는 대다수 도시 주민들의 눈에는 라펜 쉬브나 노마드나 같은 집단으로 비칠 뿐이다. 라펜 쉬브가 자행하는 강도, 수송대 습격, 작은 마을 및 교외 지역 약탈과 같은 범죄의 피해자들은 이를 "노마드의 공격"으로 전하는 경우가 많으며, 이 때문에 애꿎은 노마드가 냉대받는 일도 벌어진다.

노마드 교육에서는 어릴 적부터 사회에 기여하라고 가르친다.

노마드는 저마다 자신이 속한 집단에서 도맡는 직업이 있으나, 한평생 자동차를 타고 다니기 때문에 숙련된 운전자이자 수리공인 경우가 대부분이다. 노마드에게 차량이란 생계의 핵심과도 같으며 차량 운전 및 관리 비결은 금과옥조로 통한다.

- **[노마드 집단명]:** 알데칼도(패밀리 불명, 데이터 부족)
- **[추정 규모]:** 나이트 시티 부근에서 500~600명, 총원은 수만 명대.
- **[주요 지역일원]:** 사울, 다코타 스미스
- **[활동 구역]:** 북부 캘리포니아, 애리조나, 네바다, 오리건, 남부 캘리포니아 자유주
- **[근거지]:** 상황에 따라 변동, 나이트 시티에서 가장 가까운 곳은 US 101과 옛 로키 리지 타운 사이로 추정.
- **[상징]:**

- **[위험도]:** 불명(중간으로 추정)
- **[사이버웨어]:** 반사 신경 부스터, 대대적으로 개조한 자동차 및 바이크

⚠ 경고: 데이터 불완전.

정보 번호.07241654

[진영 개괄]:

로스앤젤레스에서 유래한 알데칼도는 서부 해안에서 유명한 노마드 집단 가운데 하나이다. 사막 곳곳에 임시 캠프를 두고 있으나 조직화된 단일 집단으로 활동하지는 않는다. 알데칼도 캐러밴은 서부 해안의 자유주에서 활동하며 중무장 대규모 수송대를 이용해 주 경계를 넘나들며 승객과 물자를 운반한다.

[역사]:

알데칼도는 2000년대 초반 로스앤젤레스에서 후안 알데칼도를 중심으로 자발적으로 결성된 집단이다. 후안은 이민자 출신으로, 갱단 총격전으로 아들을 잃는 비극적 사고 이후 언론을 통한 열변으로 이름을 알렸다. 미국의 붕괴를 애도하는 그의 슬픔과 상실이 담긴 메시지는 비슷한 처지에 있던 수많은 이들의 심금을 울렸다. 대붕괴 당시 그는 로스앤젤레스를 뒤로 하고 떠난 대규모 망명 단체를 멕시코시티로 이끌었다. 훗날 알데칼도로 알려지는 이들은 다른 노마드 집단을 규합하고 지원하며 멕시코시티 재건에 일조했다. 이들은 후안의 사후에 캘리포니아로 되돌아가 지도자를 고향에 묻었고, 이후 3대에 걸쳐 산티아고 패밀리의 일원들이 알데칼도를 이끌어오고 있다.

[수입원]:

알데칼도는 폐품을 수집하거나 농장에서 인부로 일하는 것 외에도 주류 밀매와 장물 운송으로 수익을 얻고 있다. 밀수를 전문으로 하는 일부 클랜과 패밀리는 노마드 트레일 전역으로 "화물"을 운반하며 쌍둥이 크라임 시티까지 오간다.

LOADING DATA...

-37.754573, 144.941364

SEARCHING .... SYS/NCPD/DATA/NOMADS .... PG_183

⚠ **경고:** 데이터 불완전.

[노마드 집단명]: 레이스(라펜 쉬브의 일부로 추측)
[추정 규모]: 불명, 클랜 규모로 추정(300~1,200명)
[주요 지역일원]: 내쉬(검증 필요)
[활동 구역]: 나이트 시티 외곽
[근거지]: 일정한 근거지 없음, 최근 버려진 코프-버드 시멘트 공장 및 로키 리지 근방에서 목격됨.
[상징]:

[위험도]: 높음
[사이버웨어]: 반사 신경 부스터, 고통 조절기, 대대적으로 개조한 차량, 군용 장비(추정)

정보 번호.07241523

[진영 개괄]:
노마드가 대체로 합법과 불법의 경계를 넘나들며 활동하는 반면 레이스에게 법은 안중에도 없다. 이들은 나이트 시티 주변 지역을 점거한 악랄하고 호전적인 집단으로, 주로 작은 마을이나 소규모 노마드 집단 또는 경비가 허술한 기업 수송대를 약탈한다.

[역사]:
알려진 바 없음. 레이스는 서부 해안의 노마드에서 유래한 10여개의 소규모 갱단 가운데 하나이자 여러 노마드 네이션에서 추방당한 이들을 주축으로 조직된 것으로 알려져 있다.

[수입원]:
레이스는 약탈로 생계를 유지하는 노상강도 집단이다. 가끔 대도시에서 운송 계약을 맡기도 하지만 못미더운 용병으로 악명이 높다. 계약을 위반하고 위탁한 물품이나 승객을 저당잡고 몸값을 요구하는 것은 다반사이며, 아예 자신들이 내키는 대로 처분하는 경우도 적지 않다.

 오류#02:
파일 손상_

PORT: CONNECTED...

'45.423876, -122.794454

CONNECTING NCPD (#####) NETWORK STAT :: 00100000001

제 6장

사이버펑크:
엣지러너와
용병

[187] 로그 인터뷰

로그 사이버펑크의 아이콘. 전직 용병이자 세계적인 픽서인 로그는 왕년에 엣지러너 세계의 거물로 통했음에도 지금은 조용한 삶을 살고 있다. 그러나 그녀의 족적은 오늘날에도 나이트 시티 곳곳에 남아 있다. 물론 보는 눈이 있다면 말이지만.

CYBERPUNKS

BY 조쉬 X

{ …반세기가 흐른 지금, 사이버펑크 스타일이 다시 유행할 조짐을 보이고 있다…. }

안녕하신가, 나이트 시티 시민 여러분, 프리 넷 만세. 오늘은 레트로 특집으로 사이버펑크에 대해 다뤄보고자 한다. 그게 뭔지 기억나는 분이 계시는지? 50년 전으로 거슬러 올라간 2020년 무렵, 사이버펑크란 서브컬처가 처음 세상에 등장하기 무섭게 새로운 스타일, 인생관, 저항운동이 잇따라 나타났다. 전세기 말엽에 활동했던 모 가수의 말을 빌리자면 그야말로 "세상을 뒤흔든 충격[9]"이 따로 없었던 셈이다. 사이버펑크라는 관념은 나이트 시티에도 일대 파장을 일으켜 끝내 타워 하나를 잿더미로 만들었다. 그렇다, 당대 최고이자 최악의 사이버펑크로 유명했던 조니 실버핸드가 아라사카 타워를 무너뜨린 사건을 두고 하는 말이다.

이야기가 샜는데 다시 주제로 돌아가자. 사이버펑크란 용어가 실은 두 단어를 합친 말이라는 사실을 모르는 분도 계실 것이다. "사이버"는 기술과 인체를 융합한 "사이버네틱"에서 나온 말이다. 테크노 시대의 여명기였던 20년대만 해도 아직 사이버 기술이 생소했기 때문에, 당시에는 뭐가 됐건 이름에 "사이버"만 붙이면 그럴싸한 것으로 통했다. 다만 "펑크"는 딱 잘라 말하기

[9] 빌리 아이돌의 93년 곡 "Shock to the System."

어렵다. 원래 펑크 서브컬처나 펑크 록 장르에서 유래한 말로, 1970년대 중반에 처음 등장해 1980년대를 거치며 정립된 스타일이다. 펑크 스타일에서는 무정부주의, 독립, 저항 및 반기업주의를 독려한다. 그렇다, 2020년대의 사이버펑크는 1970년에 뿌리를 두고 있었던 것이다. 지금은 2020년만 해도 까마득한 옛날인데!

당시 거리의 반항아가 되어 하루하루 모험을 무릅쓰며 메가코프에 맞서 싸우는 삶을 택하거나 그럴 수밖에 없었던 이들은 한둘이 아니다. 이미 머나먼 과거의 일이지만 그로부터 반세기가 흐른 지금, 사이버펑크 스타일이 다시 유행할 조짐을 보이고 있다. 사이버펑크란 말이 사람들의 입에 오르내리는 가운데 독특한 복장과 헤어스타일은 이미 거리에서 대세가 되었다.

본지에서는 이러한 시대의 흐름을 포착할 절호의 기회를 놓칠세라 전문가와의 대담을 기획했고, 그래서 오늘은 여러분을 위한 특집을 준비했다. 2020년대 사이버펑크의 아이콘이자 애프터라이프의 여왕인 로그와의 독점 인터뷰를 공개한다.

Q&A

인터뷰는 여기서부터 시작!

반갑습니다, 로그. 이렇게 만나 뵈어 영광이로군요. 24시간 전만 해도 이렇게 직접 얼굴을 마주보고 독대하게 될 줄은 몰랐습니다.
반갑군……. 조시라고 했던가? 나한테 인터뷰를 요청하다니 배짱은 알아줘야겠어. 그래선지 마음이 동하더군. 일이 어떻게 굴러갈지 흥미도 생겼고. 솔직히 말하자면…… 최근에 몇 가지 일을 정리해두지 않았더라면 이 자리에 나오지도 않았겠지만. 직업 특성상 취재에 할애할 시간이 좀처럼 없거든. 당신 오늘 운 좋은 거야.

귀한 시간을 내주셔서 감사드립니다.
이만 본론으로 들어가지. 내가 사이버펑크였던 시절에 관해 묻고 싶다고 했는데, 왜지?

사이버펑크 스타일이 다시 유행하는 현상에 관해 기사를 준비하는 중입니다. 그래서 인터뷰를 한다면 당신이 제격이라고 생각했죠. 50년 전에는 분위기가 어땠나요? 당시 사이버펑크로 살아간다는 것은 어땠고 오늘날의 사이버펑크와는 어떻게 달랐는지 여쭙고 싶습니다.
아까부터 자꾸 "사이버펑크" 타령인데, 요즘은 그런 말을 쓰는 사람이 거의 없다는 사실을 알고는 있을 테지? 당시에도 "용병"이나 "엣지러너" 같은 말이 더 자주 쓰였어. 뭐, 됐고, "사이버펑크로 살아간다는 것"으로 넘어가지. 어디 물어봐.

그래도 당신이 사이버펑크 시대의 아이콘임은 변함없는 사실이잖습니까.
애초에 사이버펑크는 옛날에나 쓰던 말이야. 무소불위의 권력을 휘두르는 고압적인 체제에 맞서 싸우던 거리의 반항아들을 일컫던 한물간 수식어라고. 내가 왕년에 그 물에서 놀았는지는 몰라도 지금은 "사이버펑크"랑 거리가 멀지. 내가 그 축에 들기나 했는지도 모르겠고.

> "[사이버펑크 스타일]이란 기업 패권에 맞서고 권위를 부정하면서 나름대로 멋도 부려보자는 거였어. 결코 모험을 피하지 않는 거지. 사건의 중심에서 내가 바로 사건이 되는 거야."

그래도 50년 전에는 사이버펑크셨잖아요? 2020년 당시 사이버펑크로 살아간다는 것은 어땠나요?
그냥 요즘 거리에서 보는 사람들이랑 똑같아. 자신만의 분위기와 스타일로 모험을 피하지 않고 살아가는 거지. 거리를 주름잡는 거물로 거듭나는 거야. 사이버웨어랑 무기를 최신형 최첨단으로 뽑는 것쯤은 기본이고, 당장이라도 그걸로 한바탕 해볼 법한 분위기를 풍겨야 하지. 식상한 소리처럼 들릴지는 몰라도 거리에서 명성을 얻으려면 그게 직방이야. 다 맘먹기에 달렸어. 지금도 마찬가지잖아? 쪼다처럼 굴면 쪼다밖에 안 되는 거야. 거물처럼 굴면 거물이 되는 거고. 거리의 단순한 법칙이지.

그럼 "속보다 겉"은요?
새 스타일이 한창 유행하던 2020년대에 입버릇들처럼 쓰던 말이야. 일명 "키치"라는 풍조가 사이버펑크는 물론 온갖 반항아들 사이에 번져나갔지. 자신만의 분위기와 스타일을 본인의 트레이드마크로 삼아야 한다는 개똥철학이랄까. 쉽게 말해서 겉모습만 멋있으면 실력은 하등 상관없다는 소리야. 사이버암에 값비싼 리얼스킨을 씌워봤자 소용없어. 남들보다 튀게 해주는 건 새로 맞춘 크롬 사이버암 그 자체니까. 아라사카 타격대를 혼자 상대하는 실력이라면 그것만으로도 대단한 거야. 그런데 손에 커스텀 권총을 쥐고, 위아래로는 방탄 가죽 재킷에 물 빠진 청바지를 입고, 미러 선글라스까지 쓰고 실력을 발휘한다면? 바로 명성이 따라붙는 거지.

사이버펑크 스타일의 귀환에 대해 어떻게 보시나요?
핑크 모호크 머리에 인조가죽을 걸치고 다니는 요즘 애들 말인가 본데……. 멋모르고 베끼는 꼴이더군. 과거에도 저항을 강조하기는 했지만 적어도 그때는 이유 있는 저항이었거든. 기업 패권에 맞서고 권위를 부정하면서 나름대로 멋도 부려보자는 거였어. 결코 모험을 피하지 않는 거지. 사건의 중심에서 내가 바로 사건이 되는 거야. 언제나 큰물에 놀면서 몸 사리지 않는 거라고. 요즘 젊은 것들은 그렇게 크게 놀아볼 배짱도 포부도 없어.

2023년에 감행하신 아라사카 타워 공격처럼요? 거기 관여하셨다는 소문이 사실인가요?
[잠시 침묵] 자칫 낚일 뻔했는걸. 댁이 그런 질문을 처음 던진 기자는 아니지만 유도신문에 호락호락 넘어갈 내가 아냐.
[웃음]

사이버펑크의 아이콘과 함께하는 클래식 인터뷰

키치 속보다 겉을 중시하는 패션 동향을 일컫는 용어. 키치는 개성과 과시를 강조하며, 아무리 실력이 좋아도 이를 뒷받침할 분위기가 없다면 소용없음을 역설한다.

Q&A

실례했습니다. 찔러보지 않고는 못 배기겠더군요. 그럼 정리하자면 "진짜" 사이버펑크는 사라지고 없다고 보시는지요?

저항 정신? 그거라면 없어졌다고 봐야지. 2020년대에는 메가코프에 대항하는 세계적인 추세였지만 오늘날의 메가코프들은 50년 전만 못하거든. 나이트 시티 같은 자유시에서는 여전히 활개들 치지만 말이야. 그러고 보니 사이버펑크가 본질을 되찾을 장소가 있다면 나이트 시티 같은 곳이겠는걸. 어쩌면 제2의 사이버펑크 붐이 올지도 모르겠어.

그럼 사이버펑크 지망생들에게 충고하실 말씀이라도?

좀 대범하게 놀아. 죽치고 기회를 기다리지만 말고 직접 나가서 찾아보고.

> " 사이버펑크가 본질을 되찾을 장소가 있다면 나이트 시티 같은 곳이겠는걸. 어쩌면 제2의 사이버펑크 붐이 올지도 모르겠어. "

정곡을 찌르는 말씀이로군요. 기회 하니 말인데, 사이버펑크로서의 사적인 경험에 관해 몇 가지 질문을 드리고 싶습니다. 아니면 엣지러너로서의 경험이라던가요. 그렇게 부르는 편이 편하시다면야.

댁이 좋다면 이대로 사이버펑크라 하지. 이제 몇 분 안 남았군. 어디 물어봐.

사이버펑크에게 총이란 트레이드마크인가요, 도구인가요?

그야 자기 입맛과 생각에 달렸지. 하기야 무기가 트레이드마크가 되기도 하겠네. 이 바닥에서는 저마다 취향이 갈리기 마련이라, 하다 보면 손에 맞는 총을 찾게 되거든. 난 쓰나미 누에를 바탕으로 개조한 커스텀 권총을 썼어. 동고동락한 친구나 마찬가지지.

반대로 일류 용병이 되고 싶다면 애지중지하는

사이버펑크의 아이콘과 함께하는 클래식 인터뷰

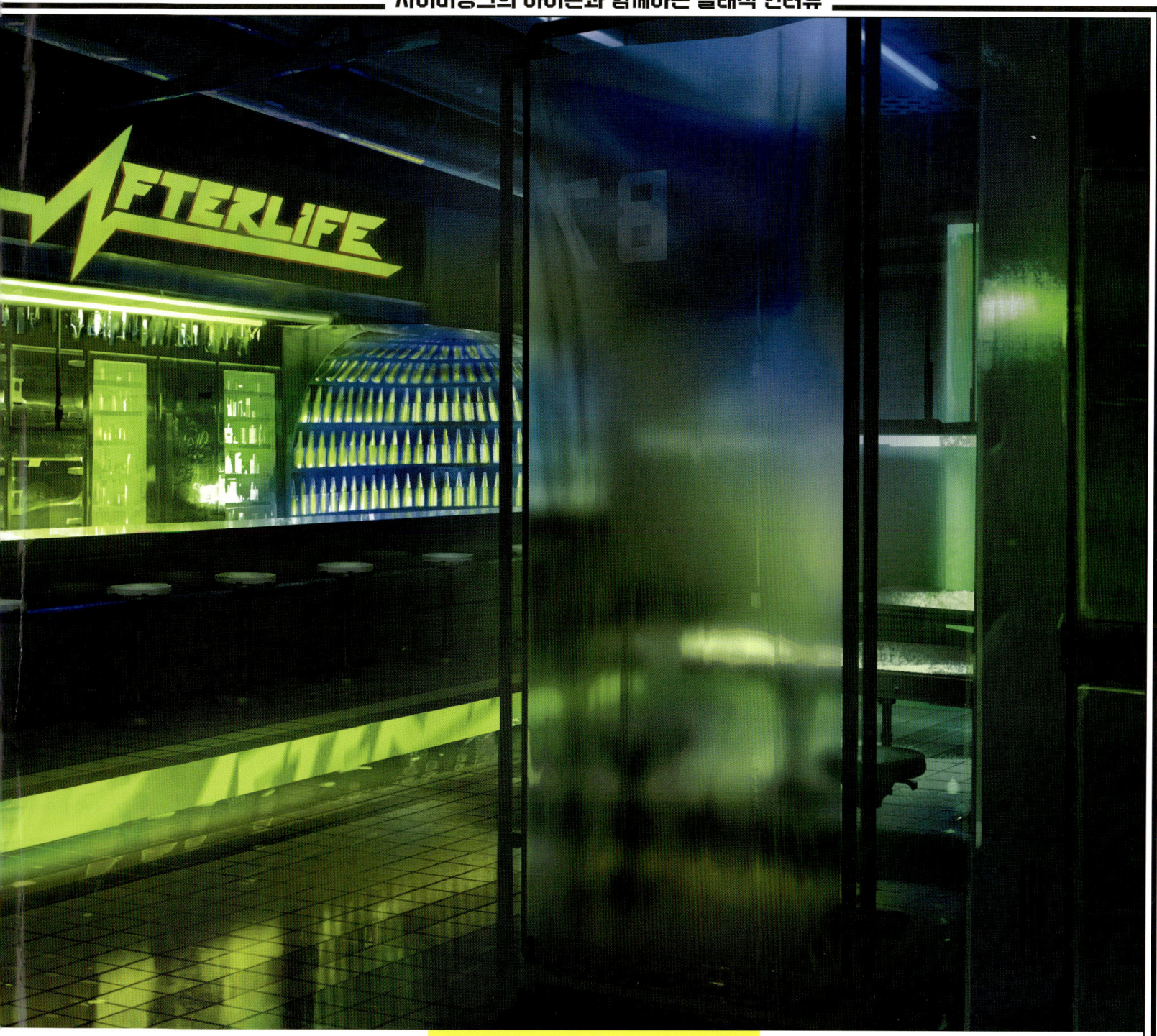

장난감을 다루는 실력만큼이나 그게 없을 때의 실력도 받쳐줘야 하지. 다시 말하지만 "속보다 겉"이니까. 커스텀 말로리안 암즈 권총으로 부스터 갱을 멋지게 쓸어버리는 것도 좋지만, 주변에 있는 아무 무기나 잡고 해치우는 것도 나름의 멋이거든. 요즘은 너도 나도 자기 애총에만 기대다 보니 그런 임기응변은 옛말이 됐지만.

일류가 되려면 얼마나 개조를 받아야 하나요?
본인들이 스스로 결정할 문제지만 난 질부터 따지고 보는 편이야. 번듯한 개조도 없는데 누가 번듯한 일거리를 맡겨주겠어? 지금보다 한발 나아가려면 가능한 제일 좋은 사이버임플란트를 맞춰야지. 모름지기 사이버펑크라면 사이버웨어건 바이오웨어건 언제나 최신형을 따라잡으면서 적수나 동료들보다 우위를 점해야 하는 법이니까.

[애프터라이프 클럽] 왓슨 구획에 위치한 나이트 시티의 상징과도 같은 엄격한 회원제 나이트클럽. 로그가 소유하고 본인이 운영하는 곳으로, 엣지러너들의 단골 클럽이다. 접선 상대와 만날 때건, 물건을 전달할 때건, 아니면 그냥 독한 술이 고플 때건, 저마다 일을 뛰는 사람이라면 이곳에 이끌리기 마련이다.

어떻게 개조하느냐는 본인의 길거리 소식통과 지갑 사정에 달렸지만, 일단 자기 취향부터 고려해. 힘으로 밀고 나가건, 닌자처럼 은밀하게 접근하건, 아니면 유령처럼 흔적도 남기지 않건, 하나에 숙달이 되고 일만 제대로 해낸다면 방법은 아무래도 상관없어. 그런데 계획을 제대로 못 짜면 일만 그르치겠지. 그럼 아무리 사이버웨어가 좋아봤자 만년 삼류야.

일류가 되려면 기업에서 주는 일은 얼마나 뛰어야 하나요?
[긴 침묵] 기업을 상대하는 건 악마와 거래하는 거나 다름없어……. 사이버펑크건 엣지러너건 기업하고 연줄이 있는 픽서한테 일감을 받는 줄조차 모를 때가 허다하고. 그런 일감은 거의가 기업에서 직접 연루되기를 피하는 것들이야. 이를테면 버그를 심는다던가, 데이터를 훔친다던가, 평범해 보이는 사람을 암살한다던가, 무장 수송대를 강탈한다던가 하는.
실력이 된다면 픽서를 통해서 더욱 짭짤한 일감을 주겠지. 여기서 잘 생각해야 돼. 보수도 좋고 딴 데서 구경도 못하는 최고급 사이버웨어까지 쓰게 해주지만, 거기서 조금만 더 발을 담갔다가는…… 기업의 포로가 되거든. 게다가 기업 비밀을 너무 많이 알게 되면 그때부터는 죽을 때까지 못 벗어나.

Q&A

그러다 기업에 있는 누군가가 "보안상의 이유"로 프리랜서 목록을 지우기로 맘먹는다면 그날로 쫑나는 거고.
믿을 만하다는 평판을 쌓으면서 기업에 코 꿰일지 모르는 일은 멀리하는 편이 상책이야.

이런 일을 하려면 동료가 있어야 하나요?
아무렴. 총격전에서 뒤를 봐줄 사람이 있으면 든든하지만, 못미더운 사람하고 같이 일을 나가는 건 절대금물이야. 포기하기에는 보수가 너무 두둑하거나 수틀릴 경우 직접 처리해버릴 각오가 되어 있다면 모를까. 아무리 믿음직한 동료라도 언젠가 어떻게는 관계가 끝난다는 사실을 염두에 둬. 죽거나 사이버 사이코가 되거나, 아니면 그냥 서로 갈라서지도 모르고. 이 바닥에서 동료애를 기대하긴 힘들어. 다들 저 잘난 맛에 살고 목표도 제각각이거든. 경쟁도 워낙 치열하고. 우정에는…… 대가가 따르는 법이지. 자칫하다가는 우정 때문에 인생 말아먹어. 짐만 될지도 모르고. 옛정을 생각해서 뒤치다꺼리해주다가는 괜히 골치 아픈 일에 휘말리기 십상이야.

짚이는 데가 있는 듯하시군요.
있다마다.

혹시 염두에 둔 인물이라도?
다음 질문.

왜 픽서가 되셨나요?
저절로 그렇게 되더라. 선수 생명이 끝나면 코치가 되는 이치랄까. 픽서로 있으면 굳이 쟁쟁한 신참들하고 경쟁하지 않아도 되는 데다 실력과 명성을 살려 수익을 올리면서 용병 세계에 남을 수도 있거든.

> **픽서** 고객과 엣지러너를 잇는 업계 사정에 정통하고 연줄도 든든한 중개업자. 픽서는 용병 모집책 이외에도 흔히 장물아비나 정보 브로커로도 활동한다.

> " **우정에는……
대가가 따르는 법이지.
자칫하다가는 우정 때문에
인생 말아먹어.
짐만 될지도 모르고.
옛정을 생각해서
뒤치다꺼리해주다가는
괜히 골치 아픈 일에
휘말리기 십상이야.** "

업종을 변경하신 이유와 아틀란티스 그룹의 해체 사이에 모종의 연관이 있다는 소문이 있습니다. 사실 여부를 확인해 주시겠습니까? 아니면 부정하시나요?
근거 없는 헛소리지. 아틀란티스 바에는 이제 시대가 변해서 나도 떠났다는 사실을 좀처럼 받아들이지 못하는 양반들이 있나 봐. 누구나 결국은 변하는걸. 어떻게 평생을 반항아로 살겠어. 뭐, 한때 짭짤한 건수가 있어서 아틀란티스 그룹 용병단 친구들하고 같이 뛰었던 것은 사실이야. 그렇게 우리 중에 몇몇은 한몫 단단히 잡았고, 개중에는 은퇴하기로 맘먹은 사람도 나왔지. 그게 내가 전직 반항아 그룹을 "해체"했다는 의미라면 나로서도 할 말이 없다만.

그럼 마지막 질문입니다. 용병 시절이 그리울 때도 있으신가요?
가끔은 직접 뛰던 시절이 그리워. 도전에 맞서는 짜릿한 긴장감은 말할 것도 없고. 그래도 이제는 픽서 노릇에 도가 텄으니 하나도 아쉬울 것 없어.

정말 깔끔하게 마무리해주셨네요. 취재에 응해주셔서 감사합니다, 로그.
고맙긴, 조시. 처음에는 좀 꺼림칙했지만…… 덕분에 얘기 재밌게 했어. 편집하지 말고 그대로 실어줘. 안 그럼 어디 사는지 알아내서 찾아갈 테니까.
[웃음] ✕